ERNST W. WIES

Neue Geschichten vom Lago Maggiore

ERNST W. WIES

Neue Geschichten vom Lago Maggiore

BECHTLE

Über die Realität der handelnden Personen und den
Wahrheitsgehalt der geschilderten Begebenheiten
setze ich die Sentenz von Erik Satie:
»Obwohl unsere Auskünfte falsch sind, übernehmen
wir keinerlei Garantie für die Richtigkeit.«

© 2002 by Bechtle Verlag, Esslingen, München
Alle Rechte vorbehalten
Schutzumschlag: Wolfgang Heinzel
Umschlagfoto: IFA-Bildteam, München
Satz: Fotosatz Völkl, Puchheim
Druck: Jos. C. Huber KG, Dießen
Binden: R. Oldenbourg, München
Printed in Germany
ISBN 3-7628-0567-9

Dieses Buch ist meiner Frau Marielene und dem Freundeskreis am Lago Maggiore zugedacht.

Dank an meinen Freund Roberto Koch, der mir tiefe Einsichten über Leben, Land und Leute am Lago Maggiore vermittelte.

Auch meinem Freund und Mentor Leon Zanders gilt meine dankbare Erinnerung.

Inhalt

Zur Einstimmung

Sie saßen wieder zusammen, die Freunde der weinseligen Tafelrunde im Dämmerlicht der Trattoria della Pace. An der Mitte des runden Tischs thronte der Avvocato, behäbig, würdevoll. Neben ihm der Padrone der Trattoria, der kleine kugelrunde Carlo, das Gesicht umrahmt von tausend schwarzen Löckchen, aber alles überstrahlend die feuerrote Barberanase, ein Zeichen lombardischer Lebensfreude. Neben ihm, gleichsam in seinem Schutz, Paolino, der Meister feiner Intarsien. Dann, wie ein Leuchtfeuer in der Nacht »il capitano«, schwarzlockig, Hakennase, Piratenblick, und das alles überstrahlt von der weißen Kapitänsmütze. Ein ruhender Pol in der lebendigen Runde der alte Beltramini, der Mann, der die ganze Welt gesehen hatte, und natürlich der Maresciallo, der Hüter von Recht und Gesetz in einer schwankenden Welt. Auf einem Ehrenplatz, auf der anderen Seite gegenüber dem Avvocato, die Baronin Santini, das aristokratische Herz, aber auch die letzte Zuflucht der Menschen von Porto. Neben ihr die Gräfin Alani-Montenero, die bewiesen hatte, dass Adel ein Tugendrecht und nicht ein Geburtsrecht ist.

In der Küche Carla und Tina, ab und zu mit einem

Blick durch den Türspalt prüfend, ob die Freundesrunde mit allem wohl versorgt war.

Leise Schritte im langen, glasüberdachten Gang,
wo früher die Weinfässer lagerten, künden Tino den
Schmied mit dem Alfa an, der sich still in die Runde
fügt.

Was hielt diese so unterschiedlichen Menschen seit
Jahren zusammen – war es Lokalpatriotismus, lom-
bardische Hartnäckigkeit? Vielleicht von allem ein
wenig. Aber wahrscheinlich war es gegenseitige Vertrautheit und der Wille, die gemeinsame Lebensform
zu wahren gegenüber einer Welt, die vor lauter Wan-
del die eigene Mitte nicht mehr fand.

Globalität – das war für sie ein Wort, Heimat und
christliches Abendland tief empfundene Werte.

Und bei einer geheimen Abstimmung hätten auch
die Kommunisten den Papst gewählt, so sie ihn denn
hätten wählen können. Auch wenn sie ihn im Tages-
geschäft verächtlich »il capo dei Roma« nannten.

Allora, lassen wir unsere Helden in den Ring des
Lebens springen und beginnen wir mit der Barones-
sa, die einem größenwahnsinnigen Bauunternehmer
Mores lehrt.

Rechnung mit einer Unbekannten

Der Dottore Antonio Baltea, Direktor für Landerwerb und Landverkauf der Pacco SpA., der größten Baugesellschaft der Lombardei, referierte: »Der Widerstand der Santini-Gruppe gegen den Verkauf ihres Zementwerks in Brenta und der im Brentagebiet liegenden Kies- und Sandgruben an die Pacco SpA. ist unüberwindlich.«

»Unüberwindlich, unüberwindlich, zahle ich Ihnen dafür zwanzig Millionen Lire im Jahr, damit Sie mit schlauen Worten festellen, dass Sie unfähig sind, meine Geschäftsvorstellungen durchzusetzen? Unüberwindlich, dann muss der Widerstand eben gebrochen werden!«, zürnte Leonardo Pacco, Chef und Alleinherrscher über die große Mailänder Baugesellschaft.

Sein Zorn entwickelte sich in ihm, heizte sich auf, und um den Überdruck loszuwerden, schlug er mit der Faust auf den riesigen Schreibtisch, und die pochenden Stirn- und Halsadern wurden zu Strängen, als er grollte: »Den Widerstand brechen, dazu sind die Herren zu fein, zu akademisch. Akademische Esel sind Sie, eingebildete akademische Esel, die vor den ersten Schwierigkeiten zurückstecken.«

»Wir haben mit den geschäftsführenden Direktoren der Santini-Gruppe verhandelt, wir haben unter den verschiedensten Aspekten den ganzen Fächer unserer Möglichkeiten dargelegt«, sagte der Dottore mit großer Beherrschung.

»Den Teufel haben Sie«, raunzte Pacco. »Die Santini-Gruppe wird von einem Weib geführt.«

»Der Baronin Santini«, ergänzte Dottore Baltea.

»Zur Hölle mit der Baronessa«, tobte Pacco. »Sie ist ein Weib. Mit Weibern fährt man Schlitten, walzt sie platt, rollt drüber, setzt sie in Schrecken. So kommt man mit Weibern zum Ziel. Ich werde es Ihnen beweisen, Dottore Baltea. Ich, Leonardo Pacco!«

»Sie werden mir gar nichts mehr beweisen, Commendatore Pacco. Ich kündige wegen grober Beleidigung meiner Person. Die schriftliche Kündigung mit Auflistung meiner Ansprüche erhalten Sie von meinem Rechtsanwalt.«

Der Dottore verließ erhobenen Hauptes das Chefbüro, gefolgt von seinem Assistenten. Nur der alte Chefbuchhalter blieb zurück.

»Ein Wahnsinniger! Er lässt zwanzig Millionen Jahresgehalt im Stich«, rief der verblüffte Pacco.

»Dann waren zwanzig Millionen eben nicht genug«, folgerte der Buchhalter lächelnd.

»Warum kündigen Sie denn nicht?«, entlud sich Paccos Groll auf den Buchhalter.

»Einmal, weil ich achtundfünfzig Jahre alt bin, und zum zweiten, weil ich zu viel von der Pacco SpA. weiß«, erwiderte der Buchhalter mit scheinbarer Demut. Aber diese Demut war nicht ohne Drohung.

»Alles Gewäsch«, wischte Pacco die Worte weg,

drückte die Sprechanlage und gab seiner Sekretärin die Anweisung: »Sämtliche Unterlagen über die Verhandlung mit der Santini-Gruppe in meinen Aktenkoffer, den Sitz der Santini-Gruppe ermitteln, beziehungsweise dieser Baronessa, und in zehn Minuten Fahrer und Wagen zum Hauptportal.«

Von Laveno aus hatte der Fahrer den Weg am Seeufer gewählt. Aber der Commendatore Pacco sah die Schönheit der Seelandschaft nicht. Nachdem er die Akten studiert und die vielfältigen und verschiedenartigen Vorschläge des Dottore Baltea geprüft hatte, verstärkte sich sein Groll gegen dieses Weibsbild – Baronessa hin, Baronessa her –, das sich ihm und seinen Zielen in den Weg stellte.

In Porto angekommen, war er mit der Unaufhaltsamkeit einer Lawine in den alten Palazzo am See eingebrochen, hatte den alten Diener, der die Türe öffnete, beiseite gefegt und war zwei Meter vor dem Schreibtisch der Baronessa zum Stehen gekommen.

Nun stand er da, ein Kerl wie ein Klotz – so hoch wie breit. Einhundert Kilo aggressiver, dampfender Männlichkeit.

Sie hatte den Blick gehoben und schaute über den Mann, der sich wie eine Festung vor ihr aufgebaut hatte, hinweg zum Türrahmen, in dem der weißhaarige Giacomo mit bleichem Gesicht und verzweifelten Augen stand, in der Hand eine Flinte.

Die Baronessa lächelte. »Danke, Giacomo, es bedarf keines besonderen Aufwands. Dieser Herr wird sich jetzt vorstellen, seine Wünsche vortragen und gehen.«

Der alte Mann schloss leise die Tür und bezog, wie eine mittelalterliche Schildwache, seine Wächterposition. Er hörte von drinnen die beherrschte Stimme der Baronessa sagen: »Und nun, mein Herr, warte ich auf Ihre Wünsche.«

»Ich bin«, so schleuderte der Mann heraus, »Pacco, Leonardo Pacco.« Und da die Baronessa unbeeindruckt schien, wiederholte er mit Nachdruck: »Pacco, Leonardo Pacco SpA.«

Dann schob er nach: »Leonardo Pacco SpA., die größte Straßenbaugesellschaft der Lombardei.«

Die Baronessa warf einen Blick in ein Nachschlagewerk der italienischen Industrie, das sie immer zur Hand hatte, und relativierte: Leonardo Pacco SpA., ein nicht unbedeutendes Straßenbauunternehmen in Italien.

»So, nun wissen wir, wen wir vor uns haben«, stellte die Baronessa fest und musterte den vierschrötigen Mann mit den roten Haaren, den schiefergrauen Augen, dem harten Mund, dem eckigen Kinn und der breiten Sattelnase, die wie ein Stein in das Gesicht hineingeschlagen war.

»Nun warte ich noch auf die Darlegung Ihrer Wünsche, Signore.« Das klang aus dem Munde der Baronessa wie ein Befehl oder, sagen wir konzilianter, wie eine Chefanweisung.

»Signora«, bellte Pacco zornig, »ich habe Ihrem Hause durch meine Mitarbeiter die verschiedensten Vorschläge gemacht, habe auf die Dringlichkeit meiner Pläne hingewiesen und immer wieder ein Nein von Ihnen gehört.«

»Obwohl mir Ihr Ton nicht passt, Signor Pacco, verstehe ich Sie so, dass Sie nun Ihre vielfältigen Angebote, mit denen mich Ihr Haus bombardiert hat, persönlich vortragen wollen. Kommen wir also zur Sache.«

»Zur Sache, zur Sache«, äffte Pacco die Baronessa bösartig nach. »Nun gut, zur Sache: Ich habe den Zuschlag für zehn Baulose der neuen Autobahn nach Milano bekommen. Insgesamt eine Autobahnstrecke von hundert Kilometern. Ein Jahrhundertauftrag! Die größte zusammenhängende Autobahnbaustrecke, die jemals in Italien an eine Firma vergeben worden ist. Den Zuschlag erhielt ich wegen meiner radikalen Tiefstpreise. Um so scharf und rationell kalkulieren zu können, ging ich davon aus, Baronessa, dass ich Ihre Zementfabrik in Brenta und die anliegenden Kies- und Sandgruben von Ihnen erwerben kann, die genau in der Mitte des Bauabschnitts liegen. Durch diesen Standortvorteil wird es mir gelingen, die Transportkosten, die ja ansonsten in unserem Gewerbe eminent sind, zu halbieren und im Rahmen meines Kostenvoranschlags zu bleiben.«

Dann schwieg Leonardo Pacco und schaute gebannt in das zarte Gemmengesicht der Baronessa, um dort die Wirkung seiner Worte zu erfahren.

»Ihr Vorschlag ist aufschlussreich, mir aber dennoch unverständlich, Signor Pacco«, sagte die Baronessa mit schmalen Lippen. »Bitte konkretisieren Sie Ihre Vorstellungen und Wünsche, Signor Pacco.«

»Ich wünsche, Baronessa«, so Pacco, »ich wünsche Ihre Zementfabrik und die Kies- und Sandgruben im

Gebiet von Brenta zu kaufen, damit ich den Autobahnabschnitt im Rahmen meiner Kalkulationen erbauen kann. Ich zahle – hören Sie, Baronessa –, ich zahle jeden vertretbaren Preis.«

»Santini verkauft nicht, Signor Pacco« – eine Antwort so endgültig wie ein Fallbeil.

»Ich sagte«, flüsterte Pacco am Rande seiner Beherrschung, »ich zahle jeden vertretbaren Preis. Und ich bekomme alles, was ich wünsche – alles, Baronessa.«

»Das mag bisher so für Sie gegolten haben, Signor Pacco, aber die Familie Santini hat in den siebenhundert Jahren ihrer Geschichte alles behalten, was sie behalten wollte – alles! Ich fasse zusammen«, formulierte die Baronessa. »Sie, Signor Pacco, haben den Zuschlag für einen zu erbauenden Autobahnabschnitt von hundert Kilometern Länge erhalten, weil Sie in Ihrer Preisgestaltung davon ausgingen, dass Sie von Santini eine Zementfabrik sowie Kies- und Sandgruben kaufen könnten, die in günstiger Verkehrslage zu Ihrem Bauabschnitt liegen. Sie haben das getan, ohne sich vorher mit Santini in Verbindung zu setzen. Eine maßlose Arroganz, Signor Pacco. Nun, nochmals: Santini verkauft nicht. Sie haben die berühmte Rechnung mit einer Unbekannten gemacht und sind das Opfer Ihrer Fehleinschätzung. Selbstverständlich können Sie von meinen Betrieben Lieferverträge bekommen, die wir prompt erfüllen würden, aber ein Verkauf steht nicht zur Debatte. Danke, Signor Pacco.« Die Baronessa senkte kühl das Haupt. Die Unterredung war beendet.

War es das sichere Selbstbewusstsein, die aristokratische Distanz oder die Präzision ihrer Ablehnung: Signor Pacco verwandelte sich in einen Feuer speienden Berg.

Die Baronessa werde erleben, was es heiße, sich ihm, Leonardo Pacco, zu widersetzen. In wenigen Tagen werde sie dankbar sein, ihre Zementfabrik und die Gruben verkaufen zu dürfen. So könne man mit ihm nicht umspringen. Mit ihm nicht! Er brauche die Liegenschaften, und darum müsse er sie haben.

Sprach's und verließ mit Donnergrollen den alten Palazzo am See.

Die Baronessa ging in die Halle, fuhr dem verschreckten Diener durchs Silberhaar, schaute auf die Flinte in seinen Händen und fragte: »Was hast du geladen, Giacomo?«

»Rehposten, Baronessa.«

»Nimm Hasenschrot, mein Lieber, das reicht.«

Dann ging sie in ihr Arbeitszimmer, setzte sich an den Schreibtisch, schaute eine Weile auf den beruhigenden Wellenschlag des Sees und versank in tiefes Nachdenken.

Als sie aus ihren Gedanken erwachte, stand ihr bildhaft vor Augen, was nunmehr zu tun sei.

Sie griff zum Telefonhörer und rief den Avvocato an. Sie erreichte ihn noch in seiner Praxis.

»Stehe wie immer zu Diensten, Baronessa«, sagte er galant, nachdem sie ihren Namen genannt hatte.

Die Baronessa trug ihm ihr Erlebnis mit Signor Pacco vor.

»Im Grunde eine Umverschämtheit«, urteilte der

Avvocato. »Da kommt dieser Kerl daher, fordert von Ihnen, dass Sie Ihr Eigentum an ihn verkaufen, weil er Ihre Fabriken zur Grundlage seiner Baukostenkalkulationen gemacht hat, mit deren Hilfe er sich praktisch den Bauauftrag erschlichen hat. Aber diese Frechheit passt in seine Biografie.«

»Was wissen Sie von ihm, Avvocato?«

»Nicht viel, nur dass er sich mit Rücksichtslosigkeit nach oben geboxt hat. Manche sehen in ihm einen oberitalienischen Mafioso.«

»Sie haben doch gute Verbindungen zur Industrie- und Handelskammer in Mailand, Avvocato. Vielleicht können Sie dort mehr über unseren bedrohlichen Freund erfahren? Je mehr man über seinen Gegner weiß, umso stärker wird die eigene Position.«

»Va bene, Baronessa, ich gehe sofort an die Arbeit.«

»Grazie, ciao, Avvocato. Halt, da ist noch etwas. Könnten Sie morgen früh gegen neun Uhr mit einer alten Frau hier im Palazzo das Frühstück einnehmen?«

»Nicht mit einer alten Frau, Baronessa, wohl aber mit der schönsten Frau beiderseits der Ufer des Lago Maggiore.«

»Sie sind ein Schmeichler, Avvocato. Zwar glaube ich Ihnen kein Wort, aber es hört sich hübsch an und macht einen fröhlich«, sagte sie lächelnd und hängte ein.

Der nächste Anruf ging an ihre eigene Bank, die Santini-Bank, um die sie vor Jahren so hart hatte kämpfen müssen. An den Geschäftsführer ging der Auftrag, eine Expertise über den Finanz- und Geschäftsstatus der Firma Leonardo Pacco SpA. zu erstellen.

Die Baronessa war in ihrem Element. Man hatte ihr den Fehdehandschuh hingeworfen. Sie hatte ihn aufgenommen und war zum Kampf bereit. Sie lächelte über sich selbst. Eine handfeste Feindschaft war wie ein Lebenselixier. Aber es war mehr als Feindschaft. Es war der Kampf gegen ein konträres Lebensprinzip, gegen die borniere Dummheit, gegen die krankhafte Ichsucht, gegen das Niedertrampeln anderer Menschen. All das war ihr in dem Mann Leonardo Pacco lebendig, der in ihre Welt einbrach und nehmen wollte, was ihr und ihrem Sohn gehörte.

Der nächste Anruf ging an Francesco Rivo, früher einmal Druckergeselle in Porto und heute, dank der Förderung der Baronessa, Chefredakteur und Besitzer des *Corriere dei Laghi*, der größten Zeitung der Region. Außerdem war Francesco heute Senator des Parlaments in Rom.

Nachdem sie die Geheimnummer gewählt hatte, hörte sie die vertraute Stimme des jüngeren Freundes. Auch Francesco Rivo war empört über den überfallähnlichen Auftritt und die unverschämten Forderungen des Leonardo Pacco.

»Das trifft sich gut, Baronessa, wollten wir doch morgen mit einer vierzehnteiligen Serie beginnen: ›Die Haie der Marktwirtschaft‹. Geplant war, mit den neapolitanischen Bauskandalen zu beginnen. Signor Pacco sollte erst in der siebten Folge erscheinen. Ich lasse, wenn nötig, die Maschinen stoppen und eröffne die Serie mit Leonardo Pacco. Er ist zwar nicht der größte Fisch in unserem Netz, aber es ist mir wichtig, dass der Mann von Anfang an weiß, worauf er sich eingelassen hat. Sie hören von mir im Laufe des morgigen Tages. Und als treue Abonnentin unseres *Corriere* werden Sie schon morgen früh feststellen, wie prompt wir arbeiten. Salve, Baronessa.«

Kaum hatte die Baronessa den Hörer hingelegt, da klingelte das Telefon erneut.

»Verzeihung, wenn ich störe«, entschuldigte sich der Avvocato. »Ich habe mit dem Maresciallo gesprochen. Er wird ab zehn Uhr einen Streifenwagen oberhalb Ihres Palazzos postieren, sodass die Carabinieri die Zugänge zu Ihrem Haus einsehen können.«

»Das ist doch nicht nötig, Avvocato. Wir tun Herrn Pacco zu viel Ehre an.«

»Baronessa«, warnte der Avvocato, »Pacco ist ein gefährlicher und gewalttätiger Mann. Das ist das Wenige, was meine Recherchen zuverlässig ergeben haben. Er soll sogar mit Schlägertrupps arbeiten, um aufsässige Arbeiter zu disziplinieren, wie er das nennt. Morgen früh weiß ich mehr. Jetzt aber werde ich in die Trattoria della Pace gehen, einmal um mein Abendbrot einzunehmen, und zum anderen, der Vox populi zu lauschen.«

Auch die Baronessa nahm ihre Abendmahlzeit. Dazu trank sie einen alten Barolo, schaute auf den See und die gewaltigen Berge von Piemot. Dann schrieb sie einen Brief an ihren Sohn Alessandro, der sich an der Universität von Rom zum Doktor der Rechte promovierte. Den Vorfall Pacco verschwieg sie, mit solchen Dingen wollte sie ihn jetzt nicht belasten.

Der Avvocato indes war in der Trattoria herzlich empfangen worden. Carlo umsorgte den Freund und suchte im Keller eine leichte Flasche Rosé aus dem Friaul, dem er besonders belebende Kräfte zusprach. Mit Genuss verzehrte der Avvocato eine Forelle blau, die am Morgen noch im See geschwommen war, frischen Waldspargel, den die kleine Lina, die eine große Kräuter- und Waldfrüchtesucherin war, in den Bergen gestochen hatte und der mit einer feinen Sauce Vinaigrette serviert wurde. Ein frischer Ziegenkäse aus dem Aostatal beendete das einfache, gute Mahl.

Nachdem der Avvocato seinen Espresso coretto geschlürft hatte, erzählte er Carlo vom Ungemach der Baronesssa: »Terribile, terribile, in welchem Land leben wir denn, dass Gauner und Verbrecher ehrliche Leute so bedrohen können! Uno scandalo, Avvocato, ich sage: uno scandalo!«

Cesare il capitano stand an der Bar und hörte Carlos Erregung. Carlo winkte ihn heran.

»Carlo«, bedachte der Avvocato, »wir sollten die Sache nicht öffentlich machen.«

»Da bin ich aber ganz anderer Meinung, Avvocato! Man sollte das Unrecht in die Welt hinausschreien, dass alle Menschen es erfahren. Ganz Porto muss das wissen. Die Baronessa ist unsere Padrona. Wir lieben sie. Sie hat nur Gutes für Porto getan, und Porto steht zu ihr.«

Carlo lief zu großer Form auf. Seine Barberanase glühte im leuchtendsten Rot, seine Augen funkelten – ein zweiter Garibaldi, der sein Volk in die Freiheit führte.

»Sachte, sachte«, wiegelte der Avvocato ab.

»Va bene, Avvocato. Sie tun das Ihre auf Ihre Art und wir auf unsere Art das Unsere.«

»Bravo, bravissimo«, grummelte der alte Beltramini aus der hintersten Ecke der Trattoria und gab Carlo neuen Auftrieb. »Der Leonardo Pacco ist ein gefährlicher Mann, ein Gewalttätiger. Da reicht kein Hasenschrot.«

Das Wort der Baronessa hatte schon die Runde durch Porto gemacht. Fragt nicht, warum und wieso solch ein Wort durch den Ort läuft, vor einer Stunde erst gesprochen. In Porto pflanzen sich solche Worte durch geheimnisvolle Schallwellen fort.

»Nein«, sagte Carlo, »kein Hasenschrot, schweres Geschütz!«

Dann begleitete er den Avvocato durch den langen, glasüberdachten Flur, auf dem die leeren Barberafässer lagerten, deren Duft von Eiche, Säure und Wein der Luft der Trattoria das unvergleichliche Aroma verliehen.

An der bohlenbewehrten Tür trennten sich die Freunde – der Avvocato, mit den Gedanken beim morgigen Tag, und Carlo, ein Michael, bereit, mit dem Drachen zu kämpfen.

Die Stille der Nacht lag über Porto. Die Lichter der Promenaden rund um den See legten eine funkelnde Kette um seine Ufer. Aus der nächtlichen Tiefe des Sees spiegelten die Sterne. An den Berghängen verlöschten die Lichter der Dörfer und Ortschaften. Der reine Frieden lag über der Welt.

Der Streifenwagen der Carabinieri stand auf einem kleinen, erhöhten Platz, kaum hundert Meter vom

Eingang des Santini-Palazzos. Der Maresciallo hatte seine Männer mit Nachtgläsern ausgerüstet, sodass sie den Eingang der Villa kontrollieren konnten.

In einem Seitenerker des Palazzos saß bei angelehntem Fenster der alte Giacomo. Die Flinte über den Knien, ein schwarzes Käppchen auf dem Silberhaar, saß er da mit der Zeitlosigkeit alter Männer, die nichts mehr zu versäumen haben. Plötzlich horchte er auf. Er konnte von seiner Position die Land- wie die Seeseite überschauen. Von See her hörte er sanften Ruderschlag. Der alte Giacomo lächelte und streichelte zärtlich seine Flinte.

Nach einer Weile näherte sich ein Boot, fuhr leise in die Hafeneinfahrt und machte längsseits an der inneren Hafenmole fest. Zwei schwarze Gestalten wanden das Bugtau um einen der vielen Ringe und achteten trotz aller Eile sorgsam darauf, dass die Bootswand durch Fender geschützt war. Dann sprangen sie an Land, aufgesogen und verschwunden im Dunkel der Nacht.

Jetzt trat aus dem Schatten der Mariensäule, die den Hafen von Porto schützt, eine schlanke Gestalt: Cesare il capitano. Mit tänzerischer Grandezza sprang er in das Boot, befestigte mit einem Schifferknoten eine Nylonschnur am Heckhaken, gab der Schnur fünfzehn bis zwanzig Meter Spiel und befestigte sie an den Ringen der Mole. Die Nylonschnur, beschwert mit einem Senkblei, versank im brackigen Wasser des Hafens. Dann verschwand die Gestalt des Capitanos wieder in den Schutz der Mariensäule.

Die beiden Briganten waren indessen schon in den

Park der Baronessa eingedrungen. Der alte Giacomo hatte sie längst erspäht. Sie hatten eine kleine Wiese überquert und jetzt, etwa dreißig Meter vom Palazzo entfernt, schleuderten sie einen Brandsatz, ein Benzin-Petroleum-Gemisch. Doch der Wurf war zu kurz und der Brandsatz explodierte an der untersten Quadernreihe der Außenfront.

Eine Stichflamme gab gleißende Helle. Die beiden Attentäter ergriffen die Flucht. Sie überquerten die Lichtung und waren mit ihren Hinterteilen genau im Schussfeld des alten Giacomo. Zwei Schüsse peitschten durch die Nacht, die Brandstifter stürzten, Wehgeschrei erklang, dann sprangen sie wieder auf und verschwanden im Dunkel der Nacht.

»Hasenschrot«, knirschte der alte Giacomo mit hartem Grinsen, »Hasenschrot.«

Den Hafen erreichend, unter Ächzen und Stöhnen ins Boot springend, lösten die beiden Banditen die Bugschnur, nahmen die Ruder und ruderten, da das Sitzen zu beschwerlich und schmerzlich war, stehend dem Hafenausgang zu. Gerade als sie – wenige Meter nur – den Schutz des Hafens und die Freiheit des Sees erreicht hatten, kam das Boot zu einem abrupten Stopp. Die beiden Banditen flogen, wie von einer Riesenhand hinweggewischt, kopfüber über Bord. Das Nylonseil am Heck, jetzt straff gespannt, hatte seine Arbeit getan.

Während die Abgesandten Paccos im Wasser nach Luft schnappten, erschien jetzt wieder der Capitano im Bild, zog an der Nylonschnur das Boot zurück in den Hafen bis hin zu seinem Standort, knüpfte das

Seil ab und gab dem Boot einen kräftigen Tritt. Der Schub reichte aus, um es wieder zur Hafenausfahrt treiben zu lassen. Dort hangelten sich die beiden triefenden Gestalten an Bord, verzichteten jetzt aber auf alle Stille und Geheimhaltung, setzten den Außenbordmotor in Gang und braustten mit höchster Geschwindigkeit davon.

Der Capitano ging lachend und aufrechten Schrittes vom Hafen hinauf zur Trattoria, um den Vollzug der Aktion zu melden. »Ein toller Kerl, dieser Carlo«, dachte er, »unerschöpflich im Pläneschmieden, vor allem von Plänen, die sich verwirklichen lassen.«

Carlo hatte bereits den schweren Sperrbalken von der Türe geschoben und erwartete den Freund. Beide fielen sich lachend in die Arme. Laura, im Morgenrock, kam hinunter in die Trattoria und vernahm die Siegesbotschaft. Die Männer lachten Tränen.

»Zuerst«, stammelte Carlo, sich die üppigen Hüften haltend, »jagt ihnen der alte Giacomo einen Posten Hasenschrot in den Hintern und dann wässert unser Capitano diese Mailänder Ganoven im Hafenbecken. Dio mio, dass man so etwas erleben darf!«

Man trank noch eine Flasche Barbera – gerade das Richtige für solche Nächte –, dann suchte jeder die Nachtruhe.

Am anderen Morgen, als der Avvocato zum Frühstück im alten Palazzo am See erschien, hatte die Geschichte schon ihre Runde durch Porto gemacht. Giacomo im Silberhaar, Cesare il capitano und Carlo, hinter dem man mit Recht den Kopf der Aktion vermutete, waren die Helden des Tages.

Die Baronessa sagte zum Avvocato: »Nun weiß ich, was ich mir vorzustellen habe, wenn Sie – dem Volk aufs Maul schauen.«

»Mit den nächtlichen Aventüren habe ich nichts zu tun, verehrte Baronessa. Der treffsichere Schrotschütze kommt aus Ihrem Hause und die Hafenaktion ist dem fantasiereichen Rundschädel unseres Freundes Carlo entsprungen, der dann im Capitano das ausführende Werkzeug fand.«

Die Baronessa lächelte und reichte dem Avvocato den *Corriere dei Laghi* herüber, in dem Francesco Rivo gegen Leonardo Pacco zu Felde zog. In dem Artikel, der die ganzen gewalttätigen Geschäftspraktiken des Pacco aufzeigte, zog Rivo in seiner Eigenschaft als Senator den Schluss, einen Untersuchungsausschuss des römischen Parlaments zu berufen und die Geschäftsmethoden solcher Raubritter der Wirtschaft zu überprüfen.

»Die Front gegen Pacco schließt sich, Baronessa. Mein Mailänder Gewährsmann ist der Meinung, dass Pacco seinen Kreditrahmen bis zum Äußersten angespannt hat. Vor allem gibt er mir den wichtig scheinenden Hinweis, doch einmal die Anfänge des Leonardo Pacco zu überprüfen. Er ist Anfang der Fünfzigerjahre aus dem Nichts aufgetaucht und hat mit einem beträchtlichen Startkapital seine Laufbahn begonnen. Woher stammt dieses Anfangskapital? In der Familie jedenfalls war kein Geld. Vielleicht geben Sie diese Anregungen an Senator Rivo weiter, Baronessa.«

»Ja, gut, Avvocato. Ich werde mit Rivo darüber

sprechen, aber ich habe da noch jemanden, der diesen Ball auffangen könnte.«

»Sie denken an Ihren väterlichen Freund, den großen Bankier, Baronessa?«

»Ja, der scheint mir der richtige Adressat für den Gedanken, die gesamte Finanzsituation der Gruppe Pacco zu überprüfen. Vor allem, weil die Recherchen meiner Santini-Bank nicht befriedigend sind.«

»Ich muss Ihre Leute entschuldigen, Baronessa, auch meine Quellen fließen spärlich. Vor allem Paccos Anfänge sind dunkel, ein Herr Niemand aus Nirgendwo. Doch warten wir einmal ab. Signor Pacco hatte nicht erwartet, dass seine Gangster sich hier in Porto blutige Nasen holten.«

»Blutige Nasen waren es ja eigentlich nicht, Avvocato«, bemerkte die Baronessa etwas mokant, worauf beide in ein Gelächter ausbrachen.

»Auch Rivos journalistischer Angriff wird ihm zu denken geben«, überlegte der Avvocato. »Signor Pacco wird die zwingende Feststellung machen, dass Sie, liebe Baronessa, nicht alleine stehen.«

Dann verabschiedete er sich von der verehrten Freundin und versprach, weiter um ihre Interessen bemüht zu sein.

In Mailand, in der Chefetage des Pacco-Hochhauses, hingen die Wolken tief. Vor dem zornsprühenden Leonardo Pacco standen die beiden nächtlichen Missetäter. Noch in der Nacht hatte der Werksarzt der Pacco SpA. die beiden medizinisch versorgt und die zahlreichen Schrotkugeln entfernt.

»Und das soll meine Sicherheitstruppe sein? –

Hirnlose Schlappschwänze, die sich von Bauern und Kleinbürgern eine blutige Abfuhr holen und sich im Hafenbecken wieder finden«, grollte Pacco.

Dann nahm er den dritten Mann ins Visier, ein athletisch wirkender Schlägertyp und ehemaliger Preisboxer, der sich Chef des Werkschutzes nannte, in Wahrheit aber Anführer einer kleinen Terrorgruppe war, die sich Gewerkschaftler vornahm, die sich allzu sehr für Arbeiterinteressen einsetzten. Ganz allgemein galt ihr Auftrag, die Geschäftspolitik des Leonardo Pacco mit Angst und Schrecken durchzusetzen.

»Und du, Riccardo, was tust du?«, bellte Pacco. »Setzt diese beiden Gimpel ein, die ihren Auftrag vermurksen und die Pacco SpA. obendrein noch lächerlich machen. Lächerlich, lächerlich! – Das ist das Allerschlimmste … Und wer, Riccardo, ist dieser Francesco Rivo, der in seinem *Corriere dei Laghi* über uns herzieht? Wie kommt der Mann dazu, Riccardo, du bist der Sicherheitschef, warum wird ein solcher Mann nicht zurechtgewiesen? Wofür bezahle, füttere, mäste ich Euch, wozu?«

Leonardo Paccos erste Flutwelle des Zorns schien abgeflossen. »Ich habe dich etwas gefragt, Riccardo. Antworte!«

»Commendatore«, erklärte Riccardo Sperino, »Commendatore« – und welcher italienische Industrielle ist nicht Commandatore? –, »dieser Rivo ist ein schwer angreifbarer Mann. Er ist nicht nur Herausgeber und Chefredakteur seiner Zeitung und hat jede Menge Öffentlichkeit, die er sich wünschen kann, sondern darüber hinaus, Commendatore, ist er Senator in Rom. Das verschafft ihm nicht nur Immunität, sondern Macht und Einfluss. Ein Mann, der direkten Zugang zum Innenminister hat.«

»Lassen wir also den verdammten Journalisten und Senator beiseite und konzentrieren wir uns auf die Baronessa. Sie muss weichgekocht werden, weich, Riccardo. Ich warte auf deine Vorschläge!«, grollte Pacco.

»Commendatore, darf ich mir einen Vorschlag erlauben?«, fragte Sperino devot.

»Ich warte darauf, ich warte darauf, mein Lieber.«

»Commendatore, ich kenne die Örtlichkeiten nicht. Vielleicht wäre es gut, wenn ich für ein oder zwei Tage nach diesem Porto am See führe. Der persönliche Augenschein könnte vielleicht Lösungen bringen.«

»Warum stehst du noch hier?«, ballerte Pacco. »Setz dich in Marsch, Riccardo. Und denke daran: Ich will Resultate sehen!«

Und während Pacco weitere Breitseiten Verwünschungen gegen seine Mitarbeiter abfeuerte, verließ Riccardo Sperino das Chefzimmer, bereit zur Fahrt nach Porto.

Er übertrug seine Aufgaben seinem Stellvertreter, fuhr zu seiner Wohnung und holte dort einen Revolver, für den er einen Waffenschein hatte. Dann packte er seine Sachen zusammen und besorgte sich in Mailands Unterwelt zwei Handgranaten und zwei Sprengsätze.

Nach alldem nahm er Abschied von seiner Geliebten, einer schwarzhaarigen Mailänder Bardame von bedrängender Weiblichkeit, und verließ am Nachmittag Mailand in Richtung Porto.

Am frühen Abend traf er dort ein und nahm ein Zimmer in einem Hotel am Seeufer. Bald sah man ihn auf der Uferpromenade: ein harmloser Spaziergänger, der sich am See und an den Bergen von Piemont erfreute. Sein forschender Blick entdeckte den Wagen der Carabinieri, die den Eingang des Palazzos bewachten. Scheinbar ziellos schlenderte er dann zum Hafen, den seine Mitarbeiter so intim kennen gelernt hatten. Der Santini-Palazzo erschien ihm wie eine schwer zu erstürmende Festung. »Diese alten Raubritter«, dachte er, »hatten schon immer ein besonderes Gespür für sichere Positionen.« Die Seeseite mit ihrem schweren Mauerwerk verhinderte jeden Zugang. Die Landseite war durch die Carabinieri gesichert. Tatsächlich bot der Weg vom Hafen her, den seine Mitarbeiter gewählt hatten, die einzige Möglichkeit, auf das Grundstück zu gelangen, und dort, so wusste man jetzt, saß ein bewaffneter Posten.

Durch die Straßen von Porto bummelnd, stand Riccardo plötzlich vor der Trattoria della Pace. Ein guter Essensgeruch lockte ihn an. Er öffnete die Tür, schritt mit seinen geschmeidigen Schritten den glasüberdachten Flur entlang, vorbei an den Weinfässern, und stand plötzlich in der Trattoria und – aber das wusste er nicht – in der Höhle des Löwen.

Der Löwe näherte sich ihm in der Gestalt eines kleinen, kugelrunden Mannes, der mit seinem schwarzen Lockenhaar fast aussah wie ein alternder Cherubim, wenn nicht, ja wenn nicht die rote Barberanase in seinem Vollmondgesicht wie ein Fanal aller weltlicher Freuden geleuchtet hätte.

Er stellte sich vor als Wirt der »Trattoria della Pace« und klärte den neuen Gast auf, dass alle ihn Carlo nannten. Dann stellte er sachkundig fest: »Der Herr ist sicher aus Milano?«

»Wie kommen Sie darauf?«, fragte der Gast interessiert.

»Nun, eine Sache der Menschenkenntnis und Erfahrung«, meinte Carlo. »Die gute Garderobe verweist auf Mailänder Schneiderarbeit, dazu die Gentilezza der gesamten Erscheinung, unzweifelhaft, ein liberaler Milanese.«

Der Gast war geschmeichelt, was ja auch der Sinn von Carlos zuckersüßer Suada war.

»Ja«, bestätigte der Milanese. »Ich lebe seit zwanzig Jahren in Mailand. Doch geboren bin ich in einem Dörfchen bei Gubbio. Mit fünfzehn Jahren bin ich davongelaufen, zusammen mit meinem Freund, der fünf Jahre älter war und ist. Damals war er mein Freund, heute ist er mein Chef. Aber« – so endete der Milanese – »das alles ist nicht so wichtig. Wichtig ist jetzt ein gutes Abendessen.«

»Ecco, Signore«, dienerte Carlo, »da sind Sie genau am richtigen Ort. Meine Frau Laura ist berühmt wegen ihrer Kochkunst, die sie von mir erlernt hat, und ich wegen meines Weinkellers«, renommierte er fröhlich.

»Darf ich Ihnen, Signor ...?«, und er erhob fragend die Stimme ...

»Sperino, Riccardo Sperino«, füllte der Gast gehorsam Carlos Wissenslücke.

»Also, darf ich Ihnen, Signor Sperino, einen Menü-
vorschlag offerieren? Nichts tue ich lieber, Signor
Sperino, als mit einem intelligenten Mann von Welt
ein Essen beratschlagen. Mein großer Freund, der
Avvocato, würde nie ein Abendessen zu sich nehmen, ohne meinen Rat gehört zu haben. – Als Entree
etwas ganz Einfaches, Schinken aus den Marken, der
Sie an Ihre Heimat erinnern wird. Einige Scheiben Salami, garantiert mit dreißig Prozent Eselsfleisch. Das
alles garniert mit sauren Zwiebeln und kleinen Gürkchen, einigen Oliven und süßsauren Steinpilzen, die
meine Schwester Lina im vergangenen Herbst im
Wald gesucht hat. Sie kennt die besten Plätze, müssen
Sie wissen. – Als Pasta schlage ich vor, deftig und
kräftig, Spaghetti alla carbonara, mit einer Ei-Sahne-
Sauce unterzogen und kross geröstetem Speck. Ein
Männergericht. – Allora, so weit wären wir, Signor
Sperino. Nach der Pasta könnten wir uns für eine
Trotta entscheiden, frisch aus dem See ist es noch
immer eine Delikatesse. Aber heute möchte ich Ihnen
eine gedämpfte Lachsschnitte vorschlagen. Als Sauce
heiße, flüssige Butter mit etwas Knoblauch parfü-
miert. Ein zarter, vollkommener Genuss. – Als Hauptgang, es drängt sich fast auf, eine Keule vom frischen
Hasen aus unseren Wäldern und Feldern. Drei Tage
eingelegt in eine Marinade aus frischem Hasenblut,
kräftigem Barbera, feinem Olivenöl, aromatisiert mit
etwas Knoblauch, Thymian, Wacholderbeeren, Lor-
beerblättern und reichlich Zwiebeln. Die Marinade
ist zugleich Grundlage für die Sauce. Sie werden
staunen, Signor Sperino, ein Hochgenuss.«

»Nun«, schmunzelte der im Vorgenuss kommender Freuden, »gehen Sie ans Werk, verehrter Signor Carlo.«

»Un momento, un momentino, Signor Sperino, wir dürfen den Wein nicht vergessen. Als Aperitivo schlage ich Ihnen ein Glas Spumante vor, einen sehr trockenen, versteht sich, aus den Weinen des Oltrepo Pavese. Er belebt die Magensäfte und animiert zum Essen. Dann, zur Pasta und zum Fisch, einen Weißwein aus dem Tal der Trebbia und zum Hauptgang muss es eine Flasche Barbera, sagen wir aus Alba, sein. Zum Dessert einen Käse oder Süßigkeiten, aber das entscheiden wir später.«

Carlo eilte zur Bar, füllte ein volles Glas Spumante ein, bewirtete seinen Gast und verschwand in der Küche. Die Frauen hatten durch die angelehnte Küchentür jedes Wort verstanden, sodass die Platte mit dem Schinken aus Umbrien und der Salami schon bereitstand. Carlo gab Lina den Auftrag, die Vorspeise bereits zu servieren. Dann flüsterte er in den wenigen Augenblicken, die er mit seiner Frau alleine in der Küche war: »Laura, ich muss mit deiner Nichte unten im Uferhotel telefonieren, es geht um die Baronessa.«

Den Telefonhörer in der Hand, rief er das Uferhotel an, in dem Lauras Nichte als Zimmermädchen arbeitete.

»Pronto, Franco« – das war der Patron –, »es geht um die Baronessa. Gib mir meine Nichte Rosalia.«

Sekunden später meldete sie sich. »Salve, Onkel, was ist zu tun?«

»Hör zu, Kind, in eurem Hotel ist heute ein Gast abgestiegen.«

»Si, si, ein großer, starker Mann. Ein Milanese.«

»Rosalia, derselbe Mann nimmt bei mir sein Abendessen ein. Eine Angelegenheit, die mindestens anderthalb bis zwei Stunden dauern wird. Du bist also vollkommen sicher. Geh auf sein Zimmer und schau dich um. Alles, was dir außergewöhnlich erscheint, teilst du mir mit. Mach dich schnell ans Werk und gib mir Nachricht. Ciao, Rosalia!«, hauchte Carlo in den Apparat.

»Ciao, zio Carlo«, antwortete Rosalia und hängte ein.

Eine Viertelstunde später – Riccardo Sperino labte sich an den köstlichen Spaghetti alla carbonara und genoss seinen Trebbiano – war Rosalia am Telefon.

»Zio Carlo, du brauchst nicht zu antworten. Ich berichte: Der Mann hat in einem kleinen Lederkoffer eine große Pistole oder einen Revolver, ich kenne mich da nicht aus. Dann sind da vier Gegenstände, die wie Granaten aussehen. Sei vorsichtig, Zio, das muss ein sehr gefährlicher Mann sein.«

»Grazie, Signora, mille grazie, am kommenden Sonntag ein Tisch für sechs Personen auf den Namen Lelloni. Ist notiert, Signora, mille grazie«, flötete Carlo in die Sprechmuschel.

Die Trattoria füllte sich langsam. Auch der Avvocato erschien, um seine gewohnte Mahlzeit einzunehmen. Carlo tuschelte so mit ihm, dass jeder annehmen musste, Carlo gebe seine berühmte Speisenillustration und Empfehlung von sich. Dabei schob er dem Avvocato einen Zettel zu mit der Aufschrift: »Es geht um die Baronessa.«

Dann folgten kurze Anweisungen an den Avvocato, der sofort reagierte, aufstand und sagte: »Verzeih, ich muss noch schnell einmal in meine Praxis zurück, ich habe eine wichtige Angelegenheit vergessen. Schieben wir das Essen eine Viertelstunde auf. Es bleibt alles wie besprochen, Speisen und Getränke nach Ihrem Vorschlag, Signor Carlo.«

Der Avvocato verließ eiligen Schrittes die Trattoria und fuhr auf kürzestem Wege in seine Praxis. Von dort aus rief er den Maresciallo an: »Ich gebe Ihnen eine wichtige Nachricht. In der Trattoria della Pace sitzt ein Killer aus Mailand beim Abendessen. Er ist im Uferhotel abgestiegen. Dort hat man in seinem Zimmer einen Revolver und vier Granaten, wahrscheinlich Handgranaten, festgestellt. Zwischen halb zehn und halb elf wird dieser Mann – hoch gewachsen und sehr muskulös, in einem beigefarbenen, eleganten Anzug – die Trattoria verlassen und zum Uferhotel zurückkehren, entweder um zu schlafen oder um sich aus seinem Waffenarsenal zu versorgen. Wenn Sie ihn vor dem Uferhotel durchsuchen, werden Sie eine Waffe bei ihm finden. Wahrscheinlich eines jener verbotenen feststehenden Messer. Es geht um die Baronessa, Maresciallo«, war der letzte Satz des Avvocato, dann hängte er ein und fuhr zurück in die Trattoria.

»Tutto in ordine, Avvocato?«, fragte Carlo.

»Ja, jetzt ist alles in Ordnung«, antwortete der.

Während Riccardo Sperino sich an der gedämpften Lachsschnitte delektierte, hatte Carlo einen Mailänder Taschendieb angerufen, der sich in Porto zur Ruhe gesetzt hatte. Er führte das Leben eines ehrbaren Bürgers und nur sein Spitzname, »La mano miracolosa« – »die Wunderhand« – erinnerte an vergangene Zeiten.

Carlo hatte ihn informiert: »Hör zu, Mano, es geht um die Baronessa. Zwischen halb zehn und halb elf wird ein Mailänder Gangster, der hier bei mir zu Abend isst, die Trattoria verlassen. Er wird mindestens zwei Flaschen Wein und einige Schnäpse getrunken haben und nicht auf der Höhe seiner Wahrnehmungsfähigkeit sein. Präpariere diesen Mann mit einem Stiletto, warum und wieso, sage ich dir später, aber es geschieht im Dienst der Gerechtigkeit. Ich verlasse mich auf dich. Ciao, Mano.«

Carlo seufzte, die Arbeit war getan, das Netz gesponnen. Jetzt brachte er Sperino die Hasenkeule. Ein zarter, süßsaurer Duft stieg auf. Die übrigen Gäste schnupperten neidvoll.

Zum Avvocato gewandt, sagte Carlo leise: »Es war das letzte und einzige Stück. Ein Freund, ein Jäger, hatte mir die Keule geschenkt. Sie war für mich bestimmt, aber ich habe sie auf dem Altar unserer gemeinsamen Ziele geopfert.«

Der Avvocato schaute in das leidgezeichnete Gesicht seines kugelrunden Freundes, streichelte dessen Bauch und bekannte: »Ich bin der einzige nächst dir, der dieses Opfer würdigen kann, amico mio.«

Carlo lächelte schmerzlich. Dann eilte er flink mit seinem hüpfenden Gang in den Keller, um die Flasche Barbera d'Alba zu holen.

»Prego, Signor Sperino, hier ist der Wein, der dieser Hasenkeule die letzte Vollendung gibt.« Mit diesen Worten schenkte Carlo ein und atmete prüfend den Duft des Barbera.

Sperino trank den ersten Schluck, rollte die Augen, blickte gen Himmel und dankte dem Herrn. Mochte er auch ein Mailänder Gangster sein, zuvorderst war er Italiener und hatte gelernt, einen großen Wein zu würdigen. »Un vino straordinario, Signor Carlo. Holen Sie sich doch ein Glas und kosten Sie.«

Carlo holte ein Weinglas, füllte einen kleinen Schluck ein und machte die Probe. Er nickte Sperino anerkennend zu. »Ich bin zufrieden, Signor Sperino, es ist so, wie es sein sollte. Das Beste für den Gast.«

Dann schaute er auf die Uhr. Es war kurz nach neun. Ob wohl »La mano miracolosa« auf seinem Posten war?

Nun, Sperino hatte seine Hasenkeule noch nicht bewältigt. Nach einer kleinen Viertelstunde lehnte sich Sperino genüsslich zurück. Ein vollkommen zufriedener Mann.

In diese Stimmung behaglicher Sättigung stellte Carlo einen doppelten französischen Cognac vor seinem Gast nieder. »Ein Geschenk des Hauses, Signor Sperino, trinken Sie ihn mit Bedacht. Er ist vierzig Jahre alt und hat ein Menschenleben lang auf Sie gewartet.«

»Ein honetter Mann, dieser Wirt«, dachte Sperino, »wirklich ein honetter Mann.« Dann trank er in kleinen, andachtsvollen Schlückchen, so wie ihm angeraten, den alten Cognac.

Dann war wiederum der unermüdliche Wirt zur Stelle und reichte einen Käseteller mit altem Gorgonzola und jungem, noch nicht verhärtetem Parmigiano.

»Nach dem Cognac wären Süßigkeiten nicht zu empfehlen gewesen«, urteilte Carlo souverän und schenkte das letzte Glas Barbera zum Käse ein. Dann wandte er sich seinen anderen Gästen zu.

Kurz vor zehn Uhr zahlte ein zufriedener Signor Sperino seine Zeche und fand den Preis sehr angemessen. Er verabschiedete sich dankend und ging, von Carlo begleitet, durch den langen, glasüberdachten Flur, durch den schon so viele zufriedene Zecher geschritten waren.

Als die eichene Balkentüre sich öffnete, ging der Milanese mit schweren Schritten durch die Nacht seinem Hotel entgegen. An einer Straßenecke prallte ein kleiner, zarter Mann gegen ihn, entschuldigte sich tausendmal und war schon wieder im Dunkel verschwunden, so, als sei es kein Mensch, sondern nur ein Schatten gewesen.

Auf der Uferpromenade, unweit des Hotels, stand die massige Gestalt des Maresciallo. Hinter ihm, im Schatten einer Platane, ein weiterer Carabiniere.

Zwanzig Meter vor dem Hoteleingang trat der Maresciallo auf den Milanesen zu: »Verzeihung, Signore, darf ich Ihre Ausweispapiere sehen?« Es war mehr ein Befehl als eine Frage.

»Naturalmente«, erwiderte der Mailänder, »obwohl ich den Sinn Ihres Wunsches nicht einsehe.«

Der Maresciallo lächelte göttergleich. Warum sollten auch die Sterblichen die Entscheidungen der Götter verstehen. Es genügte, wenn sie ihnen folgten.

Der Maresciallo blätterte in den Papieren. »Sperino, Riccardo, geboren 1932 in Madonna del Monte bei Gubbio. Personenstand: ledig. Beruf: Leiter der Sicherheitsabteilung der Leonardo Pacco SpA. in Mailand. – Ein ehrenwerter Beruf und ein ehrenwerter Mann, fast ein Kollege«, urteilte der Maresciallo.

Riccardo Sperino aber saß der bleiche Schrecken im Gedärm. Wusste er doch, dass er nach dieser Personenbestandsaufnahme nunmehr für alle seine Pläne kaltgestellt war. Die Beschimpfungen des Leonardo Pacco dröhnten schon jetzt in seinen Ohren.

»Signore«, erklärte der lächelnde Maresciallo, »wir suchen nach verbotenen Waffen. Tragen Sie Waffen bei sich?«

»Nein« – so die Antwort von Sperino. »In der Tat habe ich einen Revolver, aber dafür besitze ich einen Waffenschein. – Bitte.« Er hatte seine Brieftasche geöffnet und hielt dem Maresciallo demonstrativ seinen Waffenschein hin.

»Wie schön, wenn alles seine Ordnung hat«, stellte der Maresciallo befriedigt fest und reichte den überprüften Waffenschein zurück.

»Sie gestatten«, lächelte der freundliche Maresciallo, während seine Hände schnell den Milanesen abtasteten, die Seitenpartien unter den Armen prüften und jetzt sanft über die Taschen des Jacketts glitten.

Die Stirne des Maresciallo umwölkte sich. Er sah Sperino staunend an, seine Hand griff schnell in die

Seitentasche des Gangsters. »Sehen Sie nur, Signore, sehen Sie nur, ein Stiletto, eine verbotene Waffe.«

Dann reichte er dem Mailänder das Messer. Und während dieser staunend das Messer ergriff und damit unwiederbringlich seine Fingerabdrücke auf dem Messergriff verewigte, sagte der Maresciallo: »Und Sie sagten doch, Sie trügen keine Waffe bei sich.«

»Ich habe auch keine Waffe bei mir gehabt«, bäumte sich Sperino auf. Vorhin, hundert Meter von hier, hat mich ein Unbekannter angerempelt, vielleicht hat er dabei das Messer in meine Jackentasche praktiziert.«

»Ein Unbekannter, DER GROSSE UNBEKANNTE«, sagte der Maresciallo mit Trauerflor in der Stimme. »Wann fällt euch denn einmal etwas Neues ein? Ein Unbekannter … der große Unbekannte«, grollte er mit leiser Stimme.

»Maresciallo, bitte vergessen Sie nicht, ich habe einen Waffenschein«, rechtfertigte sich Sperino.

Die Antwort des Maresciallo war unwiderlegbar: »Sie haben einen Waffenschein für einen Revolver. Wenn Sie einen Pilotenschein haben, dürfen Sie fliegen, aber Sie können damit kein Auto fahren. Wir werden uns aufgrund des Besitzes einer verbotenen Waffe und Ihrer wissentlichen Falschaussage, um das Wort Lüge zu vermeiden, jetzt einmal Ihr Hotelzimmer ansehen.«

Von dem Maresciallo und dem zweiten Carabiniere eskortiert, betrat der Mailänder die Hotelhalle, und – o Wunder – der Hotelier stand schon bereit mit dem Zimmerschlüssel in der Hand, so, als habe er auf diesen Auftritt gewartet. Der Maresciallo nahm den Zimmerschlüssel und beschied den Hotelbesitzer: »Bitte folgen Sie uns als neutraler Zeuge.«

Sekunden später stand man in Sperinos Zimmer. Die Augen des Maresciallo prüften jedes Detail. Er trat zum Bett, lüftete die Kissen – nichts. Trotzdem stand auf der Stirn des Mailänders dicker Angstschweiß. »Ich prostestiere, ich protestiere mit Nachdruck, Maresciallo, ich will einen Anwalt.«

»Das wird Ihnen nicht versagt werden«, stellte dieser mit Würde fest. Dann schritt er zur Kofferablage, öffnete den größeren Koffer, seine Hand fuhr prüfend zwischen Hemden, Wäsche und Socken. Seufzend schloss er den Kofferdeckel, nahm den kleineren Lederkoffer, setzte ihn auf den großen, damit er sich nicht zu sehr bücken musste, was bei seinem dicken Bauch verständlich war.

Der Kofferdeckel sprang leicht auf und bot seinen Inhalt dar: ein Revolver, zwei Eierhandgranaten und zwei Sprengsätze.

Der zweite Carabiniere sicherte die Türe. Der Maresciallo winkte den Hotelbesitzer heran, deutete auf den kleinen Koffer mit seinem mörderischen Inhalt. »Bitte sagen Sie uns, Franco, sagen Sie uns als neutraler Zeuge, was Sie hier sehen.«

»Ich sehe«, stammelte Franco, »einen geöffneten Lederkoffer mit einem Revolver, zwei Eierhandgranaten und zwei Paketen Dynamit oder wie man das nennt.«

»Es sind Sprengsätze, Franco, Sprengsätze, mit denen man ein Haus in die Luft sprengen kann«, erklärte der Maresciallo.

»Und nun, Signor Riccardo Sperino, nehme ich Sie fest. Strecken Sie die Hände nach vorne mit den Handflächen nach unten«, forderte der Maresciallo barsch. Die Handschellen klirrten, der Chef der Sicherheitsabteilung der Leonardo Pacco SpA. war festgenommen.

»Und nun ab mit ihm, in das Provinzialgefängnis von Varese«, befahl der Maresciallo.

Und wiederum wunderbarerweise stand vor dem Eingang des Hotels ein Fahrzeug der Carabinieri mit laufendem Motor und blitzendem Blaulicht. Zwei Autotüren gingen auf, schlugen zu, und der Wagen entschwand dröhnend im Dunkel der Nacht.

Dann gingen sie, eine kleine Prozession, voran der Maresciallo, hinter ihm Franco, der Besitzer des Uferhotels, und – wenn man genau hinsah, erkannte man den Schatten einer zarten Gestalt – »La mano miracolosa«, die trotz der Dunkelheit diesmal im Lichte der Gerechtigkeit wandelte.

Die kleine Schar zog von der Uferstraße hinauf, durch die winkligen Gassen, zielstrebig zur Trattoria della Pace. Und als ob man auf sie gewartet hätte, sprang die schwere Tür wie von selbst auf, und sie gingen durch den langen, glasüberdachten Flur hinein in die Trattoria. Dort stand Carlo, leuchtend in seinem Ruhm als Superhirn, aber noch leuchtender die rote Barberanase.

Auch der Avvocato war da, trotz aller Freundlichkeit in der sicheren Distanz des Juristen, dann Tino der Schmied, Cesare il capitano und natürlich die Frauen im Rahmen der Küchentür.

Der Maresciallo blieb stehen, warf sich in Positur, war ganz Staatsmacht und Arm des Gesetzes, hob den Daumen noch oben und gab kund: »Wir haben den Vogel, wir haben ihn.«

Dann lächelte er, trat auf Carlo zu, küsste dessen Stirne und sagte: »Milano ist groß, aber Porto gilt auch noch was.«

Dann sahen sie sich an und lachten – ein Lachen, das ganz Porto erfasste –, die Fensterläden öffneten sich, schlaftrunkene, aber dennoch neugierige Gesichter schauten heraus, fragten, Worte flogen hin und her, Lachen – ganz Porto lachte –, die Fensterläden schlossen sich wieder, aber das Lachen blieb in der Luft. Porto lachte sich in den Schlaf.

Und während dies alles in Porto geschah, vollzog sich das Schicksal in Mailand in ähnlicher Weise.

Der große Freund der Baronessa, der alte Bankier in Rom, hatte seine Fäden gesponnen, seine Fallen gestellt. Er hatte der Leonardo Pacco SpA. einen Kredit gekündigt. Keine bedeutende Summe, aber es war ein Anfang. Vor allem ermöglichte diese Kündigung ein Gespräch mit seinem alten Freund, dem Generaldirektor der Cassa di Risparmio delle Province Lombarde, kurz CARIPLO genannt, eine der größten Sparkassen Europas. Bei diesem Telefongespräch ließ der alte Mann in Rom wie beiläufig einfließen, dass er der Leonardo Pacco SpA. die Kredite gekündigt hatte.

»Wieso?«, fragte der Generaldirektor der CARIPLO

aufmerksam. »Hat sich Paccos Kreditspiegel so verschlechtert?«

»Nein, eigentlich nicht«, sagte der alte Mann, »nichts, was offen zutage tritt. Aber Paccos Geschäftspolitik besorgt mich. Er ist zu radikal, zu rücksichtslos, er schafft sich zu viele Feinde. Welcher Geschäftsmann kann sich so viele Feinde erlauben? Aber vielleicht bin ich nur zu vorsichtig, mein lieber Freund. Pacco ist ein Gewaltmensch, und so etwas geht auf die Dauer nicht gut.«

»Was würdest du an meiner Stelle tun?«, fragte der Generaldirektor, der zugleich der größte Geldgeber der Pacco SpA. war, den alten Mann in Rom.

Der lachte ein stilles Altmännerlachen und sagte: »Nun, was schon, caro mio, nun, was schon …?«

Als am anderen Morgen Riccardo Sperino in seiner Gefängniszelle erwachte, den bitteren Geschmack abgestandener Gefängnisluft im Mund und im Herzen den Zweifel, durch wen, wann und wie er in der vergangenen Nacht übertölpelt worden war, brauten sich über Leonardo Pacco die Gewitterwolken zusammen.

Zuerst rief ihn sein Anwalt an und berichtete, dass sein Sicherheitschef verhaftet worden war und in einer Zelle des Provinzgefängnisses von Varese einsitze. Die Anklage laute auf unerlaubten Waffenbesitz.

»Aber er hat doch einen Waffenschein«, rief Pacco.

»Ja«, antwortete der Anwalt«, aber nicht für Handgranaten, Sprengsätze und Stiletts.«

»Bin ich denn nur von Schwachköpfen umgeben?«, donnerte Pacco.

»Was soll geschehen, Commendatore?«, fragte der Anwalt kühl.

»Wollen wir Kaution stellen?«

»Nein, er soll braten, bis er schwarz wird. Ich werde keinen Finger für ihn rühren«, entschied Pacco.

»Ich rufe gegen Mittag nochmals an, Commendatore. Ich weiß nicht, ob es klug ist, den Mann einfach sitzen zu lassen. Schließlich weiß er viel, sehr viel von Ihren Geschäften. Bis Mittag, Commendatore.«

Der Anwalt hängte ein und Pacco blieb allein mit seinem Zorn. Wenig später betrat der Chefbuchhalter das Büro und legte mit spitzen Fingern das Fernschreiben aus Rom mit der Kreditkündigung vor. Pacco schoss das Blut ins Gesicht. »Berührt das unsere Liquidität?«, fragte er schwer atmend.

Der Buchhalter verneinte. »Aber, Commendatore, es berührt unseren guten Ruf, unser Renommee.«

Und während Leonard Pacco in dunkle Gedanken zu versinken drohte, meldete seine Sekretärin einen neuen Besucher: »Ein Bote der CARIPLO wünscht einen Brief abzugeben und bittet um persönliche Bestätigung durch den Commendatore.«

Der Bote in seiner flotten Uniform trat ein, überreichte dem Commendatore den Brief und bat um Quittierung auf einem besonderen Formular. Dann dankte er und verließ das Chefzimmer. Die Sekretärin blieb in der Türe stehen und wartete auf eine Anweisung. Der Commendatore schüttelte verneinend den Kopf. Die Sekretärin zog die Polstertür zu, die sich mit sanftem Zischen schloss.

Pacco hatte seine ganze Willenskraft aufgeboten,

um den Brief weder vor den Augen des Boten noch denen der Sekretärin zu lesen. Jetzt, endlich allein, öffnete er ihn und brauchte geraume Zeit, um den Inhalt der dürren Mitteilung zu verstehen.

Der Generaldirektor der CARIPLO teilte dem Commendatore Pacco mit, dass der von der CARIPLO gewährte Überziehungskredit in Höhe von einer Milliarde Lire – zur damaligen Zeit etwa 6,4 Millionen Mark – gemäß den Bedingungen des Kreditvertrages zum nächsten Ultimo aufgekündigt sei.

Dieser Hieb, das wusste Pacco, war zwar noch nicht der Untergang, aber ein Axthieb an die Wurzeln seines Unternehmens. Vor allem wenn bekannt wurde, dass die Pacco SpA. keinen Kredit mehr bei der größten Sparkasse der Lombardei hatte, konnte das unabsehbare Folgen haben.

Pacco griff zum Telefonhörer und wünschte von der Vermittlung eine dringende Verbindung mit dem Generaldirektor der CARIPLO. Bald meldete sich die kühle Stimme des Bankiers: »Pronto, was kann ich für Sie tun, Commendatore?«

»Verbrecher«, dachte Pacco, »alles kannst du für mich tun, vor allem mir nicht die Kehle zuhalten.«

In Wirklichkeit sagte er mit der Höflichkeit, die ihm überhaupt möglich war: »Signor Direttore, ich habe nur eine Frage: Wieso und warum diese plötzliche Kündigung meines Kredits?«

»Aber verehrter Freund«, heuchelte der Generaldirektor, »bitte lesen Sie unsere Kreditbedingungen. Danach können Kredite ohne Angabe von Gründen gekündigt werden. Dies ist ja auch ganz natürlich, denn wer möchte sich schon rechtfertigen, wenn er sein Geld zurückhaben will.«

»Aber verehrter Herr Generaldirektor, wir arbeiten seit Jahren gut zusammen. Die Pacco SpA. hat ihre Zinsen immer pünktlich bezahlt.«

»Senza dubbio – ohne Zweifel –, verehrter Commendatore, aber pünktliche Zinszahlung ist die Norm, ist die Pflicht des Kreditnehmers, im Grunde nicht einmal erwähnenswert.«

»Aber selbstverständlich, selbstverständlich, liebster Direttore«, flötete Pacco mit Kreidestimme – dabei hätte er dem Kerl am liebsten seine Schläger vorbeigeschickt, damit sie ihm bei Nacht und Nebel die kühle, arrogante Bankiersfresse polierten. Stattdessen hörte er sich sagen: »Direttore, geben Sie mir einen Hinweis. Mein Kreditrahmen ist zwar ausgeschöpft, aber nicht überzogen. Wenn ich etwas größere Mittel brauche als bisher, dann doch nur, um den Autobahnbau in Gang zu bringen. Ansonsten steht die Pacco-Gruppe gesund da, kerngesund.«

»Wie schön für Sie, ich freue mich für Sie, lieber Freund, umso leichter wird es Ihnen fallen, etwaige Finanzierungslücken zu schließen. Und wenn Sie mich schon um einen Hinweis bitten, verehrter Signor Pacco, ich glaube, aber wirklich ganz unverbindlich, ich glaube, dass Ihre Probleme im persönlichen Bereich zu suchen sind. Aber nun gestatten Sie, dass ich mich wieder meinen Geschäften zuwende.« Der Generaldirektor der CARIPLO legte den Telefonhörer leise und bedächtig auf.

»Hure«, brüllte Pacco, »verfluchte Adelshure. Meine Männer sollten sie fertig machen, platt machen, drübersteigen über das intrigante Weibsstück.«

Und während er sich dem Strom seines unflätigen Zornes überließ, tönte in ihm die kühle Stimme des Generaldirektors:»Ich glaube, dass Ihre Probleme im persönlichen Bereich zu suchen sind.«

Sein persönlicher Bereich! War es sein Hass, der sich immer in Gewalt verwandelte? Eine Gewalt, die bislang alles niedergetreten hatte, was sich ihm in den Weg stellte. Man war vor ihm zurückgewichen, hatte klein beigegeben. Und jetzt hatte in der Adligen aus Porto am See sich ihm eine Frau entgegengestellt, die nicht zurückwich, sondern zurückschlug. Die Schläge, die sie führte, waren zielgenau. Sie hatte ihn in finanzielle Bedrängnis gebracht, sein engster Mitarbeiter, quasi die Faust seiner Gewalttaten, saß verhaftet im Polizeigefängnis in Varese.

Seine Gedanken wurden unterbrochen durch den Anruf seines Anwalts.»Commendatore, ich fahre jetzt sofort nach Varese«, erklärte der Advokat. »Ich habe mit Sperino gesprochen. Er soll am späten Nachmittag in einer ›procedura indirettissima‹ dem Schnellrichter überstellt werden. Wie hoch kann ich in der Kautionsgestellung gehen?«

»So hoch, mein Lieber, wie es Ihnen richtig erscheint«, entschied Pacco.

Der Anwalt war ob dieser Großzügigkeit und Sanftmut erstaunt, denn bisher hatte dieser Mann nie freiwillig Positionen oder Standpunkte geräumt. Bestensfalls war er protestierend und lärmend Schritt für Schritt zurückgewichen.

Während der Anwalt im höchsten Tempo nach Varese brauste, um den Gerichtstermin nicht zu versäumen, dachte er über die erstmalige und bisher einmalige Sanftmut des Leonardo Pacco nach.

Der saß in Mailand an seinem Schreibtisch, rechnete und rechnete, stellte eine Liste seiner beleihbaren Werte zusammen und überlegte, welche seiner Aktienpakete er abstoßen musste, um wieder Liquidität zu erlangen. Wer schnell verkaufen muss, verkauft schlecht – das wusste Pacco. Er wusste aber auch, dass er um fast jeden Preis seine Zahlungsfähigkeit erhalten musste. Zu viele Feinde und Gegner hatte er sich in seinem Leben gemacht. Und diese Meute, dachte er grimmig, würde jetzt zum großen »Halali« gegen ihn blasen.

Während Leonardo Pacco um das Schicksal seiner Firma kämpfte, rang sein Spießgeselle und Helfershelfer um seine Freiheit. Im Tribunal zu Varese tagte das Gericht. Der Richter, ein ruhiger, aber beinharter Mann, erteilte dem Vertreter der Anklage das Wort.

»Euer Ehren«», plädierte der Staatsanwalt. »Die Anklage ist ebenso einfach wie eindrucksvoll. Auf der Uferstraße von Porto wurde der Angeklagte vom Dienst habenden Maresciallo überprüft. Seine Ausweispapiere dokumentierten ihn als Leiter der Sicherheitsabteilung der Bauunternehmung Leonardo Pacco SpA. in Mailand. Auf die Frage, ob er Waffen bei sich trage, antwortete der Angeklagte mit Nein. Allerdings präsentierte er einen Waffenberechtigungsschein für einen Revolver. Bei dem Leiter einer betrieblichen Sicherheitsgruppe, oder sollten wir sagen:

einer betrieblichen Gangsterbande, nichts Außerge-wöhnliches.«

»Einspruch, Euer Ehren«, rief der Mailänder Anwalt mit gekonnter Einrüstung.

»Einspruch stattgegeben. Streichen wir dieses Wort aus dem Protokoll«, entschied der Richter.

Der Staatsanwalt fuhr unbeeindruckt fort: »Als nun der Maresciallo den Angeklagten mit dessen Einverständnis abtastete, entdeckte er in der äußeren rechten Jackentasche ein Springmesser mit feststellbarer Klinge von achtundzwanzig Zentimetern Länge. Eine gefährliche Waffe, die in ihrer Länge über die Bestimmungen des ›Legge Reale‹ um über dreißig Prozent hinausgeht. Ich verweise auf Beweisstück eins der Anklage«, sagte der Staatsanwalt und zeigte auf das Stilett, das auf einem Tischchen vor dem Richtertisch lag.

»Nunmehr, Euer Ehren«, dem Staatsanwalt floss die Rede von der Lippe, »nunmehr sah sich der Maresciallo verpflichtet, bei dem Verdächtigen eine Zimmerdurchsuchung wegen Gefahr im Verzuge durchzuführen. Bei dieser Aktion wurden folgende Feststellungen gemacht: Tatsächlich war der Revolver vorhanden, für den der Angeklagte einen Waffenschein besaß. Außerdem aber, Euer Ehren, …« – der Staatsanwalt legte eine Kunstpause ein und fuhr mit erhobener Stimme fort – »… fand der Maresciallo in dem hier ausliegenden Lederkoffer Beweisstück zwei der Anklage: zwei Eierhandgranaten aus Armeebeständen und zwei selbst gebastelte Sprengsätze, die Euer Ehren als Beweisstücke drei, vier, fünf und sechs registrieren wollen. Die Anklage lautet demnach: Unberechtigtes Führen einer Stichwaffe entgegen den Bestimmungen des ›Legge Reale‹, unberechtigter Besitz von zwei Eierhandgranaten aus Heeresbeständen, wobei Diebstahl von Heeresgut vermutet werden darf, und unberechtigter Besitz von zwei hochexplosiven Sprengsätzen. In einer Zeit von Bombendrohungen und Bombenattentaten ein schwerwiegender Gesetzesverstoß, der mit einer Gefängnisstrafe nicht unter einem Jahr geahndet werden sollte.«

Der Staatsanwalt verneigte sich würdevoll vor dem Richter, von dessen beherrschtem Gesicht keine Stellungnahme abzulesen war. Der Richter dankte für den ehrerbietigen Gruß, wandte sich an den Mailänder Anwalt und sagte: »Ich bitte den Herrn Verteidiger um sein Plädoyer.«

»Euer Ehren, addiert man die Fakten und wertet sie nicht, so kann tatsächlich für meinen Mandanten ein fataler Eindruck entstehen. Wertet man sie aber im Rahmen der Gesamtpersönlichkeit des hier in meinen Augen zu Unrecht angeklagten Riccardo Sperino, so verschieben sich die Gewichte zugunsten dieses Mannes. Sperino – und das sollten wir nun doch einmal energisch verdeutlichen – ist Sicherheitschef der Leonardo Pacco SpA., einer mailändischen Bauunternehmung mit sechstausend Arbeitern und damit das größte Unternehmen seiner Art in der Lombardei. Er besitzt einen Waffenschein für einen Revolver, das heißt doch wohl, dass die staatlichen Genehmigungsbehörden in ihm einen Mann sehen, der würdig und fähig ist, eine Waffe zu führen. – Die beiden Eierhandgranaten und die Sprengsätze hatte sich Sperino besorgt, um ihre Wirkung zu testen. Eine Aufgabe, die dem Leiter der Sicherheitsabteilung eines so großen Unternehmens wohl zusteht. Befreien wir die Fakten von der etwas hochgespielten Dramatik, so sehen wir die Dinge einfacher, nüchterner und im engen Zusammenhang mit dem Beruf meines Mandanten. – Kommen wir zu dem erwähnten Messer, das der Maresciallo in der rechten äußeren Jackentasche des Angeklagten gefunden haben will ...«

»Unerhört, Euer Ehren!«, rief der Staatsanwalt. »Der Maresciallo will die Waffe nicht gefunden haben, er hat sie tatsächlich in der äußeren rechten Jackentasche des Angeklagten gefunden ... und im Beisein des Carabiniere Contone. Die eidesstattliche Erklärung des Signor Contone liegt den Gerichtsakten bei. Hier wird nicht nur die Wahrheit verdreht, hier werden auch zwei verdiente Beamte und ihre ehrenhafte Zuverlässigkeit in Zweifel gezogen.«

Nachdenklich schaute der Richter Staatsanwalt und Rechtsanwalt an, dann sagte er, jedes Wort betonend: »Herr Staatsanwalt, Ihr Einspruch scheint mir gerechtfertigt und wird vom Gericht gewertet werden. Aber nun darf ich wieder den Herrn Verteidiger bitten.«

»Ich danke Ihnen, Euer Ehren«, rief der und tat so, als habe der Richter seine – des Anwalts – Meinung geteilt. »Mein Mandant, Euer Ehren, ist bereit zu beschwören, dass er nie im Besitz dieses Messers, das als Beweisstück eins hier vorliegt, gewesen ist. Er vermutet, dass dieses Messer ihm auf dem Heimweg von der Trattoria della Pace von einem Unbekannten, der ihn angerempelt hat, in die Tasche manipuliert worden ist. Mein Mandant ist das Opfer einer Verschwörung.«

Aber alle Redekünste des Mailänder Anwalts halfen nicht. Der Angeklagte konnte keine befriedigende Erklärung weder für den Besitz der Eierhandgranaten noch der Sprengsätze geben. Der Rückgriff auf den großen Unbekannten, der das Messer in die Tasche des Angeklagten gezaubert haben sollte, erschien dem Staatsanwalt von solcher Dürftigkeit, dass sie fast einem Schuldeingeständnis gleichkäme.

Der Sicherheitschef Riccardo Sperino wurde zu einem halben Jahr Freiheitsstrafe ohne Bewährung verurteilt, da er vor fünf Jahren einmal wegen Körperverletzung rechtskräftig verurteilt worden war.

Der Richter, zu dessen Erfahrung es gehörte, dass Ganoven eine Geldstrafe oftmals härter empfinden als eine Freiheitsstrafe, setzte noch eins obendrauf und verhängte noch eine Geldbuße von einer Million Lire. Riccardo Sperino war aus dem Verkehr gezogen und hatte eine empfindliche Strafe zu verbüßen.

Die Nachricht erreichte Porto mit Lichtgeschwindigkeit. Ein ganz besonderes »Wir«-Gefühl breitete sich aus: »So leicht sind doch die Leute von Porto nicht unterzubuttern.« Die Gerechtigkeit hatte gesiegt.

»Natürlich«, fabulierte Carlo in rabulistischer Diktion, »mit der Gerechtigkeit ist es genauso wie mit der Freiheit. Man muss sie sichtbar machen, dass jeder sie erkennt und begreift. Die Leute in New York haben ihre Freiheitsstatue nicht umsonst auf einen so hohen Sockel gestellt, dass sie nunmehr aus neunzig Metern Höhe über Stadt und Hafen hinwegleuchtet.« – Wer wollte da widersprechen?

War die Nachricht vom Urteil in Varese in Porto wie eine Freudenbotschaft empfunden worden, so erzeugte sie in Mailand, in der Chefetage der Leonardo Pacco SpA., Eiseskälte, von der ein lähmender Schock ausging. Riccardo Sperino war schließlich der Jugendfreund Paccos. Er hatte sein Leben geteilt, für ihn auf seinen Befehl Angst und Schrecken verbreitet. Gewalttat und Schrecken war ihrer beider Erfolgsrezept gewesen, das sie nach oben getragen hatte.

Und nun stimmte dieses Rezept nicht mehr. Eine stille Härte, eine stählerne Intelligenz, dazu die bauernschlaue Pfiffigkeit der Leute aus Porto hatten diese Waffen stumpf gemacht.

Die Nachricht, dass eine dritte Bank die Kredite gekündigt hatte, war für Pacco nicht von solcher Bedeutung wie die Inhaftierung und gefängliche Einvernahme seines engsten Mitarbeiters, der sein Lebensprinzip verkörperte: Geballte Faust und harter Schlag – und alles weicht zurück.

Sein Lebensgesetz, das ihn auf den Gipfel des Erfolgs getragen hatte, war infrage gestellt, oder war es gar zusammengebrochen? Pacco hatte seine Sicherheit verloren.

Seine finanzielle Lage, so bedrängt sie auch schien, war nicht unausweichlich. Er würde Mittel und Wege finden, sich aus dem Engpass herauszuwinden.

Auch der neueste Artikel des Senator Francesco Rivo im *Corriere dei Laghi* hatte ihm zugesetzt, ihn unsicher gemacht, zwar nicht so sehr wie die Verhaftung Sperinos, aber immerhin, auch das hatte ihn getroffen. War er nicht mehr auf der Höhe der Zeit?

Was schrieb der verdammte Senator: »Italien befindet sich in einer tief greifenden Verwandlung. Es streift die Haut der Feudalgesellschaft ab, ebenso wie das Kleid des bürgerlichen Kapitalismus. Sozialer Ausgleich und Gerechtigkeit sind keine Forderung der Linken mehr, sondern werden von der neuen, freiheitlichen Gesellschaft übernommen. Der Arbeiter darf nicht mehr der Ausgebeutete sein, sondern der Gefährte des Unternehmers auf dem Wege zum Erfolg.«

»Sozialistisches Geschwätz«, so hätte er noch vor kurzem geschnaubt. »Die Welt gehört den Starken«, das war sein Credo.

Er wusste nicht, dass es das Schicksal des Parvenüs ist, die Vorrechte der Klasse, um deren geduldete Zugehörigkeit er so hart kämpfen musste, erbitterter zu verteidigen als die, die ihr seit langem angehörten und Zeit hatten, über den Sinn ihrer Privilegien nachzudenken.

Und in sein grüblerisch-zorniges Denken hinein hörte er die kühle Stimme des Generaldirektors der CARIPLO sagen: »Ich glaube, dass Ihre Probleme im persönlichen Bereich zu suchen sind.«

Das Chefzimmer der Leonardo Pacco SpA. wurde zu einer Eremitage der Einkehr, der Stille und des Zweifels.

Diese Baronessa, die ihm zu einer solchen Gegnerin erwachsen war, hatte niemals Gewalt angewandt. Überredung, Sympathie, ein scharfer Verstand und Freunde, ja Freunde, das waren die Mittel ihrer Geschäftspolitik. Freunde in den höchsten Stellen der Wirtschaft und des Staates, aber sie hatte auch die Freundschaft der Menschen eines ganzen Städtchens.

»Habe ich Freunde?«, fragte sich Pacco. »Nein«, musste er sich eingestehen. Riccardo Sperino war kein Freund. Es war das Verhältnis eines treuen Hundes zu seinem Herrn. Der Herr liebte den Hund und der Hund den Herrn, aber Freundschaft war das nicht. Leonardo Pacco wurde sich klar, dass er auf der ganzen Welt keinen Freund hatte.

Es war Nachmittag geworden. Seine Sekretärin hatte ihn vor der Außenwelt abgeschirmt und ihm ab und zu einen Espresso gebracht. Jetzt bat er sie, ihm eine Verbindung zur Baronessa Santini in Porto herzustellen.

Sehr bald meldete sich der alte Giacomo aus dem Santini-Palazzo: »Pronto«, sagte die Greisenstimme.

»Hier spricht Leonardo Pacco. Verbinden Sie mich mit der Baronessa.«

»Ich werde nachfragen, ob die Baronessa zu sprechen ist«, so der alte Diener. Sekunden später: »Signor Pacco, die Baronessa empfiehlt, da es sich um rechtliche und geschäftliche Dinge handelt, sich an den Avvocato zu wenden. Er besitzt ihr volles Vertrauen. Ich darf Ihnen seine Telefonnummer geben, wahrscheinlich ist er noch in seiner Praxis.« Dann hängte der Diener des Hauses Santini ein.

Pacco atmete schwer. Aber er wusste, dass er Kröten schlucken musste, also schluckte er.

Sehr bald hatte er den Avvocato am Apparat.

»Avvocato«, meldete er sich, »die Baronessa hat mich gebeten, mich mit Ihnen in Verbindung zu setzen, Sie seien ihr Rechtsberater mit weitgehenden Vollmachten«, schönte er die karge Aussage des Dieners.

»Allerdings«, versicherte der Avvocato. »Morgen Vormittag habe ich Termine am Tribunal von Varese, aber am Nachmittag um drei Uhr hätte ich Zeit für Sie.«

»Danke, Avvocato, ich werde pünktlich in Ihrer Praxis sein«, beschied Pacco kurz und legte auf.

Dann gab er seiner Sekretärin Anweisung: Um halb elf Uhr Fahrer und Wagen bereit zu einer Fahrt nach Varese und dann nach Porto am See. Der Hausanwalt möge eine Sprecherlaubnis im Bezirksgefängnis von Varese für ihn mit dem inhaftierten Sperino erwirken; Begründung: unternehmerische Fürsorgepflicht (ein neues Wort in Paccos Vokabularium). Ansonsten für morgen keinerlei Termine.

Dann nahm er Hut und Stock und spazierte über die Via Emanuele II. und verlor sich im Gewirr der Altstadtsträßchen. Vor der Bar »Da Elena«, die noch geschlossen war, blieb er stehen. Er schellte am Nebeneingang. Aus der Sprechanlage ertönte eine dunkle Frauenstimme: »Wer ist da, bitte?«

»Leonardo Pacco«, meldete er sich.

»Oh, der große Commendatore. Aber wenn Sie mich sprechen wollen, müssen Sie in einer Stunde wiederkommen. Dann empfange ich Sie gerne«, sagte die Frauen mit der dunklen Stimme.

Pacco war erstaunt. Es war in den letzen Jahren nicht mehr vorgekommen, dass man für ihn nicht sofort augenblicklich Zeit hatte. Dennoch, im Rahmen seines inneren Lernprozesses, sagte er zu, in einer Stunde nochmals vorzusprechen.

»Hat sich die Welt verändert, gewandelt und habe ich es nicht bemerkt?«, schoss es ihm durch den Kopf.

Sein Direktor, den er, wie er es nannte, seit Jahren fest und zupackend behandelte, hatte gekündigt. Sein Buchhalter, jahrelang Fußabstreifer seiner schlechten Laune, wagte es, leise zu drohen. Seine Muskelmänner, die Porto in Schrecken versetzen sollten, hatten sich blutige Köpfe, besser: blutige Kehrseiten, geholt. Sein Sicherheitschef und Jugendfreund war von einigen Bauerntölpeln aus Porto ins Gefängnis manipuliert worden – das war sein fester Glaube – und er selbst hatte sich bei der Baronessa eine eiskalte Abfuhr eingehandelt.

Darüber hinaus, es konnte nicht anders sein, waren ihm durch ihren Einfluss die Kredite gekündigt und die Presse gegen ihn aufgewiegelt worden.

Er kämpfte gegen eine Schattenwand, der Gegner verschwand, zerfloss, war nicht zu packen. Er selbst aber erhielt harte, genau gezielte Schläge. Wenn er seine Lage überdachte, stand er am Abgrund. Er war noch nicht abgestürzt, aber die Gefahr war nahe, sehr nahe. Er war ein Schiffer auf hoher See, dem in stürmischer, sternenloser Nacht der Kompass ausgefallen war.

Er fühlte sich unsicher, dennoch aber ohne Furcht. Es war ihm, als lerne er jetzt erst, nach vielen Jahren, die Welt und das Leben wirklich kennen. Als sei er in der Vergangenheit, mit einem Harnisch gepanzert, mit heruntergelassenem Visier und einem Schwert in der Hand, durchs Leben gestürmt. Um ihn Menschen, die vor seiner gepanzerten Macht zurückwichen. Nun war die Macht ihm entfallen, er war, wie die anderen Menschen, verletzlich und gefährdet. Dennoch war er voller Neugierde, dieses andere Leben, diese veränderte Welt zu erfahren.

Die Stunde war vergangen und er fand sich, aus seinen Gedanken auftauchend, wieder vor der Haustür der Elena. Er schellte, sofort sprang die Türe auf. Pacco schritt die Treppe hinauf zum ersten Stock, dort hatte Elena, die Barbesitzerin, ihre Privatwohnung.

Elena, schon im Türrahmen wartend, forderte ihn auf: »Bitte treten Sie ein, Commendatore.«

Pacco folgte der Aufforderung und stand im Salon.

»Sie müssen entschuldigen, Signor Leonardo, ich hatte die Bar bis vier Uhr geöffnet, und als Sie läuteten, lag ich noch im Bett. Eine Frau in meinem Alter braucht ihren Schönheitsschlaf.«

Pacco betrachtete lächelnd die blühende Frau, die, wie es schien, kaum die Dreißig gepackt hatte. »Ich wollte Ihnen Nachricht bringen von Ihrem Freund Riccardo, Elena.«

»Ihr Anwalt, Signor Leonardo, hat mich schon von der Verurteilung« – und das sagte sie prononciert – »meines Geliebten informiert. Was werden Sie tun,

Commendatore? Ihn rausschmeißen? Denn es ist doch eines Ihrer Lieblingsworte: Man darf keine Versager um sich dulden.«

»Riccardo ist kein Versager. Er hat viele Jahre gut für mich gearbeitet. Und nun hat er einmal Pech gehabt«, stellte Pacco fest. »Ich werde seine Geldstrafe bezahlen, und er bekommt während seiner Haftzeit sein Gehalt weitergezahlt. Nur hat die Sache einen Haken: Riccardo gehört zu jenen Männern, die kein Konto haben, sondern sich ihr Geld bar auszahlen lassen, um sich an einer prall gefüllten Brieftasche zu erfreuen. Ich werde ihn morgen im Gefängnis von Varese besuchen und ihn fragen, ob wir sein Gehalt auf Ihr Konto, Signora, überweisen können, falls er und Sie damit einverstanden sind.«

»Was ist mit Ihnen los, Commendatore? Hat die heilige Madonna ein Wunder an Ihnen vollbracht?«, fragte die staunende Elena.

»Vielleicht, Elena, vielleicht. Aber wahrscheinlich will ich nur einem Freund Gerechtigkeit widerfahren lassen, bevor meine Welt zerbricht.« Dann schwieg er und sann seinen Worten nach.

Elena, diese warmherzige Frau mit dem ausdrucksstarken Botticelli-Gesicht, das der Beruf noch nicht gezeichnet hatte, diese Frau voll lächelnder Lebensfreude, trat auf den Commendatore zu und sah ihm in die Augen. Sie sah in ihnen, hinter der scheinbaren Härte, Irritation, Verwirrung und Schwäche. Und als sie die Schwäche dieses starken Mannes erkannt hatte, fasste sie das Erbarmen. Sie hob ihre Arme, legte sie auf seine Schultern, ihr Negligé öffnete sich und ihr zarter Duft, ein wenig Parfüm, ein wenig Schweiß und ein wenig Geschlecht, erreichte ihn. Sie verfielen beide einer Verzauberung, gegen die sie sich nicht wehren wollten.

Der Commendatore Leonardo Pacco erlebte zum ersten Mal die Liebe zwischen zwei Menschen. Das war nicht das brutale »Das-Weib-auf-den-Rücken-Schmeißen«, die stupide männliche Aggression. Dies war ein sanftes Aufgenommenwerden, ein gegenseitiges Sicherfüllen, eingehüllt in menschliche Wärme. Nicht der kalte Akt, diese Selbstbefriedigung in einem Weibe, nicht das mit abgewandtem Gesicht Hinblättern von Zehntausendlirescheinen – und dann hinaus in die Nacht, genauso arm und unerlöst, wie man gekommen war. Solch eine Liebe war dem Leonardo Pacco noch nie widerfahren.

Nach eine Weile gelöster Schweigsamkeit fragte er leise: »Was wünschst du dir vom Leben, Elena?«

Sie dachte nach. »Zunächst wünsche ich mir, dass wir diese Stunde vergessen und keine Ansprüche an uns stellen. Ich träume von einem ganz normalen Leben. Nur Riccardo war noch nicht so weit. Ich möchte heiraten, ein Häuschen vor der Stadt, zwei oder drei Kinder, um die ich mich sorgen kann, über die ich weinen kann, wenn sie krank oder ungehorsam sind, und mit denen ich mich freuen kann, wenn sie glücklich und erfolgreich sind. O ja, und dann eine Hochzeit in Weiß, in der Kathedrale, und einen weißen langen Schleier. Pacco, du lachst über das weiße Kleid und den Schleier. Ich weiß, dass ich keine Jungfrau mehr bin. Aber das weiße Kleid und der

Schleier können mich wieder rein und unschuldig machen. So ist das«, sagte sie mit unumstößlicher Gewissheit.

»Ich lache ja gar nicht«, verteidigte sich Pacco. »Und wenn du heiratest, dann richte ich dir die Hochzeit aus, in der Kathedrale, in weißem Kleid und weißem Schleier. Wenn, ja wenn ich nicht in dem Mahlstrom versinke, in den ich geraten bin.«

Elena kletterte aus dem Bett. Mit Erstaunen stellte sie fest, dass ihre Schultern nass waren von den Tränen des Gewaltmenschen Leonardo Pacco. Elena duschte, zog sich an und ging hinunter, um die Bar zu öffnen.

Pacco schlief wieder ein. Nach einer Stunde wachte er auf, erfrischt und zuversichtlich. Gewissensbisse, seinen Jugendfreund und Angestellten betrogen zu haben, empfand er nicht. Dazu war der Mann zu archaisch und einfach.

Er dachte zurück an die Zeit des Zusammenbruchs des faschistischen Staates. Er war Anführer einer Schar jugendlicher Diebe und Banditen, die in den Abruzzen einsame Höfe überfielen. Als sich schließlich die Deutsche Wehrmacht zurückzog, wurden von ihnen auch versprengte deutsche Soldaten ausgeraubt und umgebracht. Dies gab ihrem Banditentum die Gloriole der Widerstandskämpfer.

Bei einem ihrer Opfer fand Pacco ein Ledersäckchen mit Diamanten, die sicher auch widerrechtlich in die Hände des Soldaten gekommen waren. So bestahl der Dieb den Dieb. Das war der Anfang des Pacco-Imperiums.

Keiner hatte etwas davon bemerkt. Auch der kleine Riccardo nicht, den die Gruppe liebevoll Ricco nannte. Er hatte sich bei diesem Überfall besonders tapfer geschlagen. Pacco, in seiner Autorität als Anführer, hatte zu seiner damaligen Geliebten – hieß sie Violetta oder Julia? – gesagt: »Nimm dir den kleinen Ricco mal vor. Er hat es noch nie mit einem Mädchen gemacht. Besorg es ihm aber richtig, damit er Freude an der Sache bekommt.«

Julia oder Violetta, wie sie auch immer geheißen haben mochte, hatte sich den kleinen Ricco geschnappt und war mit ihm in den Büschen verschwunden.

Pacco hatte diese kleine Anerkennung, die er Ricco zuteil werden ließ, noch nicht einmal als einen Freundschaftsakt empfunden, sondern als eine Belohnung, die ein Führer einem braven Kämpfer gewähren kann. Auch drückte sich darin die Geringschätzung gegenüber Frauen aus, über ihre Verfügbarkeit, ihre Verwendbarkeit.

Aber dieses Erlebnis mit Elena, das spürte Pacco, war etwas anderes. Er bewunderte auch den Feinsinn der Frau, die ihn gebeten hatte, zu vergessen, was ihnen widerfahren war. Damit hatte sie die Positionen geklärt und einen Schlussstrich gezogen.

Aus seinen Gedanken zurückkehrend, zog er sich ohne Hast an, stieg hinunter, wo Elena mit zwei anderen Barfrauen die Männer, die den fast kreisrunden Tresen belagerten, bediente. Die Männer, kleine und mittlere Geschäftsleute der Innenstadt, schlürften ihren Espresso und zogen die Frauen mit den Blicken aus, träumten von dem weißen, warmen Frauenfleisch unter den Blusen und Röcken, träumten von der Lust dieser Leiber.

Das Eintreten des Commendatore Leonardo Pacco sprengte den Kreis dieser Gedanken und Träume. Die Männer fühlten, hier kam einer, der sich nicht mit Schauen und Wünschen begnügt, sondern zugegriffen hatte nach allem, was das Leben an Macht, an Geld, an Einfluss und an Frauen bot. Und wenn er ihnen gesagt hätte, dass er heute zum ersten Mal mit einer Frau glücklich gewesen war, sie hätten es nicht geglaubt.

Pacco trank seinen Espresso, zahlte und bat Elena: »Ruf bitte bei Beppo an. Du weißt, er hat nur sechs Tische, reserviere einen für mich. Beppo soll ein leichtes Fischgericht vorbereiten und dazu eine gut gekühlte Flasche Mersault.«

Dann grüßte er und ging hinaus in die Dämmerung der Stadt. Bis zu Beppo währte der Weg fünfzehn Minuten. Nein, er nahm kein Taxi, er ging zu Fuß durch den Abend.

Er fühlte sich sonderbar befreit, gelöst, ein Mann, der die Bodenhaftung verloren hat und schwerelos durch die Zeit schwebt.

Er dachte kaum an den morgigen Tag, der vielleicht sein Schicksal bedeuten konnte. Er dachte, wie schön es wäre, als ganz normaler Mensch zu leben. Genauso wie Elena gesagt hatte. Nicht mehr die lauten, harten Genüsse, nicht mehr der herrische Kampf um die Macht. Nicht mehr der selbst auferlegte Zwang, die penetrante Unfreiheit, immer siegen zu müssen. Schade, dass Männer nicht in weißen Kleidern, geschmückt mit einem weißen Schal, heiraten können. Das sanfte Weiß würde alle Sünden hinwegwaschen, rein machen, die Unschuld wiedergeben, wie Elena so zuversichtlich glaubte. Ob es noch mehr Frauen gab wie Elena?

Man musste danach suchen, man musste einen solchen Menschen wollen, ihm Chancen geben, dann, so war er auf einmal sicher, würde es einen geben. Und er würde sie finden, so dachte er, wieder erfüllt mit der alten, nur das Ziel kennenden Energie des Leonardo Pacco.

Er trat bei Beppo ein, in das vielleicht kleinste Speiselokal Mailands. Freundlich begleitete man ihn zum weiß gedeckten Tisch.

Beppo erschien selbst, schlug einen Hummercocktail vor mit einer Mayonnaise, im Hause zubereitet aus Eigelb und feinstem Olivenöl. Danach ein Schwertfischfilet, in Butter gebraten und in geschäumter Butter serviert.

»Danke, Beppo, genau wie ich es mir vorgestellt habe«, bekundete Pacco seine Zufriedenheit.

Und dann der Mersault, dieser herrliche, lichte Wein, mit sanfter Kellerkühle serviert.

»Wann habe ich mich je so glücklich gefühlt?«, dachte der Commendatore. Eine wundervolle Frau hat mir für eine Stunde ihre Liebe geschenkt, ich weiß jetzt, was das ist. – Eine leichte, vollendete Mahlzeit, ohne Hast, Eile und Termindruck, und dazu ein unvergleichlicher Wein. – »Ich bin glücklich, obwohl mein Imperium wankt und ich in wenigen Tagen ein armer Mann sein kann.«

Die zwei Millionen Schweizer Franken, die in Lugano auf einem Nummernkonto auf ihn warteten, hatte er tatsächlich vergessen.

Er ging zu Fuß bis zum Leonardo-Pacco-Hochhaus und fuhr hinauf in seine Penthousewohnung. Dann nahm er noch einen Cognac, schaute über das lichterglänzende Mailand, wunderte sich, dass er so friedvoll war, und legte sich zu Bett.

Der Morgen fand ihn erfrischt und voll innerer Ruhe. Pünktlich um halb elf war er in seinem Büro, nahm von seiner Sekretärin aus schierer Gewohnheit den Aktenkoffer entgegen, obwohl er nicht wusste, was er bei dieser Fahrt mit diesem Requisit anfangen sollte.

»Buone cose, Signor Leonardo«, flüsterte die Sekretärin. Dies schien dem Commendatore eine unangemessene Vertraulichkeit und er schaute sie missbilligend an. Dabei sah er in zwei wunderschöne dunkelbraune Augen, die er noch nie beachtet hatte. Und er hätte nicht Pacco sein müssen, wenn er nicht auch auf ihre Beine und ihren Po geblickt hätte. »Erstaunlich«, stellte er fest. Dennoch brummelte er ein grantiges »Buon giorno« und verließ die Chefetage.

Unten warteten Fahrer und Wagen mit geöffnetem Schlag. Er ließ sich in den Fond sinken und befahl: »Varese, Provinzialgefängnis, Haupteingang.«

Leise glitt der Wagen dahin, schwebte über die Autobahn, nahm den Abzweig Varese und um elf Uhr fünfzehn stand er vor dem Haupteingang der Strafanstalt.

Dann saß er in einer grauen, durch Gitterdraht geteilten Zelle, seinem Sicherheitschef Riccardo Sperino gegenüber.

»Ciao, Ricco«, sagte er, und der erwiderte gleichfalls vertraut: »Ciao, Leonardo. Bist du persönlich gekommen, um mich zu feuern? Ich weiß, du duldest keine Versager in deiner Umgebung.«

»Eine falsche Theorie, wie sich herausgestellt hat«, entgegnete Pacco. »Wo es Siege gibt, gibt es auch Niederlagen, aber wer aus Niederlagen zu lernen versteht, dem fallen auch wieder Siege zu.«

Riccardo schaute erstaunt auf seinen Chef und Jugendfreund, der plötzlich so gewandelte Ansichten verkündete.

»Ich bin gekommen, Riccardo«, erklärte sein Chef, um dir zu sagen, dass ich das Bußgeld, das du zahlen musst, bereits der Gerichtskasse überwiesen habe. Ferner will ich wissen, auf welches Konto dein Gehalt gezahlt werden soll, während du hier einsitzt. Da du aber kein Konto besitzt, wäre es etwas mühselig, wenn ich jeden Ultimo hier erscheinen müsste, um dich zu löhnen. Wohin also mit dem Geld? Elena hat sich bereit erklärt, ihr Konto dazu zur Verfügung zu stellen, das heißt: wenn du ihr vertraust, Riccardo.«

»Wie meiner Seele, Padrone«, flüsterte der ehemalige Preisboxer überwältigt.

»Ferner soll ich dir von Elena ausrichten, sie wartet auf dich und auf keinen anderen Mann«, sagte der Commendatore in Form innerer Selbstbescheidung. »Dann, mein Riccardo, will sie die Bar verkaufen und dich heiraten. Sie will heiraten in einem weißen Kleid, mit einem weißen, langen Schleier, und sie will in der Kathedrale getraut werden. Sie will mit dir ein normales Leben führen, will ein Häuschen vor der Stadt, zwei oder drei Kinder und dich als Vater und Ehemann. Warum dich, du Strolch, weiß der Teufel. Aber nun weißt du, was auf der Tagesordnung steht.«

Dann stand er auf, beschämt von der eigenen Güte, brummte ein mürrisches »Ciao, bello!«, gab dem Wärter ein Zeichen und stand schon wieder im lichtklaren Blau des Sommertages.

Sein Wagen fuhr vor, der Fahrer riss die Wagentür auf und Pacco sagte: »Und jetzt nach Porto am See.«

Eine halbe Stunde später spazierte er unter den Platanen der Uferpromenade und besichtigte die Schlachtfelder seiner Niederlagen: den kleinen Hafen, der seinen Muskelmännern zum Verhängnis geworden war, den Platz vor dem Uferhotel, wo sein Sicherheitschef in die Arme des Maresciallo gelaufen war, dann den Palazzo seiner aristokratischen Widersacherin.

Er versuchte, den aufsteigenden Zorn zu überwinden, schaute auf die gewaltigen Berge von Piemont, auf die Weite des stillen Sees, doch dann kehrte sein Blick, magisch angezogen, zurück zum Palazzo, in dem die Finanzstrategien gegen ihn erdacht worden waren. Er sah das alte Herrenhaus, den stillen Park, die alten Bäume, den See und die Berge und empfand den Zusammenklang von Schönheit und Würde. All dies umfassend, brummelte er in aufsteigendem Pacco-Zorn: »Nun ja, in jedem Paradies gibt es eine Schlange.«

Dann wanderte er den Berg empor durch die kleinen Straßen und Gassen von Porto, in respektvollem Abstand gefolgt von seinem Fahrer. Plötzlich stand er vor einer kleinen Trattoria – della Pace stand daran. Seinem Fahrer befahl er: »Hole mich kurz vor drei Uhr hier ab.« Und schon schritt er den glasüberdachten Flur entlang, an den gestapelten Weinfässern vorbei und wurde von einem kleinen, kugelrunden Wirt mit freundlichem Lächeln und roter Barberanase empfangen.

Pacco aß eine Pasta, einige Scheiben zarte Lammkeule, ein wenig Bauernkäse. Dazu trank er einen Viertelliter Barbera und sann darüber nach, ob nicht eine »Trattoria della Pace« in dem Prozess gegen seinen Sicherheitschef eine Rolle gespielt hatte. Hier hatte Sperino zwei Stunden lang gegessen, hier konnte das Komplott mit dem verbotenen Messer, diese Manipulation, die am Anfang der Verhaftung Riccardo Sperinos gestanden hatte, ersonnen und in die Wege geleitet worden sein.

»Hat hier nicht der Sicherheitsbeauftragte der Pacco am Abend seiner Verhaftung zu Abend gegessen?«, fragte er den runden Padrone der Trattoria.

»Ach, wissen Sie, Signore«, antwortete der, »hier verkehren so viele Fremde. Sie ziehen an uns vorüber, ein wenig wie im Film. Wir nehmen die Wirklichkeit des einzelnen nicht immer wahr. Nein, Commendatore« – und listige Freude blitzte aus seinen Augen –, »ich kann mich nicht entsinnen.«

Aber nun war Pacco auf dem Sprung, den listigen, schwarzlockigen Bauernwirt festzunageln. »Sie nennen mich Commendatore. Sie kennen mich also. Woher wissen Sie, dass ich ein Commendatore bin?«

Nein, so war Carlo nicht zu fangen. Scheinheilig erklärte er: Ein Herr wie dieser Signore müsse in jedem Fall ein Commendatore sein. »Zweifelsohne, ganz offensichtlich, Commendatore«, dienerte er. Und während der blanke Hohn aus seinen Augen leuchtete, nahm er dankend Paccos Zeche entgegen.

Im glasüberdachten Gang waren die Schritte des Fahrers zu hören, der seinen Herrn abholte.

Punkt drei Uhr läutete der Commendatore Leonardo Pacco an der Praxistüre des Avvocato. Eine blonde Sekretärin, offenbar eine Deutsche, öffnete.

»Ich werde erwartet«, sagte Pacco.

»Das ist bekannt«, beschied ihn die kühle Blonde und geleitete ihn durch das Vorzimmer zum Sprechzimmer des Avvocato.

Der begrüßte den Gast freundlich. Die Herren gaben sich die Hände, man setzte sich. Der Avvocato bot Zigarren, Zigaretten, Kaffee und Cognac an. Der Commendatore dankte, wollte abstinent bleiben.

»Bitte«, sagte der Avvocato, »ich stehe zu Ihrer Verfügung.«

»Wie beginnen – wo anfangen?«, dachte Leonardo Pacco verzweifelt. Der Avvocato schwieg und wartete geduldig.

»Ich bin gekommen, den Krieg zu beenden«, sagte Pacco mühsam.

»Sehr gut, Commendatore, dann wäre meine Klientin nicht mehr gezwungen, sich zu verteidigen«, so der Avvocato.

»Ja«, fuhr Pacco zögernd fort, »ich – oder besser: die Santini-Gruppe – würde die Baronessa um Lieferungsverträge über Kies, Sand, und Zement bitten. Die Standortvorteile der Santini-Fabriken und -Gruben und die immensen Mengen der benötigten Materialien müssten doch zwangsweise günstige Einkaufspreise für die Pacco SpA. ergeben.«

»Wenn man miteinander ins Geschäft käme, ohne Zweifel«, versicherte der Avvocato. »Meine Klientin handelt nie ohne schärfste Beachtung kaufmännischer Grundsätze. Sie ist auch frei von Ressentiments, und ihr Handeln wird von wirtschaftlicher Vernunft geprägt. Aber lassen Sie mich zunächst klären, ob Santini noch Lieferkapazitäten frei machen kann.«

Der Avvocato verschwand ins Nebenzimmer. Schon nach wenigen Minuten kam er zurück und versicherte: »Santini ist grundsätzlich zur Lieferung bereit.«

»Darf ich eine Frage stellen, Avvocato?«

Pacco wand sich, sein Kopf wurde rot und sein Puls raste. Mit Mühe formulierte er: »Würde das auch heißen, dass die Kreditkündigungen gegen mich aufgehoben würden?«

»Das, verehrter Commendatore, geht über meine Kompetenz und über die der Baronessa. Denn die Baronessa kann sich nicht für Handlungsweisen Zweiter oder Dritter verbürgen. Nein, das kann sie nicht. Aber, da man ja zur grundsätzlichen Zusammenarbeit entschlossen ist und da man grundsätzlich am Wohlergehen eines Geschäftspartners interessiert ist – allein schon, um dessen Zahlungsfähigkeit sicherzustellen –, könnte man jetzt und zu dieser Stunde eine Presseerklärung herausgeben, dass die Santini-Gruppe zur Belieferung der Pacco SpA. mit Materialien zum Bau der Autobahn an dem bekannten einhundert Kilometer langen Bauabschnitt bereit sei. Eine solche Erklärung müsste eigentlich alle finanztechnischen Irritationen beseitigen.«

»Ja, selbstverständlich, das ist die Lösung, Avvocato«, stimmte Pacco erleichtert zu.

Dann nochmals ein innerer Kampf. Paccos Kehlkopf zuckte, die Stirnadern schwollen an, er holte tief Luft und sagte: »Avvocato, wollen Sie der Baronessa übermitteln: Ich bitte sie um Verzeihung.«

»Aber gerne, Commendatore, sehr gerne. Die Baronessa wird Ihre Höflichkeit zu schätzen wissen. Und wegen der Lieferverträge wollen Sie sich bitte mit Herrn Direktor Berenotti in Verbindung setzen, er hat Prokura und das absolute Vertrauen der Baronessa.«

Die Herren erhoben sich, reichten sich die Hände, und der Avvocato begleitete seinen Gast bis zum Wagen. Ein letzter Gruß, der Wagen glitt davon und ein veränderter Mensch würde morgen die Geschicke der Leonardo Pacco SpA. in Mailand bestimmen.

Nachdem der Avvocato am Abend der Baronessa Bericht erstattet hatte, sagte er leichthin: »Sollten wir nicht jetzt in der Trattoria della Pace mit den Freunden ein Glas Wein trinken?«

»Doch«, pflichtete die Baronessa bei, »das sollten wir, denn wir haben wieder einmal erfahren, wir haben Freunde, Avvocato.«

Und so saßen sie nach dem Abendessen in der Trattoria. Die Baronessa, der Avvocato, der alte Beltramini, Tino der Schmied mit dem Alfa und die Helden dieser Geschichte: Cesare il capitano und natürlich Carlo, in seiner Eigenschaft als Wirt der Trattoria und Chefplaner von tausend Listen. Neben ihm, wie ein Schatten, »La mano miracolosa«, der Mann mit der Wunderhand. Im Türrahmen, das Geschehen beobachtend und emsig bedienend, Laura und Lina.

Die Baronessa wollte Champagner servieren lassen, aber die meisten baten um Barbera, den Wein, der ihnen am besten bekam.

Dann kam von Mailand herüber Francesco Rivo, Verleger, römischer Senator, ein Sohn Portos, wie die meisten.

Man feierte die Baronessa als Siegerin. Die aber widersprach. Nach kurzem Nachdenken sagte sie dann: »Wenn es überhaupt einen Sieger gibt, dann sind wir alle Sieger. Denn es ist ein Sieg der Freundschaft und der Vernunft.«

»Salve«, rief Carlo, und alle tranken sich zu.

Als sich die Baronessa verabschiedete, trat »La mano miracolosa« auf sie zu und überreichte ihr einen Hunderttausendlireschein. »Mi scusi, Baronessa, ich fand ihn in Ihrer rechten äußeren Jackentasche …«

»Danke, mein Lieber, ich habe ihn extra für Sie in meine Kostümtasche deponiert, quasi als einen Ehrensold. Außerdem war ich aber auch neugierig darauf, Ihre Kunstfertigkeit zu erleben. Aber Sie sind so perfekt, dass ich nichts bemerkt habe. Sie sind ein Künstler, lieber Freund.«

Dann verließ sie die Trattoria an der Seite von Francesco Rivo, der sie bis zum Palazzo begleiten wollte. Die anderen aber feierten, sich und den Sieg ihrer Welt, bis die kleinen Stunden anbrachen.

Carlo – der Mann,
der das Glück bannte!

Schon morgens war er mit einem Lächeln auf den Lippen erwacht, hatte liebevoll auf die schlafende Laura geblickt und gedacht: »Heute, heute ist der Tag des Triumphs, der Beginn eines neuen Lebens.«

Dann war er mit seinen kleinen, hüpfenden Schritten in die Nebenkammer gegangen, besser gesagt: gewandelt, denn in seinem Leinennachthemd sah er aus wie eine wandelnde Glocke auf zwei Stachelbeerbeinen.

Aus einer Kanne goss er Wasser in ein Becken, warf sich davon zwei Hände ins Gesicht und entwickelte ein Geräuschspektakel mit Schnauben, Prusten und Stöhnen, das an einen mittleren Wasserfall denken ließ. Dann spülte er gurgelnd den Mund und der Hygiene war Genüge getan.

Er kleidete sich rasch an und küsste Laura sanft wach. »Heute mache ich das Frühstück«, verkündete er. »Du machst das Frühstück?«, wiederholte Laura staunenden Blicks. »Wieso?«

»Weil von heute an alles anders sein wird, weil du von heute an eine glückliche Frau sein wirst«, sagte Carlo mit diktatorischer Bestimmtheit.

»Aber ich bin doch eine glückliche Frau«, stellte die verwunderte Laura fest.

»Was weißt du schon, was eine glückliche Frau ist, mia cara, das wirst du jetzt erleben, denn ich, ich habe das Glück bezwungen.«

Mit dieser rätselhaften Botschaft ließ er die verwirrte Laura allein, und zum Zeichen, dass nun alles anders werde, durchzog bald Kaffeeduft die Räume der Trattoria, hinauf bis zu den Schlafzimmern, und lockte Laura zum Frühstückstisch, den Carlo mit eigener Hand gedeckt hatte.

Der eilte den langen, glasüberdachten Gang entlang, vorbei an den gestapelten Weinfässern, nahm den schweren Eichenbalken von der Türe, schloss auf und heftete von außen einen Zettel an, der der Bevölkerung von Porto mitteilte: »DIE TRATTORIA BLEIBT AM HEUTIGEN SONNTAG AUS FAMILIÄREN GRÜNDEN BIS 19.00 UHR GESCHLOSSEN.«

Dann schloss er und legte den Balken wieder vor die Tür. Die kleine Lina hatte verständnislos das ungewohnte Treiben des Bruders beobachtet. Jetzt eilte sie hurtig zur Tür, öffnete und bestaunte Carlos Mitteilung an die Bevölkerung von Porto. Kopfschüttelnd kehrte sie in die Trattoria zurück und fragte leise den Bruder, der gemeinsam mit Laura das Frühstück genoss: »Wir haben heute, am Sonntagmittag, geschlossen, Carlo?«

»Ja, genau so, wie ich es an der Türe angeschlagen habe«, entgegnete der.

»Aber warum nur?«, flüsterte Lina. »Es ist doch der beste Tag, die beste Einnahme der Woche.«

»Warum, mia cara sorella? Weil sich unser Leben ändern wird, weil ich für uns alle das Glück bezwungen habe. Weil ich diesen großen, einzigartigen Tag im Kreise meiner Familie und meiner Freunde verbringen, weil ich feiern und das Glück preisen will, das uns widerfährt.«

Dann gab er zu wissen: »Im Kühlschrank findet ihr ein Dutzend schönster Seeforellen, bleibt zu entscheiden, ob auf Mandeln gebraten oder gekocht mit einer zarten, süßsauren Salza aus feinen Kräutern. Für die Vorspeise sind genügend Schinken und Salami im Hause, dann denke ich an einen Pesto Genovese, den keiner besser als Laura zu bereiten versteht, und ein Filetto von drei Kilo, zart wie Frühlingsblüten, habe ich schon herausgestellt. Du weißt Laura, medium gebraten, dass es im Innern ganz leicht blutig ist. So, das wär's dann. Aber nein, das Dessert, ich denke an eine Zabaione, leicht und schaumig, in der unsere Lina Meisterin ist. – Ihr seht, ich habe die ganze Gedankenarbeit geleistet, und nun ab in die Küche, damit aus Ideen Taten werden.«

Während die Frauen das Geschirr abräumten und in die Küche gingen, zündete er sich genussvoll eine Zigarre an, lehnte sich behaglich zurück und rief ihnen nach einer Weile mit Stentorstimme zu: »Ich werde inzwischen darüber nachdenken, welchen Wein wir zu den Vorspeisen nehmen werden. Einen Verdicchio aus dem Tal des Esino, einen Orvieto Classico oder einen weißen Oltrepo Pavese? Aber man könnte auch an einen Weißwein aus dem Tal der Trebbia denken. Zu den Forellen keine schlechte Idee. Und zum Filetto …«, sann er und sah vor seinem geistigen Auge sein scharfes Küchenmesser das zarte

Fleisch aufschneiden, sah die zartrosa Saftperlen aus dem Braten hervorquellen, »... ja, zum Filetto vielleicht ein Refosco ca' Bolani aus dem Friaul, den der Avvocato in letzter Zeit so schätzt, oder, oder, oder ... einen Barbera, einen Barolo oder als Krönung einen zehn Jahre alten Vino Nobile di Montepulciano? Für heute nur das Allerbeste!« – Und damit war die Entscheidung für den Montepulciano aus der Gegend von Siena gefallen.

Dann lehnte er sich in seinen Stuhl zurück und schloss die Augen. Im Hinüberschlummern dachte er, ob die Frauen in der Küche je ahnen konnten, welche Gedankenlast er zu tragen hatte.

Nach einer Stunde wachte er erfrischt auf und hörte befriedigt die Küchengeräusche der hantierenden Frauen. Alles lief gut und richtig, wenn ein planender Geist die Dinge vorbedachte. Von diesen Gedanken erfüllt, trollte er sich in den Weinkeller. Er stellte die Flaschen bereit, entkorkte den Montepulciano, damit der Vino Nobile zwei Stunden lang Sauerstoff ziehen konnte, um sein unvergleichliches Aroma zu entfalten. Sicherheitshalber stellte er noch ein paar Flaschen Barbera bereit. Nach all dieser Arbeit trat er vor die Trattoria, blickte prüfend zum Himmel und schoss dann, wie von einem Energiestoß getroffen, die engen Straßen entlang, hinunter zum Hafen. Er sah auf den See, auf die immer während Flut der kleinen plätschernden Wellen im Hafenbecken, schaute auf die Berge von Piemont, wandte sich um, umfasste mit einem Blick Porto, nickte befriedigt. Ja, alles war gut, richtig und an seinem Platze.

Zufrieden eilte er wieder hinauf durch die engen Straßen und Gassen. Die Menschen riefen ihm zu: »Ciao, Carlo! Wie geht es dir? Ist alles in Ordnung?«

»Si, si!«, rief Carlo grüßend zurück. »Ciao, bella – salve, Federico, ciao.« Die Rufe waren für ihn ein Geleit, das ihn sicher nach Hause brachte, waren das Wissen, in der Heimat zu sein.

Als er die Türe der Trattoria öffnete, sog er genießerisch den feinen Bratenduft des Filetto ein, erahnte unterschwellig das Aroma gebratener Mandeln und wusste, dass Laura sich für »trotta alle mandorle« entschieden hatte. Brave Frau, lobte er Laura, weil sie immer seine geheimsten Wünsche erriet. Eine Forelle auf Mandeln zu braten war eine große Kunst. Die Haut der Forelle musste zart und goldfarben sein, nicht braun oder gar dunkel gebrannt. Die Mandeln mussten in guter Butter aufgeschäumt sein, auch hier konnte eine halbe Minute zu viel oder zu wenig alles verderben.

Mit den köstlichen Küchendüften zugleich zog Freude in Carlos Herz. Freude, eine solche Frau zu haben wie Laura, Freude über die demütige Liebe der kleinen Schwester, Freude auf die Gesellschaft der Freunde, auf das große Essen und auf den großen Tag. Das ist der Tag, den der Herr gemacht hat, hieß es irgendwo in der Bibel. Den Satz musste er sich merken für seine Rede.

Und da schlug auch schon die Haustür, klapperten Schritte im langen, glasüberdachten Flur. Voran Cesare il capitano, wie immer mit verwegenem Piratenblick; der feingliedrige Paolino, dessen schöne Haustüren noch lange von seiner Handwerkskunst künden würden; Tino der Schmied mit dem Alfa; der alte Beltramini, der Mann, der die ganze Welt gesehen hatte; und zum Schluss, gewichtig und groß, so wie es seinem Format entsprach, der Avvocato – »il grande amico«.

»Avanti, avanti, signori«, forderte Carlo auf, und die Herren gruppierten sich um die Bar, auf der Carlo einen Aperitivo kredenzte.

Man freute sich, die lieben vertrauten Gesichter zu sehen, die man ein Leben lang kannte, die man gestern noch erblickt hatte. Und doch begegnete man sich so, als habe man sich seit Ewigkeiten nicht gesehen.

Dann saß man zu Tisch. Carlo hatte zur Ehre des Tages eine Neuerung eingeführt. Laura saß mit am Tisch, an Carlos Seite. Die kleine Lina, der Carlo die gleiche Ehre zukommen lassen wollte, hatte sich strikt geweigert, an der gemeinsamen Tafel teilzunehmen.

Aber Laura saß strahlend neben Carlo und erhellte den Raum und ihrer aller Herzen mit ihrem bezwingenden Lächeln. Um den Ausfall von Lauras Arbeitskraft auszugleichen, bediente Carlo gemeinsam mit Lina die Gesellschaft der Freunde.

Die waren erstaunt. Dass Carlo der beste Barberatrinker am lombardischen Ufer, dass er ein großer Freund, ein gewaltiger Redner war, das war bekannt. Aber dass dieser Carlo von der Trattoria della Pace auch ein Meister der Gentilezza, der Höflichkeit, war, der seine eigene Frau zur Tafel bat und sie bediente, das war neu.

Und über allem stand die Frage: Was hatte dieses große Essen zu bedeuten? Es war kein Geburtstag, kein Namenstag, kein Hochzeitstag. Dennoch hatte man sich fröhlich von Antipasta und Pasta über die goldenen Forellen bis zum köstlichen Filetto hindurchgeschmaust, hatte Orvieto Classico und den purpurnen, üppigen, zehn Jahre alten Vino Nobile di Montepulciano getrunken. Jetzt erschien unter dem Beifall der Freunde die kleine Lina mit einem Tablett voller Pokale mit Zabaione, jener herrlichen Weinschaumcreme, die ihre Spezialität und zugleich der Abschluss dieses großen Essens war.

Und nun stand die Neugier in aller Augen. Man wollte wissen, was der Grund zu diesem Liebesmahl war. Tino der Schmied mit dem Alfa, seinen Caffè coretto schlürfend, stellte für alle die Frage. Carlo sah die Augen der Freunde auf sich gerichtet. Vor allem Laura, die den ganzen Tag keine Frage gestellt hatte, blickte ihn eindringlich an.

In der Küche war das Tellerklappern verstummt, ein Zeichen, dass auch die kleine Lina gespannt auf die Antwort wartete.

Carlo, der längst von dem weichen, runden Montepulciano auf den harten und säuerlichen Barbera umgeschwenkt war, nahm sein Glas zur Brust, trank einen Schluck und sagte: »Freunde, hört, ich habe heute das Glück bezwungen. Jawohl, das Glück! – Zwar weiß ich auch, dass sich sogleich die Frage stellt: Was ist das Glück? Nun, mein Glück ist Laura, dann Lina, diese Trattoria und vor allem ihr, die ihr meine Freunde seid, mich kennt und mein Leben begleitet habt. Ja, wir kennen uns gegenseitig, unser Leben, unsere Sorgen und unsere Freuden. Wir feiern unsere Feste, dennoch rechnen wir mit jeder Lira. – Aus dieser Enge einmal herauszukommen, das war ein Ziel meines Lebens. Ich habe es immer und immer wieder versucht. Wenn ich scheiterte, dann nicht wegen der Unrichtigkeit meiner Überlegungen, sondern durch Unglück, Pech oder nennen wir es einfach: die Tücke des Objekts. In einer halben Stunde werde ich ein reicher Mann sein. Jawohl, und keiner wird mir das Glück aus der Hand schlagen, glaubt mir, ich habe das Glück bezwungen. Da ich weiß, dass Glück zu den wenigen Gütern gehört, die durch Teilung größer werden, so bitte ich euch, mir einen Herzenwunsch zu benennen, damit ich ihn erfüllen kann und ihr so an meinem Glück teilhabt.«

Alle schwiegen und schauten auf den kleinen, kugelrunden Mann, der in solcher Unerschütterlichkeit seines Glücks lebte, dass sie ihm glauben mussten.

»Allora, amici, lasst eure Herzenswünsche hören! Laura, Liebste, beginne, wünsch dir, was du willst, und wären es die Geigen vom Himmel.«

»O Carlo, was soll ich mir wünschen?«, flüsterte Laura. »Vielleicht ein Kleid?«

»Nein, nein, nein«, rief der. »Nicht so kleine Sachen, so Alltagswünsche. Wünsch dir mehr, was Größeres, Besseres, Einmaliges.«

»O Carlo, was soll ich mir wünschen?«, flüsterte Laura verzagt.

»Nun, vielleicht eine Reise«, half der nach.

»Ja, eine Reise«, rief Laura überwältigt. »Ja, eine

Reise nach Colonia. Ich möchte so gerne die Heimat des Avvocato kennen lernen. Ich möchte mit der Mamma und der Sorella des Avvocato über die Hohe Straße gehen, möchte die große Kathedrale sehen, deren Türme so hoch in den Himmel ragen, und den großen Strom – ›il reno‹ heißt er, glaube ich.«

»Ja«, lachte Carlo, »und dazu bekommst du noch zwei neue Kleider und Schuhe, damit die Leute dort sehen, wie schön die Frauen der Lombarden sind.«

»Bravo, bravo«, riefen alle, klatschten in die Hände, tranken sich zu und freuten sich miteinander.

»Und nun zu dir, Lina, du bist an der Reihe«, rief Carlo der Schwester zu, die im Türrahmen der Küche der Unterhaltung folgte.

»Ich, Carlo, wirklich ich auch?«, fragte sie schüchtern.

»Ja, du.« Carlo schaute sie lachend an, ein Mann, der die Welt zu verschenken hat. »Ja, du. Du bist doch meine Schwester, komm, sag deinen Herzenswunsch!«

»Ja, dann wünsche ich mir eine Lavastoviglie, eine Spülmaschine«, antwortete Lina und dachte an die hundert Teller, Tassen und Gläser, die sie täglich – und oftmals auch in der Nacht – zu spülen hatte.

»Und ein neues Kleid dazu«, rief Carlo, der Mann, der das Glück bezwang und die Wünsche der Sterblichen erfüllte.

»Und nun zu dir, mein lieber, alter Freund.« Carlo schaute den alten Beltramini auffordernd an.

»Ich soll mir was wünschen?«, fragte Beltramini. »Avanti, avanti, heraus damit«, drängte Carlo.

»Nun ja«, meinte der alte Mann, »etwas, das nicht zu teuer, aber auch nicht zu billig ist, sonst wärst du ja beleidigt. Es gilt, wie immer im Leben, die Mitte zu finden, das ist die Kunst.«

Er dachte noch einen Augenblick nach, dann fand er den Wunsch, nach dem er suchte, und Freude blühte in seinen alten Augen auf.

»Ich hab's. Ich wünsche mir einen großen Atlas, damit ich mit den Fingern noch einmal alle meine großen Reisen nachfahren kann, die ich in meinem Leben machen musste. Dann träumte er vor sich hin: »... Rio de Janeiro, der Zuckerhut, Pernambuco, Valparaiso, Cap Hoorn, Singapur, noch einmal die ganze weite Welt.«

Alle fanden, das sei ein wundervoller Wunsch, sie nannten die Namen der fernen Städte und riefen, allen voran Carlo: »Bravo, bravo, Beltramini, welch kluger und wundervoller Wunsch!«

Nun kam Tino der Schmied zum Zuge. »Ich wünsche mir«, sagte er, »ich wünsche mir, und es ist auch gar nicht so preiswert, wie es sich anhört ...« Dann schüttelte er den Kopf und begann von neuem: »Ihr wisst, Freunde, ich hatte einmal den weißen Alfa Romeo mit den roten Lederpolstern. Als Geschäftsfahrzeug für einen Schmied war das eine Eselei. Darum nennt ihr mich auch heute noch immer Tino den Schmied mit dem Alfa. Nun, es gibt heute Modelle zu kaufen ... Nachahmungen. Haargenau. So ein kleines Modell von einem Alfa, etwa zwanzig Zentimeter groß, das wünsch ich mir von dir, Carlo. Ich stelle es auf meinen Kaminsims, und dann stimmt es auch wieder, wenn ihr sagt, Tino der Schmied mit dem Alfa.«

Große Freude im Kreis der Freunde ob dieser wunderhübschen Idee. »Una bella idea«, lobte man und klatschte unter Bravorufen Beifall.

Jetzt schauten alle auf Paolino, den zarten, feingliedrigen Tischler. Der kämpfte sichtlich mit seiner Schüchternheit, dann überwand er sich und sagte: »Vielleicht weiß der eine oder der andere von euch, dass ich in meiner Jugend ein halbes Jahr auf der Geigenbauerschule in Cremona war. Da starb mein Vater und ich musste zurück in die Schreinerei nach Porto, die ich mit einem Altgesellen zusammen geführt habe, bis ich selbst Geselle und dann Meister wurde. Ich wünsche mir von dir, Carlo, denn du hast ja ein Auto, dass du mich nach Cremona fährst. Ich möchte noch einmal den Palazzo Comunale sehen und mit meinen Augen die Geigen der Amatis, der Stradivaris und der Guaneris streicheln.«

»Facciamo cosi – so machen wir's!«, rief Carlo und fügte hinzu: »Wir übernachten dort, im besten Hotel der Stadt, sodass du Zeit und Muße hast, in deinen Erinnerungen zu leben.«

Alle freuten sich für Paolino, denn eine Reise nach Cremona war am Anfang der Sechzigerjahre für die Leute von Porto ein Ereignis und keine Alltäglichkeit wie heute, wo fast jedermann ein Auto hat.

Alle Augen ruhten jetzt auf Cesare il capitano. Der Mann mit dem verwitterten Gesicht und dem kühnen Adlerauge wurde unsicher. Erröten konnte er nicht, dazu war er zu sonnenverbrannt. Dennoch spürten die Freunde seine Verlegenheit. Und zu ihren fragenden Augen gewandt, sagte er: »Ihr werdet lächeln, meine Freunde, im Grunde ist mein Wunsch schiere, reine Eitelkeit«, und er schaute auf den Kleiderhaken an dem seine Kapitänsmütze hing. Kapitänsmütze? In Wahrheit war es eine weiße, billige Marinemütze mit Schirm, wie sie die Touristen an der Adria erwerben können.

»Ja, ich wünsche mir eine richtige Kapitänsmütze, wie man sie in Genua in den Schiffsausstattungsgeschäften kaufen kann. Aus feinem blauem Tuch, besser noch aus schwerer Seide, mit Goldstickerei und Kokarde, das ist mein Wunsch«, sagte er schwer atmend. »Und dort, wo sonst der Schiffsname eingestickt ist«, fuhr er mit Bestimmtheit fort, »soll nur ein Wort stehen: ›PORTO‹.«

Die Freunde jubelten. Wie würden die Fremden im Sommer staunen, wenn Cesare il capitano dort unten im Porticolo stehen würde, sonnenverbrannt, mit Adlerblick, ehrfurchtgebietend, der Hafenkapitän von Porto, mit einer echten Kapitänsmütze.

Jetzt galt die Aufmerksamkeit der Tafelrunde dem Avvocato. Was würde er, der Mann mit dem großen Haus, der so viel Geld verdiente, dass er sich fast alle Träume selbst erfüllen konnte, sich wünschen?

Der Avvocato war sich des allgemeinen Interesses wohl bewusst und lächelte verschmitzt. »Ja, mein lieber Carlo, ich hatte ja von euch allen die meiste Zeit, um über meinen Wunsch nachzudenken. Wenn es dir aber zu schwer fällt, ihn mir zu erfüllen, sei es aus

Familien- oder Erinnerungsgründen, so will ich mir gerne etwas anderes ausdenken.«

»Heraus damit, was es auch sei, Avvocato. Spannen Sie uns nicht auf die Folter, nennen Sie mir Ihren Wunsch«, sprudelte Carlo hervor.

»Nun denn«, so der Avvocato. »Carlo, du besitzt ein Buch deines Vaters aus dem Jahre 1878 über das römische Recht, versehen mit einem ausgezeichneten Kommentar des damaligen Rektors der Universität Bologna. Das zu besitzen wäre mein Wunsch.«

»Sie besitzen es bereits, Avvocato«, rief Carlo, sprang wie ein Kugelblitz zu einem Weinregal, auf dessen oberstem Bord einige Bücher standen. Der vor Freude strahlende Mann griff mit sicherer Hand den gewünschten Band, verneigte sich anmutig vor dem Avvocato und überreichte ihm das prächtige Buch.

»Ecco, signori, der erste Wunsch wäre erfüllt, und nun wollen wir die Sache zu einem guten Ende bringen. Jetzt muss ich eure Neugier befriedigen und darf euch nicht länger den Qualen der Ungewissheit überlassen.«

Er ging mit seinen kleinen, hüpfenden Schritten zum neu angeschafften Schwarzweißfernseher und schaltete ihn ein. Die erstaunten Freunde sahen eine Übertragung aus dem Hippodrom, der großen Pferderennbahn in Mailand.

Tänzelnd drängten sich die Pferde zur Startlinie, denn die heutigen Startmaschinen waren noch nicht erfunden. Die Tafelrunde in der Trattoria lauschte gespannt den Worten des Berichterstatters.

»Dies, meine Damen und meine Herren, ist das

am höchsten dotierte Rennen Italiens. Am Start sind zweiundzwanzig Pferde mit ihren Reitern. Die Galoppelite des Landes. Dem Sieger winkt eine Gewinnprämie von einhundert Millionen Lire. Favorit ist der fünfjährige Hengst Cesare unter seinem Jockey Francesco Morelli. Beide tragen die Farben des Gestüts Agnelli. Werden dies die Farben des Sieges sein?, so fragt man sich hier, oder wird die Stute Fallandra aus dem Gestüt unter ihrem Reiter Pietro Fafini der Sieger sein? – Erstaunt ist man unter den Kennern des Turf, unter den Auguren der Rennbahn, dass sich Tonio Sassi, der vielleicht erfolgreichste Galoppreiter Italiens, mit einem völlig unbekannten Pferd – hinter dem noch nicht einmal der Name eines großen Gestüts steht – an diesem Rennen beteiligt. Es ist wohl eine Reverenz der Rennleitung an den großen Namen des Altmeisters Tonio Sassi, dass dieses unbekannte Pferd in die Platzierung aufgenommen wurde.«

Voll Staunen sahen die Freunde auf dem Bildschirm dem Bemühen der Reiter zu, ihre nervösen Pferde in Startposition zu bringen. Dann knallte der Startschuss, das Startseil flog hoch, und zweiundzwanzig Pferdeleiber sprangen aus dem Stand in den gestreckten Galopp.

Die Startpositionen veränderten sich bald. Die Favoriten erstritten sich von Anfang an die Spitze, dann folgte dicht gedrängt das Mittelfeld, Nachzügler waren nicht vorhanden, ein Beweis dafür, dass nur die erfolgreichsten Pferde und Reiter das Rennen bestritten.

Die Führung hatte souverän der Hengst Cesare, gefolgt von Fallandra.

Jetzt klang in der Stimme des Fernsehberichterstatters Staunen auf: »Aber was geschieht denn da, Signori? Aus dem Mittelfeld schiebt sich Tonio Sassi nach vorne. Wie ist doch der Name seines Pferdes? Verzeihen Sie, Signori, ich muss erst in der Startliste nachschauen, denn wer hätte je mit diesem Außenseiter gerechnet. Ja, Destino heißt der dreijährige Hengst, der unter der Zügelführung Tonio Sassis nach vorne stürmt. Destino hat das Mittelfeld hinter sich gelassen und greift die beiden Spitzenreiter an. O Leute, wer hätte das je geglaubt, dieser Hengst Destino wird zum Schicksal dieses Rennens. Ein großer Reiter und ein unbekanntes Pferd – er muss ein Löwenherz haben, dieser Hengst Destino – verweisen die Galoppelite Italiens auf die Plätze. Und schon liegt Destino Kopf an Kopf mit Fallandra. Ihr Reiter, Pietro Fanfini, greift zur Peitsche. Pietro, wir sehen das nicht gerne. Man prügelt Pferde nicht zum Sieg, das gehört der Vergangenheit an. Man reitet sie, Pietro, man reitet sie zum Sieg wie Tonio Sassi auf Destino. – Jetzt ist es geschafft. Unerbittlich, von einer großen Kraft erfüllt, zieht Destino an Fallandra vorbei. Tonio Sassi, der Meister des Turfs, und sein Wunderpferd gehen jetzt zum Angriff auf Cesare, den bislang besten Galopper Italiens, über.«

Carlo war aufgesprungen. Seine Augen saugten sich fest an Destino und dessen Reiter. Carlos rotes Barberagesicht strahlte wie eine verzückte Sonne. Er atmete schwer. Laura war neben ihn getreten und streichelte beruhigend seine Schultern. Auch die Freunde waren von der Eregung erfasst, waren von ihr erfüllt und spürten, dass dieser Hengst Destino das Schicksal ihres Freundes war. Das Schicksal, das in wenigen Sekunden den Wirt der Trattoria della Pace in Porto zu einem reichen Mann machen musste.

Und wieder die Stimme des erregten, von der Rennhysterie in Bann geschlagenen Berichterstatters: »Der Kampf um Platz eins hat jetzt begonnen. Die Zielgerade ist eingeläutet. Tonio Sassi legt sich weit nach vorn, gleichsam über dem galoppierenden Hengst schwebend. Und jetzt schiebt sich Destino, der unbekannte Hengst aus der Toskana, wo Tonio Sassi ihn seit sieben Monaten trainierte – man schiebt mir diese Information gerade zu –, auf gleicher Höhe mit Cesare, dem besten Galopper Italiens. Kopf an Kopf nun das Rennen. Wer hat die größeren Reserven, nein, den größeren Willen zum Sieg? Und jetzt geschieht das Wunder. Achtung! Destino zieht an Cesare vorbei. Ein schwarzer Tag für das Gestüt Agnelli, ein Desaster für Francesco Morelli. Ein ruhmreicher Tag für Tonio Sassi, ein ruhmreicher Tag für den italienischen Rennsport, der beweist, dass auf dem grünen Rasen des Turf noch Wunder geschehen können. Der Abstand der Pferde vergrößert sich. Destino hat eine halbe, nein, jetzt schon eine ganze Pferdelänge Vorsprung. Unendlich scheinen die Kraftreserven Destinos, unerschütterlich der Siegesritt des Tonio Sassi, der sich heute Weltruhm erreitet. Zwei, drei Pferdelängen Vorsprung Destinos, ein Pferd wie ein Sturmwind. Noch hundert Meter bis zur Ziellinie, noch achtzig, jetzt nur noch fünfzig Meter. O nein, o nein, der tausendstimmige Aufschrei auf der Rennbahn zeigt Ihnen, meine Zuschauer, und Sie sehen es selbst auf dem Bildschirm, diese Tragödie, fünfzig Meter vor der Ziellinie mit vier Pferdelängen Vorsprung stürzt Destino. Tonio Sassi wird wie mit einem Katapult aus dem Sattel geschleudert, überschlägt sich in der Luft und liegt nun wie leblos auf dem Rasen. – Das Feld ist donnernd an Destino und seinem Reiter vorbeigezogen. Sieger sind jetzt die alten Favoriten, Cesare und sein Reiter Francesco Morelli, und auf dem zweiten Platz Fallandra und ihr Jockey Pietro Fanfini, und als Dritter der Apfelschimmel Presidente, geritten von Sandro Muraca. – Doch gleich, ob Erster, Zweiter oder Dritter, der Held, der wirkliche Sieger ist Destino und mit ihm sein großer Reiter Tonio Sassi. Es ist eine Tragödie, Sie sehen es ja selbst an den Bildschirmen, Signori. Immer wieder versucht Destino sich zu erheben, immer wieder bricht er, verzweifelt wiehernd, zusammen. – Destino ist mit dem linken Vorderlauf in die Erde eingebrochen. Madonna, ist es möglich, in Italien, auf einer Rennbahn, im Hippodrom von Mailand bricht ein Pferd in ein Kaninchenloch ein, verliert den Sieg und wohl auch das Leben. Da ... ein Sanitätswagen ist herangebraust. Sie sehen, Signori, weiß gekleidete Männer bemühen sich um Tonio Sassi. Hoffentlich lebt er, hoffentlich überlebt er. Wir lieben dich Tonio Sassi, der Pferdesport braucht die großen Reiter als Lehrer und Vorbild der reiterlichen Jugend. – Vor unseren Augen vollendet sich die Tragödie. Zwei Veterinärärzte untersuchen Destino. Sie schütteln traurig die Köpfe. Es muss ein komplizierter Bruch sein, und der ist bei einem Pferdebein nicht heilbar. Der ältere der Tierärzte zieht eine Pistole, setzt sie hinter Destinos Ohr an – er wendet den Kopf, um nicht in die großen Pferdeaugen schauen zu müssen –, dann drückt er ab. Ein Zittern überschauert den Pferdeleib, drei Hufe trommeln noch einmal den grünen Rasen. Dann Stille ... das Ende ... Der Galopphengst Destino, der Sieger von Mailand, ist tot, seinem Schicksal erlegen, povera Italia, dass wir das miterleben mussten!«

Der Avvocato war aufgestanden und hatte das Gerät abgeschaltet. Eine lastende Stille breitete sich aus.

Nur Carlo stammelte, auf seinen Stuhl gesunken, den Kopf auf der Tischplatte und die Hände darüber gefaltet, um sich vor weiterem Unheil zu schützen: »Il destino, das Schicksal, das Schicksal ist ein Kaninchenloch ...« Er weinte, dann sagte er stockend: »Ich hatte eine Million gesetzt, denkt euch, eine Million Lire, das Jahresgehalt eines Postboten. Der Totalisator hätte mindestens eine Quote von eins zu sechzig gebracht. Ich müsste jetzt sechzig Millionen Lire haben, aber, o Dio mio, das Schicksal ist ein Kaninchenloch!«

Die Freunde, der alte Beltramini, Tino der Schmied, der feingliedrige Paolino, Cesare il capitano, der gewichtige Avvocato und auch der Maresciallo, der inzwischen erschienen war und die Fernsehübertragung mit Destinos Sturz und Carlos Fiasko miterlebt hatte – sie alle umstanden den verstörten Mann und gaben ihm schweigend die Kraft ihrer Freundschaft.

Sie nahmen wieder am Tisch Platz. Laura, die immer wusste, was zu tun war, hatte die Gläser voll geschenkt. Dankbar blickte Carlo sie an und begann mit gebrochener Stimme:

»Es war vor einem Monat. Der Avvocato hatte sich damals den Fuß verstaucht und mich gebeten, ihn nach Mailand zu fahren, denn mit dem verletzten Fuß konnte er seinen großen Americano doch nicht chauffieren. Nach seinen Geschäften beim Tribunal und den Notariaten lud er mich zum Abendessen in die Taverna del Gran Sasso ein. Übrigens servieren sie dort recht gute Maccheroni alla chitarra und haben einen guten Vino Cerasuolo im Anstich.«

Die Erinnerung an gehabte Tafel- und Gaumenfreuden richtete den gebrochenen Carlo ein wenig auf. Mit etwas kräftigerer Stimme fuhr er fort: »Ja, und dann nach dem Dessert – der Avvocato telefonierte noch – wurde ich Zeuge eines Gesprächs zwischen zwei Männern, die an einem Nebentisch saßen und sich vollkommen abgeschirmt glaubten. Durch die geflochtenen Rattanwände konnten sie mich nicht sehen, ich aber verstand jedes Wort. Der eine der Männer war Tonio Sassi.«

Die Freunde holten tief Luft und hielten den Atem an.

»Der andere war sein jüngerer Bruder, der als Geschäftsmann zu Geld gekommen sein musste. Ihm klagte Tonio Sassi sein Leid. Dass das Gestüt ihm, dem besten Galoppreiter Italiens, den Vertrag nicht verlängert hatte. Dass eben die Jugend sich überall nach vorne schiebt und ihn ins Abseits. – Gewiss, Geld hatte er verdient, sehr viel sogar, aber ans Sparen hatte er nicht gedacht. Da waren die Frauen, immer wieder die Frauen, an die er sein Geld verschwendet hatte. Nach jedem Sieg waren sie da. Die Frauen mit ihren strahlenden Augen, mit ihren roten Lippen und den weichen, weißen Armen, in denen man ertrinken konnte. Ein kleinwüchsiger Mann wie er, fast ein Zwerg – was für einen Galoppreiter ja ein Vorteil war –, er brauchte Siege und Geld, um Frauen zu haben. Und dann verriet er seinem Bruder ein Geheimnis.«

Carlo hatte leiser gesprochen, wie damals Tonio Sassi. Er beugte sich vor, sprach leise und akzentuiert, als ob wieder ein Geheimnis den Weg in die Welt fände. »Tonio hatte in der Toskana ein Pferd entdeckt! Ein prachtvolles Pferd, einen dreijährigen Hengst, goldfarben, mit weißer Blesse und vier gleichmäßigen weißen Strümpfen – ein vollendeter Körper mit harmonisch-kraftvollem Bewegungsablauf, starken Sprunggelenken und einem Kämpferherzen. Ein herrliches, ein einmaliges Pferd, zwar ohne Stammbaum, aber eines, das selbst einmal Stammvater einer glanzvollen Reihe von Siegern sein würde. – Ein halbes Jahr trainierte er dieses Pferd in einem unbekannten Gestüt in der Toskana. Sein letztes Hab und Gut hatte er dafür eingesetzt. Noch einmal wollte Tonia Sassi das große Rad drehen, noch einmal ein großes Rennen reiten. O ja, er würde den großen Preis von Mailand gewinnen und die Jungen, und alle anderen, auf die Plätze verweisen. Der erste Reiter Italiens sollte noch immer Tonio Sassi heißen.«

Ein solches Wort musste mit einem Schluck Barbera hinuntergespült werden. Carlo sprach weiter mit Inbrunst, als sei er der große Reiter Tonio Sassi: »Dann hatte Tonio seinem Bruder in seinen großen Plan eingeweiht. Er würde mit diesem Pferd, mit diesem absoluten Außenseiter starten. Er würde siegen und damit den Preis von einhundert Millionen bekommen. Diesen Preis wollte er mit dem Bruder teilen. Dafür sollte der Bruder zehn Millionen Lire auf Tonio und sein Pferd Destino setzen. Der Totalisator musste bei einem solch krassen Außenseiter eine Quote von eins zu sechzig bringen. Eins zu sechzig, das war das Mindeste. Das heißt doch: Zehn Millionen Wetteinsatz mussten mindestens sechshundert Millionen Lire bringen.«

Carlo jonglierte mit den Millionen wie sonst mit den Tausendlirescheinen. Sein Eifer, seine Hingabe an die Zahlen machten deutlich, wie oft er alles durchdacht und immer wieder durch seine Hirnwindungen gedreht hatte.

»Zu dem Wettgewinn von sechshundert Millionen Lire«, rechnete Carlo den Freunden vor, »kämen noch mal einhundert Millionen Siegerprämie. Geteilt durch zwei entfielen auf jeden der Brüder Sassi dreihundertfünfzig Millionen. Dio mio, die Brüder Sassi hätten bis ans Ende ihrer Tage ausgesorgt. – Tonio Sassi machte seinem Bruder klar, dass es sich um ein faires Geschäft handelte. Zugegeben, der jüngere Bruder musste den Wetteinsatz von zehn Millionen aufbringen, er, Tonio, aber brachte das Siegerpferd ein, sein großer Name garantierte die Teilnahme am Rennen, und schließlich war er der Mann, der den großen Sieg erreiten würde. – Immer wieder beschwor Tonio seinen Bruder, keinem Menschen von diesem Wettabenteuer zu erzählen. Niemandem! Alles musste strengstens geheim bleiben. Würde auch nur ein Gerücht in Wettkreisen darüber laut, setzten nur wenige professionelle Wetter auf Destino, musste die Quote unweigerlich sinken. Der Bruder schwur Tonio fast einen Eid und beteuerte sein Stillschweigen.«

Carlo hatte seinen Bericht fast beendet und schaute den Avvocato entschuldigend an. »So wurde ich Mitwisser eines Geheimnisses, das ich aus eigenem Interesse, aber auch im Interesse der Brüder Sassi, bewahren musste.«

Der Avvocato klopfte ihm beruhigend die Schulter. Und mit seinen Blicken von den Freunden Verzeihung erbittend fuhr er fort: »Heute sollte mein schönster Tag sein. Ich wollte euch allen Freude bereiten, wollte Wünsche erfüllen, nun, da ich das Glück bezwungen glaubte. Ich hatte so viele Träume: die Trattoria erneuern, die Wände mit dunklem Holz täfeln, schwere rustikale Tische und Stühle, eine neue Bar mit Espressomaschine, moderne Toiletten, etwas, worauf die Ausländer besonderen Wert legen. Und nun kann ich in acht Tagen den Weinhändler nicht bezahlen, denn nur so konnte ich die Million Lire zusammenkratzen.«

Laura hatte erschrockene Augen. Madonna, kein Geld für den Weinhändler, was sollte nun werden?

In die allgemeine Ratlosigkeit hinein erhob der Avvocato die Stimme: »Zugegeben, was heute geschehen ist, war ein harter Schlag für Carlo. Dass er der Versuchung erlag, sich an der Wettaffäre der Brüder Sassi zu beteiligen, ist menschlich und verzeihlich. Jeder von uns hätte genauso gehandelt.«

Die Freunde nickten zustimmend. Es war die große Absolution.

»Nun«, fuhr der Avvocato fort, »bringt es mein Beruf mit sich, jede Sache von mehreren Seiten zu betrachten. Zunächst können wir feststellen, dass wir in Carlo einen großen Freund besitzen. Zwar konnte er uns das Geheimnis der Brüder Sassi nicht verraten, denn hätten wir uns alle beteiligt, so wäre die Quote gesunken, und jeder von uns hätte ja noch einen guten Freund besessen, und der wiederum einen … und der Sinn des ganzen Wettgeschäfts wäre geplatzt. – Aber wir besitzen in Carlo einen Freund, der, wenn ihm das Glück winkt, an seine Freunde denkt und ihnen Freude bereiten will. Ich denke, das ist gar nicht wenig. Außerdem haben wir bei dieser Gelegenheit unsere Herzenswünsche kennen gelernt und wissen jetzt, was wir uns gegenseitig zum Geburtstag schenken können. Und damit das Geschenk, das wir machen, auch großzügig ausfällt, können wir es gemeinsam finanzieren. Dein Buch, Carlo, gebe ich dir zurück – keine Sorge, ich habe in drei Wochen Geburtstag und werde mich dann gehörig freuen.«

Die Freunde schmunzelten. Ein Teufelskerl, dieser Avvocato, aus allem wusste er wie eine Biene Honig zu saugen. Und mit der inneren Zustimmung der Gesellschaft fuhr der Avvocato fort: »Nun will es der Zufall, dass ich in der nächsten Woche geschäftlich nach Köln muss, und so kann auch Lauras Wunsch in Erfüllung gehen, sie wird mit mir reisen und bei meiner Schwester wohnen. Ich fahre nächsten Donnerstag, und am Dienstag darauf sind wir wieder zurück. Carlo und Lina werden den Betrieb in der Trattoria auch alleine schaffen, und so ist Lauras Wunsch schon erfüllt.«

»Bravo, bravo, Avvocato, benissimo«, riefen die Freunde und griffen zum Barbera.

»Aber«, so der Avvocato, »die schwierigsten Dinge müssen noch geregelt werden. Den Betrag, um den Weinhändler zu bezahlen, Carlo, werde ich dir vorstrecken, denn Lieferantenschulden würden deinen Ruf als Geschäftsmann untergraben. Bei alldem aber haben wir etwas sehr Wichtiges erfahren: Du wolltest die Trattoria renovieren. Das ist eine gute, sinnvolle Investition. Denn die Fremden wollen zwar Originalität – Rustikalität tipo lombardo –, aber sie wollen auch einen bestimmten Komfort, zum Beispiel anständige Toiletten und nicht deine Turca, die auch ich, ich muss es gestehen, nur mit geschlossenen Augen betrete. All dies sollte aus dem Rennbahngewinn finanziert werden. – Nun wird ja in Italien, ja in ganz Europa gebaut, erneuert, verbessert. Und dies geschieht, so versichere ich euch, in aller Regel nicht durch Wettgewinne. Vielmehr vollziehen sich diese Unternehmungen zum einen, wenn sie notwendig sind, und zum anderen, wenn die Investition gesteigerte Gewinne verspricht. Diese beiden Punkte

98

treffen in deinem Fall zu, und nichts sollte dich hindern, die Renovierung der Trattoria anzugehen.«

Die Freunde sprangen auf, der Barbera leuchtete in den Gläsern, noch mehr aber leuchteten ihre Augen, als sie dem Avvocato zutranken, dessen ordnende Gedanken Carlos zertrümmerte Welt wieder aufgebaut hatten. Der eben noch vernichtete Carlo wurde wieder kugelrund, ganz der Alte sprang er auf, noch ein paar Flaschen Barbera zu holen.

Und als frisch eingeschenkt war, sagte er mit seiner rostroten Barberastimme: »Trinken wir auf die Freundschaft, Laura, Lina. Wir sind nicht arm, denn wir haben Freunde.« Und er hob sein Glas, hin zu der ganzen Runde, und beim Avvocato, dem großen Freund, dem »grande amico«, verweilend, sagte er: »Tante grazie!«

Als der Avvocato mit einer glücklichen Laura, die die himmelstürmende Kathedrale, den Rhein und die Hohe Straße erlebt hatte, aus Köln zurückkam, hatte Carlo bereits den Kapitalbedarf errechnet. So an die acht bis zehn Millionen Lire würden es schon sein.

Der Avvocato führte ein Gespäch mit der Baronessa Santini, der heimlichen Patronin von Porto, und legte Carlos Probleme dar. Die Baronessa, an der allgemeinen Wohlfahrt von Porto interessiert – eine schöne, erneuerte Trattoria konnte dem nur dienlich sein –, telefonierte mit der Santini-Bank. Tags darauf verhandelten Carlo und der Avvocato mit der Bank, und der gewünschte Kredit wurde zu günstigen Konditionen gewährt.

Und nun begann das große Wunder der Erneuerung. Paolino, der kunstfertige Schreiner, zauberte die neue Wandvertäfelung. Der Elettricista verlegte neue Leitungen und schuf eine indirekte Raumbeleuchtung. Der Idraulico im Verein mit dem Piastrellista erstellten moderne, saubere Toiletten. In den langen, glasüberdachten Flur und in die ganze Trattoria wurden Marmorböden verlegt. Die Weinfässer, die im Flur gelagert hatten, wurden in den Keller verbannt. Nur der Chronist trauert ihnen nach, ihnen und dem säuerlich-herben Barberaduft, den er nie vergessen wird.

Doch was sollen solche Gedanken – die Welt ist rund und dreht sich beständig. Jede Sekunde ist der Anfang einer neuen Ewigkeit. Jede Zukunft wird rasch Vergangenheit. Das wissen die Leute von Porto genau. Die Welt Carlos, Lauras, Linas, aber auch die Welt der Freunde war neu, lichter und schöner geworden.

So waren sie alle zum Eröffnungsabend herbeigeeilt, Cesare il capitano, Tino der Schmied mit dem Alfa, der alte Beltramini, der kunstfertige Schreiner Paolino und der Maresciallo, der unerschütterliche Fels von Ordnung und Gesetz.

Da sah man Anna die Fischerin und am gleichen Tisch die Baronessa Santini und die Gräfin Alani Montenero.

Das saßen die Keramikfabrikantin Carlotta und Alberto Manzoni und neben ihnen die neue Chefdesignerin Marietta, Carlos Nichte.

Und an einem der neuen Eichentische saß der Chef

der Contrabandieri, ein alternder Wolf, der viel Kreide gefressen hatte. Mit am Tisch saßen der Bauunternehmer Bocca mit seiner Frau, und mitten unter ihnen strahlte das sanfte Gesicht von Don Domenico, begleitet von einem jungen Confrater.

Die Gläser waren gefüllt, gleich mussten die Vorspeisen serviert werden. Da erschien der Avvocato als letzter Gast, einen Servierwagen vor sich her schiebend, darauf ein Plattenspieler – sein Eröffnungsgeschenk.

Carlo wieselte voran und dirigierte das kleine Gefährt an die richtige Stelle. Dann geleitete er den Avvocato galant zu seinem Platz zwischen Anna der Fischerin und der Baronessa Santini und schaltete das Gerät ein.

Der Tonarm senkte sich auf den kreisenden Plattenteller und nun blühte die Ouvertüre von Giuseppe Verdis »La forza del destino« – »die Macht des Schicksals« – auf, erfüllte die Trattoria und die Herzen der Freunde. Als der letzte Ton verklungen war, stand Carlo mitten im Raum, das Glas mit rotem Barbera wie ein Herrschaftszeichen in der Faust.

»Laura, cara mia, amici miei! Il destino, so hieß das Pferd, von dem ich mir das Glück des Reichtums erhoffte, das sich kurz vor dem Sieg in einem Kaninchenloch das Bein brach. Einige von euch haben das Unglück im Fernsehen miterlebt. In meiner Verzweiflung rief ich aus: ›Das Schicksal ist ein Kaninchenloch.‹ In einer langen Nacht brachte mir ein Freund bei …«, und Carlo schaute dem Avvocato fest in die Augen, »… dass nicht das Schicksal, sondern das flinke Glück der Wetten und der Spiele in einem Kaninchenloch enden können. Das Schicksal aber, die Macht des Schicksals können wir in unserem Herzen, mit unserem Willen erschaffen. Überlegung, Mut, Liebe und die Treue der Freunde gestalten das Schicksal. Sie sind in Wahrheit die Macht des Schicksals, wie ihr an mir als Beispiel erlebt.«

Er schaute Laura an. »So trinke ich auf die Unerschütterlichkeit der Liebe …«, dann wanderte sein Blick zum Avvocato und zur Baronessa, »… auf die Beständigkeit der Treue …«, und nun umfasste sein Blick sie alle, »… auf die Sicherheit der ›amicizia‹, der Freundschaft. Sie sind die wahren Bezwinger des Glücks.«

Das Grabmal der Gallia Placidia

Es war Dezember. Der See und die Menschen an seinen Ufern gehörten sich wieder selbst. In den stillen Sonnenecken blühten die Kamelien in Weiß und Rot und gaben Hoffnung auf einen kommenden Frühling.

Die Menschen waren stiller und gesammelter als zu den Zeiten, in denen die Touristenheere den See und seine Landschaften besetzten. Zur Dämmerstunde saßen die Freunde, der alte Beltramini, der Mann der die ganze Welt gesehen hatte und dessen Nase nun endlich die dunkelviolette Veilchenfarbe alten Barberas angenommen hatte, der Capitano, ein alt gewordener Corsar mit stumpfem Schwert, Tino der Schmied mit dem Alfa und – wie immer den Vorsitz führend – Carlo, der Wirt der Trattoria della Pace, zusammen.

Das Gespräch schleppte sich dahin. Man kannte sich ja seit Kindertagen. Ein jeder wusste von jedem fast alles, und so genügte ein Stichwort, um in den Männern Erinnerungen und Geschichten wach werden zu lassen. Sie lachten dann manchmal, nickten mit den Köpfen und tranken sich zu. Ach ja, die Welt war alt geworden. »Il mondo e rotondo«, verkündete Carlo seine Lebensweisheit. Just, als sei dies sein

Stichwort, trat der Avvocato in das Halbdunkel der Trattoria. Bereitwillig öffnete sich der Kreis, Carlo schleppte einen Stuhl heran und der Avvocato ließ sich, ein wenig seufzend nach des Tages Arbeit, nieder. »Was wünschen Sie zu trinken?«, fragte Carlo. »Barbera, wie immer?«

»Nein, Carlo, Barbera zum Essen und nach dem Essen, aber jetzt etwas Leichteres, Frischeres, quasi als Aperitivo«, wünschte der Avvocato.

»Ich weiß, ich weiß«, erwiderte Carlo eilfertig. »Sie wollen eine Flasche von dem Weißen aus dem Trebbiatal, den wir zusammen bei Piacenza eingekauft haben.«

»Du hast es erraten«, lobte der Avvocato, und in Minutenschnelle stand vor ihm, in schöner Kellerkühle, eine Flasche Trebbiana. Der Avvocato kostete. »Das war ein guter Kauf, Carlo«, meinte der Avvocato und genoss den kühlen, klaren Fruchtgeschmack des Weines.

Und wie sie nun den Weißen kosteten – denn Carlo hatte als guter Wirt und Freund allen aus der Flasche des Avvocato das Glas mit dem Trebbiana gefüllt –, stieg in Carlos Erinnerung ein seltsames Erlebnis auf.

»›Die Welt ist rund‹, Avvocato, sagte ich, als Sie eintraten, und ich möchte hinzufügen: Es gibt fast nichts, was in ihr nicht möglich wäre. Sie wissen, was ich meine?«, fragte er augenzwinkernd.

Der Avvocato nickte. »Aber«, sagte er schnell, »es ist keine Geschichte die man erzählen sollte. Es wär eine Indiskretion.«

»Aber Avvocato, wir sind unter Freunden, sind – quasi – in famiglia«, lehnte sich Carlo auf. »Aber die Frauen sollen die Tür zur Küche schließen«, rief er mit rostroter Barberastimme. Und dem Avvocato seine Maßnahme erklärend, fügte er hinzu: »Non è una storia per le donne.«

Die Türe flog mit einem Knall zu, dem man die Empörung anmerkte, die Carlos Diktat bei seiner Frau Laura und der unermüdlichen Lina erzeugt hatte.

Der Avvocato lächelte, er wusste, es war kaum möglich, Carlo daran zu hindern, eine gute Geschichte nicht zu erzählen. Und wenn es dann sein musste, so war es besser in seiner Gegenwart, die Carlo daran hinderte, sich allzu sehr seiner ausschweifenden Fantasie hinzugeben.

»Allora«, nickte Carlo, trank noch einen Schluck von dem kühlen, belebenden Wein, und ein Tag im Frühsommer des vergangenen Jahres wurde wieder Wirklichkeit.

»Es hatte wochenlang geregnet. Der See war über die Ufer getreten, hatte die Uferstraßen so überflutet, dass von den Zapfsäulen der Tankstellen nur die Spitzen zu sehen waren. Dann war plötzlich, ohne jeden Übergang, der Sommer hereingebrochen mit strahlend blauem Himmel und einer sengenden Sonne.

Der Avvocato war im Interesse eines Klienten auf dem Wege nach Piacenza. Carlo hatte gebeten, ihn mitzunehmen, da er bei einer Winzergenossenschaft in der Nähe der Stadt ebenjenen Weißwein einkaufen wollte, den man jetzt mit so großem Genuss trank.

Einmal in Piacenza, zog es die Freunde nach Ravenna, das nur zwei Autobahnstunden entfernt war – goldenes Ravenna, Stadt der Kaiser, der Könige, der Exarchen. Vollendeter Zusammenklang römischer, griechisch-byzantinischer und christlicher Kultur.

Carlo hatte in dem Avvocato einen kundigen Führer, der die Spannweite, aber auch die geistigen Gegensätze aufzuzeigen wusste, die die Stadt in sich vereinigte.

In San Vitale hatten sie staunend in dem riesigen Oktogon gestanden, das Karl den Großen so beeindruckt hatte, dass er die Idee dieses Kirchenbaues über die Alpen getragen hatte, um seine Pfalzkapelle nach diesem Vorbild im fernen Aachen durch Odo von Metz erbauen zu lassen.

Dann schlenderten die beiden Freunde hinüber zum Mausoleum der Gallia Placidia, die aus Staatsräson den Gotenkönig Athaulf hatte heiraten müssen und nach dessen Tode die Frau des späteren Kaisers Constantius III. wurde. Ihrem Sohn Valentinian sicherte sie als Regentin des Reiches das Kaisertum.

Es war hoher Mittag, und Kirche, Park und Mausoleum waren menschenleer. Selbst der Kustode vor dem Eingangsportal des Mausoleums der Gallia Placidia hatte seinen Posten verlassen, aber seine blaue Dienstkappe auf seinem Stuhle liegen lassen wie weiland der Landvogt Gessler seinen Hut auf der Stange.

Die beiden Freunde traten ein. Ein honigfarbenes Licht, das durch weiße, dünn geschliffene Alabasterplatten fiel, umfing sie. Die Kuppel des kreuzförmigen Baues leuchtete im Glanz von achthundert goldenen Sternmosaiken, eingebettet in einen tiefblauen Himmel – der Himmel der Gallia Placidia.

Bevor sich die Freunde im Anblick der blaugoldenen Mosaikenwelt verloren, schreckte sie ein Stöhnen auf. Es kam aus der Richtung eines marmornen Sarkophags, der direkt unter der Lünette des heiligen Lorenz stand, auf der der Heilige freudigen Schrittes dem Flammentod zueilt.

Die beiden Freunde strebten dem Sarkophag zu. »Mein Gott«, murmelte der Avvocato, »vielleicht hat jemand einen Herzanfall.«

Aber als Carlo von links, der Avvocato von rechts hinter den Sarkophag schauten, sahen sie etwas anderes als Tod, Krankheit oder gar Sterben.

Schweigend eilten sie dem Ausgang zu, standen etwas bestürzt im Sonnenlicht und rieben sich blinzelnd die Augen.

»Nun, Avvocato«, so Carlo, »das hatte ganz intensiv etwas mit Leben zu tun. Was machen wir jetzt?«

Aber während er fragte, hatte er schon auf dem leeren Stuhl des Kustoden Platz genommen und sich dessen blaue Schirmmütze auf den runden Lombardenschädel gestülpt. Der Avvocato hatte in seiner Befangenheit nicht bemerkt, dass trotz der Mittagsstunde eine Reisegesellschaft eiligen Schrittes dem Mausoleum zustrebte. Als der Führer der Gesellschaft Carlos Nähe erreicht hatte, hob dieser gebieterisch den Arm und sagte, als sei er als Kustode auf die Welt gekommen: »Adesso chiuso.«

Dann schloss er die Augen zum Halbschlaf und entzog sich so den Fragen des Reiseführers. Den linken Zeigefinger hielt er, seitlich abgewinkelt, als moralische Schranke ausgestreckt.

Nach zehn Minuten verließ ein Paar – sie eine berückende Blonde Ende zwanzig, er ein hoch gewachsener, schlanker Mann mit Römerkopf – das Mausoleum. Die junge Frau erblickte Carlo mit der Kustodenkappe, den Avvocato im Schatten einer Platane und die Reisegesellschaft mit einem Blick, warf mutig den Kopf in den Nacken, dass ihre Haare im Sonnenschein tanzten, und ging mit ihrem Begleiter entschlossenen Schrittes davon.

Carlo sagte zur Reisegesellschaft: »Adesso aperto«, legte seine Kappe ab und folgte dem Avvocato. Am Ausgang des Parks, der das Mausoleum und San Vitale umgibt, wartete eine neue Überraschung. Die junge Frau und ihr Begleiter kamen auf sie zu und die schöne Blonde sagte: »Signori, wir möchten uns bedanken für Ihre Hilfsbereitschaft. Erlauben Sie, dass wir Sie zu einem Glas Wein einladen?«

»Dazu besteht kein Anlass«, erwiderte der Avvocato, dem der Schock noch in den Gliedern saß, reserviert.

»Doch«, sagte die Signora mit Nachdruck, »wir möchten uns bedanken für …« – sie suchte nach dem passenden Wort und senkte ein wenig die Augen – »… für Ihre menschliche Solidarität.«

Dieses Wort löste den Widerstand des Avvocato auf. Carlo war sowieso Feuer und Flamme für diese Idee, und seine Neugier, Bestandteil seines Wesens, wollte erfahren, warum sich zwei Menschen hinter einem Sarkophag der Liebe hingaben.

Wenig später saß man in einer weinumrankten Terrasse unter blühenden Blumen. Ein kühler Rossato aus dem Tal der Trebbia stand vor ihnen. Er hieß »La strega die Molino« – »die Hexe aus der Mühle«.

Man trank sich zu. Carlo fixierte über das Weinglas hinweg die Signora. Es war, als suche er in ihrem Angesicht die Spuren der Sünde, zumindest aber die Spuren der Lust. Was er sah, war ein zartes, ebenmäßiges Frauengesicht mit einer kleinen Spur Hochmut um die vollen Lippen.

»Allora«, sagte sie und knabberte an einem kleinen Stückchen Weißbrot, dann trank sie einen Schluck Wein und sagte: »Beginnen wir. Sehen Sie sich meinen Mann an, meine Herren, erkennen Sie ihn?«

Der Avvocato schüttelte verneinend den Kopf. Die Signora darauf lächelnd zu ihrem Mann: »Das ist der Ruhm, mein armer Liebling.«

Aber in Carlos Gesicht flackerte Erkennen auf: »Naturalmente, ich erkenne ihn, das ist doch Raffaele, der göttliche Raffaele – Raffaele il dinamico!«

Der göttliche Raffaele lächelte ob seines nicht ganz verblassten Ruhms, dann sagte er: »Ja, dreimal italienischer Meister, zweimal Europameister, einmal Vizeweltmeister, dreimal Gewinner des goldenen Cups von Monza und so weiter und so weiter.«

Diese Neuigkeit musste verdaut werden. Man trank einen Schluck. Dann sagte die Signora: »Ich war Drahtseilartistin, ich hatte einen schweren Sturz, ich konnte nicht mehr auftreten. Das Schlimmste: Ich kann keine Kinder mehr haben. Sie wissen, was das für uns Italiener bedeutet. Ich verdiente mir dann mein Geld als Fotomodell. Wie so etwas endet, wissen Sie: in den Betten der Männer, und eh man sich darüber klar ist, ist man ein Callgirl. – Vorher kam Raffaele. Er sah mich, er nahm mich, er heiratete mich und liebt mich bis zum heutigen Tag. – Ich war bei jedem Rennen dabei, das er fuhr. Beim Training, beim Probelauf und beim Finale. Ich habe furchtbare Ängste ausgestanden, denn ich habe sie alle gekannt, diese Helden der Motoren. Junge Götter, die in ihre Maschinen sprangen, um der Fiktion des Sieges nachzujagen. Oft brachte man sie auf Bahren zurück: zerbrochene Knochen, zerstörte Leiber, verbranntes Fleisch. – Wenn aber Raffaele zurückkam, gleich ob als Sieger oder Verlierer, war ich so von Freude erfüllt … wir mussten uns lieben … sofort. In der Box, im Rennstall. Unsere Mechaniker und Monteure wussten das, sie achteten es, ja, sie respektierten es.« Sie schwieg.

Raffaele strich mit der Hand über sein nachtschwarzes Haar. »Ja, so war es«, bestätigte er die Worte seiner Frau. »Auch ich hatte Angst. Ich hatte zu viele Tote gesehen. Darum war ich vielleicht nur ein mittelmäßiger Rennfahrer. Aber als ich meine Frau gefunden hatte, wurde alles anders. Ich hatte zwar immer noch Angst, aber ich wusste, in der Box wartet deine Frau auf dich. Und so fuhr ich, aus lauter Angst, so schnell wie der Teufel, dem Tod davon, hin zum Leben, zu meiner Frau, zur Liebe.« Er lachte. »Und sehen Sie, wegen diesem Fahrstil haben mich dann die Sportreporter ›Raffaele il dinamico‹ genannt.«

Carlo nickte mit leuchtenden Augen. »Una formula simplice.«

»Ja«, lächelte der göttliche Raffaele, »die einfachste Formel der Welt, die Franzosen sagen dazu ›Cherchez la femme‹.«

Die Signora nahm das Gespräch wieder an sich. »Mein Raffaele hatte mir ein Versprechen gegeben. An seinem dreißigsten Geburtstag wollte er seine Rennfahrerlaufbahn aufgeben und mich von meinen Todesängsten um ihn befreien. Wir hatten nämlich herausgefunden, dass die Unfallgefahr bei Rennfahrern über dreißig Jahren überproportional ansteigt. Bei den jungen und den alten Fahrern ist die Todesrate am höchsten.« Erklärend fügte sie hinzu: »Als Mann ist man mit dreißig Jahren noch jung, als Rennfahrer aber alt, zu alt«, sagte sie mit besonderem Nachdruck. – »Mein Raffaele war aber nicht nur ein guter Rennfahrer, er war auch ein kluger Geschäftsmann. Das Geld, das er verdiente, legte er gut an. Wir haben gut gelebt, aber wir haben nichts verprasst.« Sie schaute Raffaele dankbar und liebevoll an. »Als nun der dreißigste Geburtstag kam, hatten wir genügend Einkünfte, um ohne Sorgen zu leben. Wir bauten uns ein Haus in den Hügeln am Trasimenischen See und waren bereit zum Glück, zu einem Glück ohne Todesängste. Aber wir machten eine schlimme Erfahrung. Raffaele konnte mich nicht mehr lieben, körperlich, meine ich. Die Rennfahrerei war für ihn, vielleicht für uns beide ein Stimulans gewesen, das wir brauchten, um lieben zu können. Sie sind erstaunt, meine Herren? Das ist nichts Seltenes unter Artisten.«

Der Avvocato meinte bedächtig: »Und dann kamen Sie zu der Erkenntnis, dass Sie extreme Situationen brauchen, um lieben zu können.«

»Ècco, ècco«, rief die Signora. »Genau so ist es. Jetzt führen wir die extremen Situationen herbei – Sie haben das ja miterlebt –, und wir können uns wieder lieben.«

Carlo, der wie immer den letzten Tropfen aus dem Fass holen wollte, fragte: »Und wie lange hält ein solches Erlebnis vor und beflügelt Sie?«

»Oh, immerhin einige Wochen«, versicherte ihm der göttliche Raffaele.

»Aber, Signore«, fragte der Avvocato, »können Sie denn mit diesen neuen Ängsten, die Sie sich immer wieder schaffen, leben?«

»Ach, Avvocato, ja, es sind Ängste. Angst vor Beschämung, Angst vor Entdeckung, Angst vor Beleidigung. Aber was sind solche Ängste gegen die Todesangst um einen geliebten Menschen, frage ich Sie! Im Übrigen sind die Menschen menschlicher, als man glauben mag. Wir machten einmal eine Seereise und liebten uns in einem Rettungsboot, während die anderen Passagiere auf Deck promenierten. Durch Raffaeles Kraft kam das Boot in Schwingung, und die Passagiere riefen den Deckoffizier und machten ihn auf das Phänomen aufmerksam, dass das Boot bei ruhiger See so schaukelte. Der Deckoffizier kletterte hoch, schaute ins Boot und erklärte den aufgeregten Passagieren, es sei alles in Ordnung. In diesen Breitengraden gebe es auf dem Meeresboden gewisse Schwingungen, die sich wohl auf das Rettungsboot übertragen hätten. Und da er ein sehr gebildeter junger Mann sein musste, lockerte er das Gespräch durch den Hinweis auf die Tragödie ›Des Meeres und der Liebe Wellen‹ auf.«

Und wieder fragte der vor Neugier berstende Carlo: »Und Sie haben schon viele solcher Erlebnisse gehabt?«

»Selbstverständlich.« Der göttliche Raffaele klärte auf: »Wir haben uns auf dem Eiffelturm geliebt, auf dem Capitol in Rom, in den Uffizien, am Grabmal des Unbekannten Soldaten in Paris und im Invalidendom, im Angesicht des großen Korsen. Wir nehmen aber auch gerne kleinere Erlebnisse wahr. So erinnere ich mich gerne an die Echternacher Springprozession.«

»An die Echternacher Springprozession? Impossibile!«, rief Carlo.

»Nein, nicht unmöglich«, sagte Raffaele mit Bestimmtheit. »Sie glauben gar nicht, lieber Freund, wie der Einzelne in der Menge untergeht. Es war fast ein Kinderspiel.«

»Und dennoch, gnädige Frau«, äußerte sich der Avvocato, »ich bewundere Ihren Mut.«

»Nein«, darauf die Signora, »es ist keine Sache des Mutes. Es ist eine Sache der Logik und der Liebe. Sehen Sie, Raffaele hat meinentwegen das Rennen aufgegeben. Soll ich ihn dafür bestrafen, soll er nun auf Liebe verzichten? Nein, das wäre unmenschlich. Im Übrigen: Vergessen Sie nicht, ich bin Artistin, ich habe Sportsgeist.«

»Und was für Pläne haben Sie?«, bohrte der unersättliche Carlo.

Der göttliche Raffaele strich über sein nachtschwarzes Haar und er lächelte: das Lächeln des Siegers von Monza, das Lächeln des Helden unzähliger Motorschlachten, das Lächeln des Mannes, der den »Dinamismo Raffaele« erfunden hatte. »Mein Freund, ich träume einen großen Traum, ich sage nur sechs Worte: MOSKAU ... ROTER PLATZ ... DAS LENIN-MAUSOLEUM.«

Carlo hatte seine Geschichte beendet.

Es war den Männern, als erwachten sie aus einem Traum. Eingebunden im Rund des Tisches wie in einen Zauberkreis, hatten sie die stille Tragik dieser Liebesgeschichte miterlebt und die hereinbrechende Dunkelheit nicht bemerkt. Gut denn, auch sie hatten ihre Fehler und Schwächen, vielleicht sogar kleine Laster. Aber von dieser Unfreiheit des Menschen, von diesen Zwängen seines Tun und Handelns, hatten sie nichts gewusst.

Carlo verspürte die unsichere, diffuse Stimmung, die sich in der Trattoria ausbreitete. Entschlossen stand er auf. »Zwei Dinge brauchen wir jetzt«, stellte er fest, »erstens: Licht« – und er drehte den Lichtschalter an – »und zweitens: einen kühlen Schluck Barbera.«

»Il cornuto« – »der Gehörnte«

Sie hatten zusammengesessen, zusammen getrunken, geredet und gelacht: Carlo, der tausendlockige, kugelrunde Wirt der Trattoria della Pace; der Avvocato, der große bewunderte Freund, ruhig, abschätzend und gelassen; Tino der Schmied mit dem Alfa; der alte Beltramini, der Mann, der die ganze Welt gesehen hatte; Cesare il capitano mit Kapitänsmütze und Piratenblick; und der Stillste im Kreis: der kleine Paolino, der kunstfertige Tischler, dessen schöne Möbel, vor allem aber seine prachtvollen Haustüren, ihn noch lange überdauern würden.

Ein neuer Gast war erschienen, still, fast unhörbar. Wohl hatten Carlos spitze Ohren das Öffnen der Türe vernommen, doch nicht die leisen Schritte durch den langen, glasüberdachten Gang, in dem die Rotweinfässer lagerten – die vollen wie die leeren – und die der Trattoria jenes unnachahmliche Aroma verliehen, einen Duft nach Rotwein, Essig und kernigem Eichenholz.

Und nun saß der Neue still, wie hingeweht, an der Bar der Trattoria und trank ebenso still wie verbissen einen Grappa nach dem anderen.

»Das ist Tommaso, der Wirt der Bar ›Tre Angeli‹, direkt am Marktplatz in Luino«, beantwortete Carlo den fragenden Blick des Avvocato. »Wenn mittwochs der große Wochenmarkt in Luino ist, der größte am lombardischen Ufer des Sees, fallen die Touristen direkt in seine Bar hinein. Was sage ich, Touristen«, informierte Carlo den Freund über die Profession des späten Gastes, »sein Geschäft beginnt schon morgens um sechs Uhr, wenn die Marktleute ihre Stände aufbauen. Dann brauchen sie zuerst einen Caffè coretto, damit die Arbeit in Schwung kommt. Und dann geht es bis zum Abend, ununterbrochen, Avvocato, bis zum Abend: Kaffee – Lira, Eis – Lira, Limonata – Lira, Vino – Lira. Und nur billigste Qualitäten, Avvocato, die Touristen schlucken alles, einfach alles.«

»Du übertreibst, Carlo«, wiegelte der Avvocato Carlos farbige, aber nicht ganz neidfreie Schilderung ab.

»Nein, nein, glauben Sie mir. Die Notenbank von Italien ist dagegen ein schwieriges, kompliziertes Unterfangen. Sie braucht teure Druckmaschinen, teures, fälschungssicheres Banknotenpapier, Graveure, Ziseleure und Drucker, hoch bezahlte Spezialisten. – Tommaso arbeitet mit Aushilfskräften. Wenn einer von ihnen zwei Kaffees, ein Eis und zwei Limonaden zusammenrechnen kann, gilt er schon als Intellektueller. Was braucht Tommaso sonst noch?«, überlegte Carlo laut. »Eine Kaffeemaschine, viel Wasser, wenig Kaffeepulver – und schon verwandelt er, wie weiland der Herr, Wasser in Wein, seine traurige Brühe in Tausendlirescheine. – Un sistema semplice, Avvocato«, resümierte Carlo.

Der stille, erbittert in sich hineinschüttende Grappatrinker an der Bar hatte bemerkt, dass er Gegen-

116

stand des Gesprächs war, und blickte zum Kreis der Freunde hinüber.

»Komm, Tommaso«, lockte Carlo, »komm, hier ist ein Stühlchen frei, setz dich zu uns, im Kreis der Freunde ist die Welt nicht so kalt und einsam.«

»Gerne«, sagte Tommaso, aber zuvor – »un momentino, per favore …« – schwebte er in Richtung der Toiletten davon.

»Sehen Sie, Avvocato, wie er geht, er schleicht, es ist der Gang der Gehörnten. Sie bewegen sich lautlos, immer in dem Wahn, ihr ehebrecherisches Weib zu ertappen. Es ist ihnen zur zweiten Natur geworden. Sie können nicht anders.«

Der Avvocato sah Tommaso und seinem »Gang der Gehörnten« nach und stellte revidierend fest: »Carlo, wenn du genau hinschaust, müsstest du bemerken, dass Tommaso Schuhe mit dicken Kreppsohlen trägt, so kommt dein Gang der Cornuti zustande, un sistema semplice, mein lieber Freund.«

Aber Carlo gab nicht auf: »Sie werden es erleben, Avvocato«, meinte er siegesgewiss.

»Woher hast du denn dein Wissen von Tommasos ungetreuem Eheweib?«, insistierte der Avvocato.

»Woher, woher …«, echote Carlo triumphierend, »von ihm selbst, von keinem anderen. Sie können es nämlich nicht verschweigen, sie müssen ihre Schande in die Welt schreien, sie sind so, glauben Sie mir, es ist für sie wie ein innerer Zwang.« Und dann fügte er bitter hinzu: »Und verschonen Sie mich mit Ihrer Kreppsohlentheorie. Aber still, da kommt er.«

»Hierher, hierher, Tommaso«, lud Carlo ein, »hier ist ein Plätzchen frei an meiner Seite.«

Tommaso nahm das Angebot an. Er war ein großer, schlanker Mann – schlank, besser würde man sagen: Er hatte die Hagerkeit des Säufers, dessen verhärtete Leber längst ihre Funktionen aufgegeben hatte. Dennoch verfügte er scheinbar noch über Selbstkontrolle, Disziplin und Lebenskraft. Aber eben nur scheinbar. In Wirklichkeit war er nur noch die Fassade, ein Schein dieser Tugenden.

Der schmale Mund, der einmal von Willenskraft zeugte, war nur noch verkniffen, die blauen Augen trübe, verhangen hinter einem Schleier von Zweifeln und Ängsten.

Die Hakennase und die hohe Stirn ließen an einen römischen Imperator denken und der schwarzgraue Haarkranz an verdorbenen Lorbeer. Tommaso war noch immer das Bildnis eines Mannes, aber eben nur ein Bildnis.

Auf die leere Flasche und die halb leeren Gläser deutend, fragte Tommaso höflich: »Darf ich die Signori zu einer Flasche Wein einladen, wenn es der Keller erlaubt, vielleicht einen Amarone, Carlo?«

»Si, si, certo, Tommaso, sogar von dem Sonnenjahrgang 1959, und es ist nicht die einzige Flasche, die ich davon im Keller habe«, suggerierte der geschäftstüchtige Carlo.

»Dann bring gleich zwei Flaschen mit, denn wir sind eine Compania von sieben Personen, und vielleicht trinken die Damen ein Gläschen mit«, offerierte Tommaso, denn Laura und die kleine Lina hatten

118

durch die Küchentüre einen Blick auf die Männerge-
sellschaft geworfen.

Der Amarone glänzte purpurn im Glas. Die Männer
waren stumm geworden. Andächtig genossen sie die
vollkommene Farbe und den tiefen Duft des Weines.
Sie tranken in kleinen, zarten Schlückchen, mit gespitz-
tem Mund, so wie man ein Kind auf die Stirn küsst.
Dann folgte ein Schweigen der Lust und der Andacht,
und es war Carlo, der das angemessene Wort fand:
»Was für ein Wein, meine Freunde! Immer wenn ich an
diesem Land, nein, an seiner Regierung verzweifle,
spendiere ich mir solch eine Flasche Wein. Dann wird
das Jammertal der Welt zu einer Insel der Seligen.«

»Salve«, nickten die Freunde. Er war doch ein Teufelskerl, dieser Carlo. Welch eine Fähigkeit, das, was
alle dachten und fühlten, in Worte zu fassen, auszu-
sprechen. Und sie tranken ihm mit einem winzigen
Schluck ihre Anerkennung zu.

Tommaso, voller Gentilezza, eilte in die Küche,
den Damen ein Glas des köstlichen Weins zu reichen.
Die banden die Schürzen ab, wischten sich die Hände
sauber und traten in den Kreis der Freunde. Sie ho-
ben die Gläser und tranken den Männern zu. Die
kleine Lina schüchtern und bescheiden; Laura, eben
noch im Dunstkreis ihrer Küche, aber jetzt ganz
Dame. Das schwarze Haar, in strenger Form in einem
riesigen Knoten zusammengefasst, war schlichter,
aber eindrucksvoller Rahmen ihres Madonnenge-
sichts mit den großen, strahlenden Mandelaugen, aus
denen sich ein Strom von Wärme und Güte über die
Männer ergoss.

»Trinken wir auf die Männer«, sagte Laura.

»Auf Italien«, prostete der Capitano.

»Auf den Wein«, ergänzte Carlo, und der Avvocato endete, indem er sagte: »Auf die Frauen.«

»Auf die Frauen«, wiederholte Tommaso, aber es war, als schmerzte ihn jedes Wort.

Man trank, man scherzte, erzählte großartige Geschichten, in denen man selbst eine »bella figura« machte.

Es war Tommaso, der dem Abend eine neue Wendung gab: »Ich habe einen Vorschlag, Signori, ich lade Sie ein zu einem Abendessen ins ›Castello‹ in Varallo Pombiatt.« Das war ein großes Wort. Denn das Castello war ein berühmtes Restaurant im Piemontesischen, eine Kultstätte der Gastlichkeit, ein Tempel der Kochkunst. Alle Großen dieser Erde hatten hier gespeist, von Kennedy bis De Gaspari, von Moravia über Picasso bis zu Karajan. Und dort sollten sie tafeln, sie, die Männer aus Porto? Gewiss, der Avvocato war ein großer Herr und gewohnt, in solchen Häusern zu verkehren.

Laura fühlte ihr Zagen und sagte lächelnd: »Fahrt nur, ihr seid die Größten und die Schönsten.«

Welch eine Frau!

»Und die Damen?«, forschte Tommaso. Nein, nein, sie blieben zu Hause.

Laura murmelte etwas wie »… molto lavoro in casa …«, und die kleine Lina versicherte eifrig: »Si, si.«

Und so fuhren sie durch den frühen Abend. Der Avvocato in seiner großen amerikanischen Limousine, in Porto nur »il americano« genannt, neben sich den quirligen Carlo und hinten im Fond den alten Beltramini, Paolino und Tino. Tommaso war in seinem zweisitzigen Sportwagen mit dem Capitano schon losgebraust. Er musste, wie alle verwundeten Naturen, immer der Erste und der Schnellste sein.

Dem Avvocato war nicht wohl bei dieser Einladung, doch da er selbst ein nobler Mensch war, hatte er sie angenommen.

»Keine Skrupel, Avvocato, es trifft keinen Armen, Tommaso hat Geld im Überfluss, und schließlich ist eine Compania, wie wir es sind, ein Wert an sich«, versuchte Carlo des Avvocatos unausgesprochene Bedenken zu zerstreuen.

Das Ufer des Sees flog vorbei, man kam nach Piemont, fuhr durch die Reisfelder der Lommelina, wo laut Aussagen der Einheimischen der beste Reis Italiens wachsen sollte.

Und plötzlich lag der Bergkegel des Castellos im Licht der Scheinwerfer. Man parkte, schritt die Stufen empor und stand jetzt vor dem eichenen Portal.

Voran der Avvocato, ein großer, stattlicher und würdevoll beleibter Mann in dunklem Anzug, weißem Hemd und Krawatte. Hinter ihm, wie ein Geleitzug im Schutze eines mächtigen Kriegsschiffes, der kugelrunde Carlo mit hüpfendem Schritt, zaghaft und zart Paolino, dann Beltramini, der Mann, der die ganze Welt gesehen hatte und dem nichts etwas anhaben konnte, Tino der Schmied, groß und kraftvoll, Cesare il capitano, mit scharfem Piratenblick die Kellnerschar inspizierend, und zum Schluss Tommaso, der in seinem Äußeren den Vorstellungen des Castellos entsprach, in dunklem Anzug und der melancholischen Trauer im Blick.

Jetzt, mitten in der Woche im November, war das Haus schwach besucht. Die Herren wählten einen runden Tisch, der sie alle vereinte.

Der Ober erschien. Ein stiller, ruhiger Mann, ohne Domestikenhochmut. Oder lag seine Freundlichkeit daran, dass ihm der Avvocato als häufiger Gast, aber auch als einflussreiche Persönlichkeit bekannt war?

Auch der Besitzer – zugleich der Koch – erwies seine Reverenzen. Er war ob seiner Kochkunst vom italienischen Staatspräsidenten zum Ritter, zum »Cavaliere der Republik Italien«, ernannt worden. Glückliches Land, wo nicht nur der Marschallstab, sondern auch der Kochlöffel zur Ritterschaft führt.

Man beriet und plante lange, hörte die Vorschläge des Meisterkochs und ließ sich willig von seinen Empfehlungen leiten.

Als Erstes die Vorspeisen des Hauses. Siebzehn verschiedene Zubereitungen. Drei verschiedene Sorten Schinken, Würste, Spanferkelgelee, eine kleine Leberpastete im Brotteig, süßsaure Linsen und, und, und. Dazu einen weißen Orvieto, ein erfrischender Appetitanreger, aber auch natürlicher Verdauungshelfer.

Dann Carpaccio aus der Rinderlende mit Parmesanflocken. Als Hauptgang ein Gulasch aus Gemsenfilet in Barbera mit winzig kleinen Pasta all'uovo.

Und dann, gleichsam als dramatischer Höhepunkt: Reis aus der Lommelina, in Champagner gekocht, mit Trüffeln.

Der Maestro erschien selbst und rieb mit einer feinen Reibe den kostbaren Trüffelpilz über den Champagnerreis. Das harmonische Mahl, das erstaunlicherweise wenig belastete, wurde abgerundet durch einen Chianti Classico aus den Kellern der Villa Antinori.

Und dann kamen noch Käse und Eis und Früchte und Kaffee und Cognac und Fernet und Ramazzotti – es war keine Orgie, sondern eine Komposition von Genüssen, vom zartesten Crescendo bis zum dramatischen Furioso.

Während die ermatteten Zecher vor ihren halb leeren Gläsern saßen und befriedigt die Wonne der Sättigung in sich auskosteten, fragte Tommaso den Avvocato: »Wenn Sie gestatten, ich habe eine kleine Frage an Sie.«

Der Avvocato erwachte aus seinen Verdauungsträumen und vergewisserte sich: »Eine Frage?«

»Si, Avvocato.«

»Tommaso: Fragen, die über zwei mal zwei ist vier hinausgehen, übersteigen im Augenblick meine intellektuelle Kapazität. Wenn es eine juristische Frage ist, kommen Sie in meine Praxis, aber dann kostet es Geld. Ich lebe schließlich davon, juristische Fragen zu beantworten. Suchen Sie einen menschlichen Rat, so treffen wir uns morgen gegen zwölf Uhr im ›Imbarcadero‹ in Porto und trinken einen Espresso miteinander. Also, wo wollen wir uns treffen?«

»Im ›Imbarcadero‹ in Porto, Avvocato.«

»Va bene, Tommaso, morgen gegen zwölf Uhr in Porto«, beendete der Avvocato das Gespräch.

Auf der Heimfahrt – Tino, Beltramini und der kleine Paolino schliefen im Fond des Wagens, ermattet von den Genüssen des Abends – fragte Carlo: »Was wollte denn Tommaso, Avvocato?«

»Einen Rat«, beschied ihn der Avvocato. »Ich habe ihm gesagt, wenn er einen juristischen Rat will, soll er in die Praxis kommen, aber dann kostet es Geld. Will er meinen menschlichen Ratschlag, dann soll er morgen gegen zwölf Uhr ins Imbarcadero kommen, das machen wir dann ohne Honorar zur höheren Ehre Gottes oder der Freundschaft. Er hat das Imbarcadero gewählt.«

»Sie sind zu gut, Avvocato«, stammelte Carlo, ein wenig betrunken und gerührt. »Per bacco, Sie sind zu gut.«

»Ich glaub's zwar nicht, Carlo«, sagte der Avvocato und schaute angestrengt in die tiefschwarze Nacht. »Ich glaub's zwar nicht, aber es ist nett zu hören.«

Carlo lächelte, doch bevor ihm das eintönige Zischen der dahinrollenden Autoreifen den Schlaf brachte, dachte er: »Der arme Tommaso, gleich wird er in sein Haus hineinschleichen, mit dem unhörbaren Gang der Cornuti, voll zitternder Ängste, seine Frau in den Armen eines anderen zu finden. Vielleicht hofft er sogar, die Katastrophe möge endlich über ihn hereinbrechen, damit dieser Schmerz, dieser bohrende Zweifel, endlich ein Ende findet.«

Anderntags um zwölf Uhr schlenderte der Avvocato zum Imbarcadero nach Porto. Tommaso erwartete ihn schon. Die beiden Herren tranken ihren Espresso, dann verließen sie das kleine, überfüllte Café,

um einen Spaziergang unter den Platanen der Uferpromenade zu machen.

»Nun, Tommaso, sprechen Sie von Ihren Sorgen«,
ermunterte der Avvocato den gequälten Mann an seiner Seite.

»Es ist schwer, Avvocato, sehr schwer.«

»Das glaube ich Ihnen, mein Freund, aber wenn
man nicht beginnt, gibt es keinen Anfang.«

»Das stimmt, Avvocato.« Und nach einer Weile des
Schweigens fügte er hinzu: »Meine Frau betrügt mich.«

»Ist das eine Vermutung oder Gewissheit?«, forschte der Avvocato.

»Vermutung, aber eine Vermutung, die in meinem
Herzen Gewissheit ist.«

»Bleiben wir nüchtern …«, forderte der Avvocato,
»… eine unbewiesene Vermutung.«

»Und damit sind wir beim Thema«, sagte Tommaso erleichtert, so schnell zum Kern seines Problems
gefunden zu haben. »Sie sind ein einflussreicher
Mann, Avvocato. Einer Ihrer Freunde ist sogar Minister. Kann ein solch mächtiger Mann mir ein Abhör-
gerät besorgen – Wanze nennt sich solch ein Ding?
Die könnte ich dann in unserem Schlafzimmer plat-
zieren, den Empfänger an einer verborgenen Stelle in
der Bar, und so wüsste ich immer, was da oben vor
sich geht, wenn sie im Schlafzimmer ist und ich unten
bis Mitternacht in der Bar arbeite. – Das ist nämlich
unser Problem, Avvocato«, sagte Tommaso mit
grappaverschleiertem Blick, »ich mache morgens die
Frühschicht von sechs bis zwölf Uhr. Dann übernimmt
Elena, meine Frau, die Mittelschicht von zwölf bis

achtzehn Uhr und danach übernehme ich die Spät-schicht bis Mitternacht. Was geht da oben in dem Schlafzimmer vor sich, wenn ich bis Mitternacht in der Bar stehe? Sie müssen wissen, Avvocato, Elena ist schön, wenn sie lächelt, scheint an einem grauen Wintertag die Sonne. Sie ist jung, fünfundzwanzig Jahre alt, sie ist in der Blüte des Lebens. Die Blicke der Männer hängen, nein, kleben an ihr, saugen, tasten sie ab. Und alle sind sie da, die jungen und schönen Männer, sogar aus Mailand und Varese kommen sie, um mit ihr zu sprechen, sich einen Kaffee reichen zu lassen, ihre schlanken Hände zu bestaunen, ihren Körper, ihre strahlenden Augen zu sehen, sich an ihrem Lächeln zu erfreuen. Es ist die Hölle. – Und liege ich oben im Schlafzimmer, finde ich keinen Schlaf, wälze mich herum und sehe diese Bilder. Die Männer, deren Hände nach ihr greifen, ihr Körper, dieser wunderschöne, vollkommene, hingebungsbe-reite Körper. – Und bin ich unten in der Bar, erlebe ich den anderen Teil der Hölle. Dann überfallen mich die Bilder noch schlimmer, noch aggressiver. Ich sehe das Schlafzimmer, unser Bett, die unendliche Lust, die diese Frau zu schenken vermag, und wieder sehe ich Männer, die in ihrer Schönheit, in ihrer Weiblichkeit versinken. Sie ist ein Weib, Avvocato, und das Weib ist schwach!«

Der Avvocato hatte dem Ausbruch still gelauscht. Jetzt blickte er auf den See, auf das unendliche Spiel der Wellen, dann sagte er leise: »Tommaso, mir scheint, Sie sind vollkommen verwirrt. Sie können die Dinge nicht mehr ordnen. Ursache und Wirkung, praktische und rechtliche Möglichkeiten haben sich zu einem kaum entwirrbaren Knäuel verfilzt. Aber seien wir geduldig, amico mio, und versuchen wir gemeinsam den Weg durch das Labyrinth Ihrer Gefühle, fast möchte ich sagen: Ihres Wahns, zu finden.«

»Permesso, Avvocato, ich hole mir im Imbarcadero schnell eine Schachtel Streichhölzer.« Damit entschwand Tommaso in der Hafenbar. Der Avvocato brauchte nicht durch die großen Verandatüren zu schauen, um zu wissen, was sich dort vollzog. Zwar kaufte Tommaso Streichhölzer, obwohl er, wie der Avvocato bemerkt hatte, über ein Feuerzeug verfügte. Aber er kippte mit Windeseile gleich zwei doppelte Grappas hinunter. Dann eilte er mit schnellen, leicht unsicheren Schritten zum Avvocato, der sein Auge an der mächtigen Kulisse der Piemonteser Berge erholte.

»Allora, Tommaso, beginnen wir mit unserer Analyse. Zwar ist der Minister mein Freund. Er ist dies unter anderem, weil ich ihn nie mit solchen Lächerlichkeiten behelligen würde. Wahrscheinlich aber wüsste der Minister selbst nicht, wie er sich solch ein Gerät beschaffen sollte. Denn dies dürfte ja wohl nicht zum Aufgabenbereich eines Ministers gehören. Also müsste er sich an einen Referenten wenden, der wiederum an eine nachgeordnete Dienststelle, und zwei Tage später wäre in den Zeitungen zu lesen: ›Minister installiert Abhöranlagen‹. Der politische Skandal wäre perfekt. – Aber nicht nur aus diesem Grund ist der Weg versperrt. Was Sie vorhaben, nennt man in meinem Land ›Lauschangriff‹. Das

Wort Angriff – ihr sagt ›attacco‹ – beinhaltet in sich den Eingriff in fremde Territorien oder in fremde Rechte. Ihre Frau Elena hat aber ein geschüztes Recht auf ihre Intimsphäre, in die Sie einbrechen wollen. Sie sehen, mein Freund, dieser Weg ist aus praktischen, rechtlichen wie moralischen Gründen nicht gangbar. – Aber untersuchen wir die andere Seite des Problems, das heißt Sie und Ihr Verhältnis zu Ihrer Frau. Sie ist schön, sagen Sie, und ich kann das aus eigener Kenntnis bestätigen.«

»Ja, sie ist sehr schön, Avvocato, aber das Weib ist schwach und verführbar.«

»Behaupten Sie«, schmunzelte der Avvocato. »Aber die Gewichte dieser Welt sind viel feiner austariert, als es den Anschein hat. Auf jede verführte Frau kommt ein sie verführender Mann, und auf jede Ehebrecherin ein Ehebrecher. Das ist so klar, man könnte es direkt als Lehrsatz aufstellen«, gab sich der Avvocato mit Leidenschaft der eigenen Logik hin.

»Nun, zurück zu Ihrem Problem, Tommaso. Ihre Frau ist schön, sagten Sie. Nun, schön war sie schon, als Sie sie heirateten. Gerade ihre Schönheit war der Grund, der Sie zur Heirat bewog. Sie hat sich, mein Freund, so stellen wir fest, nicht verändert.«

»Sie ist noch schöner geworden«, warf Tommaso ein.

»Ein Grund, sie noch mehr zu lieben, denn sie hat sich ja zum Positiven verändert, sie ist noch schöner geworden. Aber nun zu Ihnen, Freund Tommaso«, fuhr der Avvocato in seinen Gedanken fort. »Haben Sie sich einmal überlegt, warum ein junges, schönes, achtzehnjähriges Mädchen einen doppelt so alten Mann heiratet?«

»Nun ja«, sagte Tommaso und machte eine jener eindrucksvollen Handbewegungen, mit den Italiener ihr Selbstgefühl demonstrieren.

»Dies, mein Freund, war lediglich eine Geste und kein Argument«, fuhr der unerbittliche Avvocato fort und folgte weiter den ehernen Bahnen seiner Logik. »Ein junges Mädchen heiratet einen älteren Mann nicht nur seines Geldes wegen, dies ist nur ein Teil der Entscheidungsgründe. Es heiratet mit dem älteren Mann zugleich die größere Sicherheit, materiell wie menschlich. Auch die größere Erfahrung, worunter ich die Fähigkeit verstehe, den Wechselfällen des Lebens gelassener zu begegnen. Es heiratet im glücklichsten Fall die größere Güte, das größere Verständnis, das größere Vertrauen. – Und nun, Freund Tommaso, versuchen wir einmal mit den Augen des Mädchens zu schauen. Was ist aus ihren Hoffnungen auf Sicherheit und Güte, auf Vertrauen und Geborgenheit geworden? Wollen Sie sich selbst die Antwort geben, Tommaso?«

Tommaso schüttelte den Kopf, sprang ins Imbarcadero, schluckte zwei doppelte Grappas und kehrte zum Avvocato zurück.

»Nun, dann muss ich Ihnen die Antwort geben, Tommaso. Der Mann ist nicht besser geworden, so wie das Mädchen schöner. Im Grunde hat er alle ihre Hoffnungen enttäuscht. Er bietet ihr keine Sicherheit, sondern Misstrauen. Er schenkt ihr keine Güte, sondern quält sie mit Eifersucht. Anstatt in Würde zu leben, erniedrigt er sich zum zerquälten Alkoholiker. Anstatt Vertrauen, mit dem er sie tragen sollte, will er sie mit elektronischen Geräten überwachen lassen.«

»Avvocato, Avvocato«, schrie Tommaso, und die wenigen Spaziergänger unter den Uferplatanen schauten auf die beiden Männer.

Der Avvocato fuhr unerschütterlich fort: »Ein weiterer Aspekt Ihrer Probleme, Tommaso, bringt mir die Vorlesungen eines berühmten Professors über Kriminalbiologie in Erinnerung, der aber auch ein Meister in der Ausdeutung der seelischen Vorgänge in einem straffällig gewordenen Menschen war. Er lehrte uns, dass dauernde unberechtigte Vorwürfe den Menschen in das ihm vorgeworfene Delikt treiben. Auf unseren Fall angewandt, heißt das«, dozierte der Avvocato, »in einer jungen und begehrten Frau, die unter den dauernden unberechtigen Eifersuchtsszenen zu leiden hat, wächst die Bereitschaft, das zu tun, was man ihr dauernd vorwirft. Sie muss sich sagen: Wenn ich schon den Vorwurf für nicht begangene Sünden tragen muss, dann ist es doch besser, die Sünden zu begehen und ihre Freuden zu genießen.«

Tommasos Gesicht hatte jegliche Farbe verloren. Die blauen, grappaverhangenen Augen schienen die Welt nicht wahrzunehmen. Sein Atem ging stoßweise und sein Schritt war hart, hölzern, gleich einer aufgezogenen Puppe.

Der Avvocato legte den Arm um ihn. »Ich wollte Sie weder verletzen noch kränken, Tommaso. Aber in Ihrer Situation gibt es nur ein Heilmittel: die Wahrheit. Mag sie so hart und so bitter sein, wie sie will.

Man muss sich der Wahrheit stellen, nur in ihr liegt Heilung. Sich der Wahrheit stellen heißt eine Entziehungskur machen und wieder der Tommaso werden, in den sich das junge Mädchen Elena vor Jahren einmal verliebt hat. Güte und Vertrauen geben und nehmen, Tommaso. Nur so können Sie sich von Ihrer Eifersucht heilen, denn Eifersucht ist nichts anderes als das Leiden an der eigenen Minderwertigkeit. Kämpfen Sie gegen diese Minderwertigkeite, und Sie befreien sich von der Eifersucht. – Das war das, Tommaso, was ich für Sie tun konnte: Ihnen die Wahrheit zeigen. Helfen müssen Sie sich selbst.«

Sie gingen noch einige Male die Uferpromenade hinauf und hinunter. Der Avvocato, groß und mächtig, den Arm um Tommaso, den Schlanken, Zerbrechlichen, gelegt.

Dann trennten sie sich. Und während der Avvocato zu seinem Wagen schritt, schaute er in den blauen Himmel und schickte zu seinem ehemaligen akademischen Lehrer einen Stoßseufzer empor: »Guter Professor im Himmel, hoffentlich stimmt das, was Sie mich einmal gelehrt haben, und wenn, habe ich hoffentlich damals gut aufgepasst.«

Die Medizin des Avvocato schien wenigstens teilweise gewirkt zu haben. Denn nach wenigen Tagen machte im Freundeskreis die Nachricht die Runde, Tommaso sei »trocken« und rühre keinen Tropfen Alkohol mehr an. Er trank lediglich Unmengen Aqua minerale und nannte sich selbst ironisch einen »Wassersportler«.

Aber was war damit erreicht?

Jahre hindurch hatten Tommasos pausenlose Verdächtigungen das Verhältnis der beiden Eheleute zueinander so zerstört, dass die Grenzen möglicher Heilung überschritten waren.

Schließlich hatte Elena – mehr getrieben als gewollt – das getan, was Tommasos zermürbender Wahn in sie hineingelegt und wie es des Avvocatos gelehrter Professor vor vielen Jahren seinen jungen Studenten als unausweichliche Konsequenz einer solchen Handlungsweise vorausgesagt hatte.

Elena suchte und fand Trost bei einem Liebhaber. Und nun vollzog sich das Unheil nach den strengen Gesetzmäßigkeiten der Tragödie.

Und das geschah so:

Am späten Abend – Elena war schon lange zu Bett gegangen – schmerzten Tommasos Füße vom langen Stehen so sehr, dass er beschloss, leichtere Schuhe anzuziehen.

Die schweren Tagesschuhe in der Hand, stieg er die Treppe empor. Als er die Schlafzimmertür öffnete, sah er das Bild seiner Ängste, das er in tausend Qualen seiner zwanghaften Vorstellungen gezeichnet hatte, sah das Bild, das nicht wahr sein durfte und dennoch Wahrheit war. Elena, die Geliebte, in den Armen eines anderen Mannes. Das Bild der verzückten Leiber explodierte in Tommasos Kopf zu tausend kleinen Splittern.

Und was tat nun dieser Tommaso im Chaos seiner Gefühle? Suchte er einen Revolver, ein Messer, einen Knüppel, um Weib und Liebhaber zu töten oder zu züchtigen?

Nein, er sprang zum Fenster, riss Vorhänge und Läden auf und schrie über den nächtlichen Marktplatz: »Adulterio! Adulterio! – Ehebruch! Ehebruch!« Er schrie seine Schande in die verdunkelte Welt, alle sollten es wissen, dass, wie er immer befürchtet hatte, seine Ehe, sein Leben, seine Welt zerbrochen war.

An den Rändern seines Wahrnehmungsvermögens bemerkte er, dass Elena und ihr Liebhaber die Kleider an sich gerissen hatten und den Raum zu verlassen suchten. Da sprang er zur Türe, bildete mit gespreizten Händen und Beinen ein Kreuz, um die Flucht der Ehebrecher zu verhindern. Auf die Idee, einfach die Türe abzuschließen, kam er nicht. Sein Körper sollte der Sperrriegel sein, den Flüchtenden den Weg zu verlegen.

Mit dem Rücken zum Zimmer, das Angesicht dem dunklen Flur zugewandt, schrie er vom Treppenhaus hinunter in die Bar: »Adulteratore! – Ehebrecher! Ehebrecher!«

Verstört vernahmen die letzten Zecher das Schreien des außer sich geratenen Mannes.

Da nahm Elena die Situation in die Hand. Sie, in die Tommaso seit Jahren zwanghaft den Ehebruch hineinprojiziert hatte, behielt einen klaren Kopf. Sie nahm einen der Schuhe, die Tommaso entfallen waren, und schlug ihn ihrem Mann kräftig auf den Kopf.

Tommaso brach mit einem Wehlaut zusammen. Als er aus seiner Benommenheit erwachte, sprach er kein Wort mehr. Elena und ihr Liebhaber waren entflohen.

Tommaso trank wieder. Er trank mit einer tödlichen, stupiden Konsequenz. Er wollte vergessen, in Ohnmacht fallen, in Bewusstlosigkeit versinken, er suchte zumindest einen temporären Tod.

Als er am dritten Tage seines alkoholischen Selbstvernichtungsfeldzugs erkannte, dass es dennoch immer wieder ein Erwachen gab, beschloss er das Problem grundsätzlich zu lösen.

Gegen Mitternacht, Carlo hatte gerade den schweren Verschlussbalken vor die Türe der Trattoria della Pace gelegt, klingelte das Telefon.

Carlo meldete sich: »Pronto.«

»Carlo?«

»Si.«

»Hier ist Tommaso, die Hintertür ist auf, schneid mich vom Strick.«

»Tommaso, Tommaso«, schrie der entsetzte Carlo. Aber der Telefonhörer gab nur sein eintöniges Besetztzeichen von sich.

Laura, die das Entsetzen in Carlos Stimme herbeigerufen hatte, rief er hastig zu: »Es war Tommaso, er ist verrückt geworden. Er will sich aufhängen. Ruf den Avvocato an und fünf Minuten später die Carabinieri!« Dann sprang er in den Wagen und jagte in halsbrecherischem Tempo die Uferstraße entlang nach Luino.

Dort legte er eine Vollbremsung auf dem Marktplatz vor der Bar »Tre Angeli« hin. Dann schoss er, ein kleiner, kugelrunder Mann, mit stampfenden Beinen und rudernden Armen zum Hintereingang der Bar. Im Schankraum, direkt über der Treppe, die er so oft angstvoll emporgeschlichen war, quälende Bilder vor Augen, hing Tommaso … tot!

Carlo holte eine Leiter. Ein scharfes Küchenmesser in der Hand, stieg er die Sprossen empor und trennte mit einem einzigen Schnitt das Seil entzwei. Der Leichnam stürzte auf die Treppe, polterte die Stiegen hinunter und blieb dort, in grotesker Verrenkung, liegen. Carlos Messer trat nochmals in Aktion und schnitt die Seilschlinge von Tommasos Hals. Dann schob er ihm die Zunge in den Mund, schloss ihm die Augen, schlug ein Kreuzzeichen über ihn und setzte sich auf den Treppenabsatz, vor sich den Toten und in der Hand die Schlinge, die Tommasos Genick gebrochen hatte.

So saß er noch da, als der Avvocato die Bar betrat. Der erfasste die Situation mit einem Blick.

»Wirf das Seilende weg, Carlo«, befahl er. Carlo huschte hinaus und warf die Schlinge in den Kofferraum seines Wagens.

»Hör zu, Carlo«, sagte der Avvocato eindringlich, »der Vorfall hat sich wahrscheinlich so zugetragen, wie ich ihn jetzt zu rekonstruieren versuche: Tommaso hat bei dir angerufen und seinen Selbstmord angedroht. Du bist daraufhin nach Luino gerast, um das Schlimmste zu verhindern. Als du in die Bar kamst, stand Tommaso auf der obersten Treppenstufe und versuchte eine Schlinge zu knüpfen. Du hast ihm zugeschrien, mit dem Wahnsinn aufzuhören. Bei deinem Anruf hat er sich erschrocken umgedreht und ist, volltrunken wie er war, die Treppenstufen hinuntergestürzt und hat sich den Hals gebrochen. Gerade in dieser Sekunde habe ich die Bar betreten und diesen schrecklichen Augenblick miterlebt.«

Der Avvocato schwieg. »Ist daran etwas unlogisch?«, dachte er laut.

»Nein, nein, Avvocato, nur die Spuren am Hals«, meldete Carlo Zweifel an.

»Dio mio, Carlo!«, sagte der Avvocato etwas unwirsch. »Der Mann war seit Tagen sturzbetrunken. Wer weiß, wo und mit wem er sich geprügelt hat. Wer weiß, ob er dort oben am Treppenabsatz nicht versucht hat, sich die Schlinge um den Hals zu legen, was ihm scheinbar nicht gelang, aber die Spuren am Hals erklären würde.«

»Vero, vero«, versicherte Carlo. »Genau so war es und nicht anders. Sie müssen ein Hellseher sein, Avvocato.«

Und während schon die Sirenen der Carabinieri-Fahrzeuge aufheulten, sagte der Avvocato: »Als Erstes müssen wir den Polizeiarzt auffordern, einen Blutalkoholtest zu machen, dann erübrigen sich alle weiteren Fragen.«

Und so war es denn auch. Zwei Zeugen mit gleich lautenden Aussagen waren vorhanden, der Blutalkoholgehalt betrug 3,8 Promille, und so erkannten der Polizeiarzt und der die Untersuchung leitende Maresciallo auf Unglücksfall im Zustand der Volltrunkenheit.

Die Carabinieri versiegelten die Bar »Tre Angeli«, und Carlo und der Avvocato fuhren deprimiert nach Hause.

Am anderen Abend hatte die Trattoria della Pace ihren »riposo settimanale«, den wöchentlichen Ruhetag. Dennoch erwartete man den Avvocato zum

Abendessen. Dieser betrat den Gastraum durch die Hintertür des Innenhofes. An diesen Abenden pflegten Laura und Carlo gemeinsam mit dem Avvocato zu speisen. Nur die kleine Lina hielt diese Vertraulichkeit für unangemessen, aß in der Küche und trug die Speisen auf.

Sie reichte eine Pasta alla neapolitana, dann eine Tranche pochierter Seeforelle und zum Schluss einen frischen Landkäse aus dem nahen Valcuvia. Ein leichtes, bekömmliches Mahl, das dem Hüftumfang der drei Tafelnden Rechnung trug. Dazu trank man einen leichten Weißen aus dem Valtellino.

Es war, ganz ungewohnt, eine wortkarge Tafelrunde. Plötzlich fragte Carlo und sah dem Avvocato in die Augen: »Warum haben wir das getan, was wir gestern Abend taten?«

Der Avvocato wiederholte nachdenklich die Frage: »Ja, warum haben wir das getan?«

Nach einer Weile sagte Carlo: »Ich wollte, er sollte ein christliches Begräbnis haben.«

»Er war Atheist«, stellte der Avvocato nüchtern fest.

»Auch Atheisten brauchen ein christliches Begräbnis«, war Lauras zwingende Logik, der keiner widersprechen wollte.

»Ich habe es für Elena getan«, sagte der Avvocato leise. Sie war ja im Grunde ein Opfer. Und es ist nicht sonderlich attraktiv für eine junge Frau, die noch ein Leben vor sich hat, Witwe eines Selbstmörders zu sein.«

Dann fragte der Avvocato: »Carlo, hast du noch

eine Flasche von dem Amarone, den uns Tommaso neulich spendierte?«

»Ja, aber es ist die letzte dieses Jahrgangs«, und schon wieselte der kugelrunde Mann hurtig davon, um diese letzte Flasche aus dem »bucco segreto« zu holen.

Betörend stieg der Duft des Amarone aus den Gläsern. Die Fülle eines Sommers, das Licht der Sonne und die Kraft der Erde füllten den Raum. Sie tranken leise und andächtig – es war ein Totengedenken.

»Ich war zu hart zu ihm«, sagte der Avvocato. »Aber ich glaubte, dass nur der Schock der Wahrheit ihn heilen, ihm helfen könnte. Aber er ist daran zerbrochen.«

»Nein, Avvocato, und nochmals nein, er ist nicht an Ihrer Härte und nicht an der Wahrheit zerbrochen. Als er mich gestern Nacht anrief, hat er zuerst gesagt: ›Ich war auf dem besten Weg, Carlo, ich hätte es geschafft, aber diese Katastrophe wirft mich um.‹ Und dann er sagte er: ›Komm, schneid mich vom Strick.‹«

Der Avvocato trank bedachtsam seinen Wein aus. Mit einer Flasche Amarone war Tommaso in den Kreis ihres Lebens getreten, bei einer Flasche Amarone vereinten sich ihre Gedanken über den Toten.

Der Avvocato erhob sich. Er verbeugte sich vor Laura. Dann legte er seine Hand auf Carlos Schulter. »Ich danke dir, mein Freund, mio grande amico. Ich frage nicht, ob die letzte Botschaft des Toten die Wahrheit oder Freundestrost ist. Ich frage nicht, ich danke dir.«

»Es ist die Wahrheit, Avvocato.« Nach einer Weile

der Besinnung meinte er: »Aber was ist Wahrheit? Der unabdingbare Anspruch der Philosophie oder die Fähigkeit, uns die Illusionen zu geben, die uns das Leben ertragen lassen. – Wir beide, Avvocato, haben gestern Abend die Wahrheit etwas menschlicher gemacht, für die Lebenden und für die Toten. Und das ist die Wahrheit, die in meinen Lombardenschädel passt.«

Carlo begleitete den Avvocato hinaus. Sie gingen mit leisen Schritten den glasüberdachten Gang entlang und atmeten bewusst den Duft der eichenen Rotweinfässer ein. Der Avvocato stützte sich schwer auf den kleineren Freund, der sich mühte, den Arm um dessen mächtige Taille zu legen. In ihrem Schreiten lag die Gemeinsamkeit dieser beiden grundverschiedenen Männer. Carlo öffnete die Tür und der Avvocato trat hinaus in die Nacht.

Carlo legte den eichenen Sperrbalken vor. Laura stand am Treppenabsatz und wartete. Dann schritten sie gemeinsam die Stufen empor zu ihren Schlafzimmern. In der Stille der Nacht, in ihrer Liebe und in der Wärme ihrer Leiber gaben sie sich die Kraft für den kommenden Tag.

Der »Nipote«

Sorgenvoll, ja bedrückt war die Stimmung in der Trattoria della Pace in Porto am See.

Die sonst bestimmende Fröhlichkeit war einer nervösen Unrast gewichen. Von wem die Unruhe ausging, wer konnte das sagen? Es war wie bei einer Grippe, keiner wusste, wer wen angesteckt hatte. Zweieinhalb Tage ging das schon so. Carlo schaute Laura an, Laura Carlo, dann schauten sie gemeinsam auf Lina, aber die konnte die Missstimmung nicht erzeugen, dazu war sie zu unsicher und einflusslos.

Nach dem Mittagessen raffte sich Carlo auf und verkündete: »Das ist doch nicht normal, ich muss jetzt einfach zu ihm gehen. Seit zweieinhalb Tagen ist der alte Beltramini nicht zu den Mahlzeiten gekommen. Er könnte ja krank sein, vielleicht sogar tot. Mein Gott, in seinem Alter«, sagte er entschuldigend, als Laura ihn vorwurfsvoll ansah.

Doch dann unterstützte sie ihn: »Ja, geh nur, Carlo, sieh nach ihm.«

»Danke, Laura, du weißt, ich ich will den Eindruck vermeiden, als spioniere ich hinter meinen Mitmenschen her, noch schlimmer, als sei irgendjemand verpflichtet, bei uns seine Mahlzeiten einzunehmen. Jeder Mensch muss seine Freiheit haben, aber ich mache mir Sorgen um Beltramini«, erklärte Carlo, goss sich mit flinken Händen noch einen Ramazzotti ein und murmelte vorsorglich in Richtung Laura den Werbespruch des Magenschnapsherstellers: »Fa sempre bene« – »Tut immer gut« –, und verschwand mit seinem hüpfenden Trippelschritt durch den glasüberdachten Gang, vorbei an den gestapelten Weinfässern, öffnete die schwere Eichentür und trat ins Freie. Er schaute empor, prüfte das Wetter, atmete die Champagnerluft ein, empfand dankbar das tiefe Blau des Himmels und hüpfte dann, wie ein langsam rollender Ball, hinab in Richtung Seeufer.

Nach einer Weile kam er am Hause der Antonia Pentini vorbei. Neugierig schaute er durch die offene Tür in den Innenhof des kleinen Hauses. Die sonnengelben Wände mit brauner, lombardischer Ornamentmalerei geschmückt, dazu eine blühende Blumenpracht gaben dem kleinen Haus eine bescheidene Großzügigkeit. Antonia stand am Bügelbrett und bügelte die weißen Hemden des alten Beltramini. Antonia spürte die Anwesenheit eines Fremden im Innenhof, schaute sich um, erkannte Carlo und wies lächelnd auf einen alten, aber bequemen Rattansessel. Seufzend nahm Carlo Platz. »Lass dich nicht stören, Antonia, ich schaue dir gerne ein Weilchen zu, dann troll ich mich wieder. Ja«, meinte er sinnend, »ich schaue gerne Menschen zu, die ihr Handwerk beherrschen, ob es ein Schreiner, ein Schuster, ein Schmied ist oder eine Büglerin wie du. Es kommt auf die Eleganz, auf die Perfektion des Könnens an, darin liegt eine bestimmte Ästhetik.«

»Ja, du bist gut im Zuschauen, Carlo«, stellte Antonia fest, »sehr gut sogar.«

»Antonia – welch ein Schicksal«, dachte Carlo und schaute hin zu der bügelnden Frau.

Und seltsam, auch Antonia hatte, bevor Carlo erschien, an ihr Leben gedacht. Sie hätte es natürlich nicht Schicksal genannt, das klang ihr zu anspruchsvoll für die Bescheidenheit ihres Daseins.

Mit zwölf Jahren hatte der Vater Antonia aus der Schule genommen, obwohl sie eine begeisterte Schülerin war. Der Vater war mit ihr in der Morgenfrühe um sechs Uhr zur Seidenfabrik gegangen, und dann war sie achtundvierzig Jahre lang – tagaus, tagein, Woche für Woche, ob Sommer ob Winter – diesen Weg zur Arbeit gegangen. Sie hatte sich nie über die verlorenen Lebenschancen beklagt, die eine bessere Schulbildung hätten geben können. Sie war sogar froh und stolz, durch ihre Arbeit und ihren kleinen Lohn, den sie erhielt, den Haushalt der Eltern entlasten zu können.

Die Mutter war früh gestorben, sodass das kleine Haus nicht überquoll von einer bedrängenden Kinderfülle – dem Reichtum der Armen –, sondern nur eine zarte, jüngere Schwester die Jugend und das Leben mit ihr teilte. Als Antonia fünfzehn Jahre alte war, fiel ihr Vater im Krieg, irgendwo in Griechenland.

Antonia und die zwölfjährige Schwester sollten in ein staatliches Waisenhaus. Aber der damalige Pfarrherr, Don Silvestre, hatte Einspruch erhoben. Antonia, so sagte der ehrwürdige Prälat, sei ein junges,

142

moralisch gefestigtes Mädchen und sehr wohl in der Lage, mit der kleinen Schwester zusammen im Rahmen der Gemeinde und in der Geborgenheit des elterlichen Hauses ein gesittetes Leben zu führen. Antonia war Don Silvestre bis zu seinem Tode dankbar, denn er hatte ihr Elternhaus und Heimat bewahrt.

Da Krieg war und Arbeitskräfte gebraucht wurden, wanderten jetzt Antonia und ihre Schwester Tag für Tag und Jahr für Jahr gemeinsam zur Seidenfabrik. Und da Antonia ein intelligentes Mädchen war, wurde sie in ihrem achtzehnten Lebensjahr Vorarbeiterin und ein Dutzend Jahre später Schichtmeisterin.

Vor zwanzig Jahren war ihre Schwester Zara an einem nicht erkannten Krebs gestorben, und seitdem lebte Antonia alleine. Sie war ehrenamtliche Leiterin der kleinen Pfarrbibliothek geworden und konnte nun ihren Lesehunger und Wissensdurst befriedigen. Sie genoss ihre Ruhe und hatte ein relativ gutes Einkommen. Der große Garten hinter dem Haus gab frisches Gemüse und hatte Platz für ein paar Kaninchen, Hühner und Gänse. In summa, so dachte sie, ein befriedigendes Leben.

Sie hatte nicht geheiratet. Die Männer, die sie haben konnte, wollte sie nicht, und die, die sie gewollt hätte, waren zu reich oder standen zu hoch in der Hierarchie der kleinen Stadt: zum Beispiel Signor Beltramini. Sie nannte ihn nie den alten Beltramini, nein, für sie war er der Herr Zahlmeister Beltramini. Ja, er war Zahlmeister auf einem großen Luxusdampfer gewesen und trug eine schneeweiße Uniform mit silbernen Litzen und Schnüren. In einer Illustrierten hatte sie einmal ein Bild von ihm gesehen. Sie hatte es ausgeschnitten und nun hing es in einem Silberrahmen in ihrem Schlafzimmer. Neben dem Kapitän in Weiß und Gold stand ihr Zahlmeister in Weiß und Silber. Silber gefiel ihr besser, »nicht so aufdringlich wie Gold«, dachte sie. Bedingt durch ihr Interesse an Beltramini hatte sie sich für die Seefahrt, vorzüglich aber für die Aufgaben eines Zahlmeisters interessiert. Gut, der Kapitän war der Kapitän und der Herr des Schiffes. Aber gesteuert wurde das Schiff vom Steuermann und die Nautik besorgte der erste Offizier.

»Natürlich, der Kapitän trug für alles die Verantwortung, aber hauptsächlich trug er die goldenen Schnüren und Litzen und präsidierte beim Kapitänsdinner«, dachte sie ein wenig übelnehmerisch. »Aber der Zahlmeister war doch der eigentlich Mann mit Kopf. Er errechnete die Heuer für die Besatzung, über ihn lief der ganze Einkauf, die Versorgung eines so riesigen Schiffes. Alle Schiffsrestaurants, die vielen Geschäfte, Friseure, Juweliere, Boutiqen und was noch alles in solch einer schwimmenden Stadt integriert war, rechneten ihre Gelder und Pachten mit dem Zahlmeister ab. – Und erst die weiblichen Passagiere, die Damen der großen Gesellschaft!« Antonias Fantasie rotierte: »Herr Zahlmeister, ich möchte meine Juwelen deponieren.« – »Was geschieht, Herr Zahlmeister, wenn das Schiff untergeht?« – »Keine Sorge, Signora, der Tresor ist wasserdicht«, würde der Zahlmeister lächeln.

»Ach ja, die Frauen: sie waren Jägerinnen, und er, ihr weißer Prinz im Silberschmuck, die Beute.

144

Ahnungslos waren die Männer, wie Kinder«, dachte sie bitter.

Und wieder die Damen: »Herr Zahlmeister, soll ich das große oder das kleine Diadem beim Kaptänsdinner tragen?« – »Das kleine, Signora, der liebe Gott hat Sie schön genug gemacht«, so ihr ahnungsloser Zahlmeister.

Antonia sah ihr Idol in den schäumenden Strudeln besitzergreifender Weiblichkeit versinken.

Oh, diese lächelnden Münder, die tiefroten Lippen, diese lockenden Augen, der schimmernde Perlenglanz der Zähne, die weißen Schultern und die bereiten, geöffneten Arme. Er aber, ihr Zahlmeister, im weißen Gewand mit den silbernen Paspeln, war nur geschützt durch seine Ahnungslosigkeit.

Sie bewunderte auch seine Voraussicht. Als Zahlmeister, der die ganze Welt wie die Welt des Geldes kannte, hatte er sich bei seiner Pensionierung bis an sein Lebensende eingekleidet. Von der Erkenntnis ausgehend, dass alle Waren teurer und schlechter würden, hatte er sechzig weiße Hemden, dreißig Paar Schuhe und in gleichen Mengen Unterwäsche, Anzüge und Mäntel gekauft. Da er ein Hemd im Jahre nur sechsmal tragen würde und die anderen Kleidungsstücke in ähnlichen Intervallen, hatte er Inflation und Teuerung, diese Tücken des Lebens, überwunden.

Antonia studierte sorgfältig in Zeitungen und Katalogen die Preise für Herrenbekleidung und registrierte mit wahren Triumphgefühlen, dass ein Hemd heute das Doppelte kostete wie vor zehn Jahren.

Antonia hatte das letzte Hemd gebügelt, in genauen Zirkelbewegungen Kragen und Manschetten ausgeformt, und strich nun mit leichter, liebevoller Hand über das oberste Hemd des Wäschestapels.

Carlo registrierte freundlich diese Geste der Zärtlichkeit und der Perfektion.

Während er Antonia bei ihrem kunstfertigen Tun beobachtet hatte, war in ihm der philosophische Gedanke aufgekeimt, dass man keine Arbeit selbst ausführen sollte, die auch ein anderer, kleinerer Geist vollbringen konnte.

»Antonia«, flötete er, »wie ich sehe, bist du mit den Hemden fertig. Tu mir den Gefallen und bringe sie jetzt gleich zu Signor Beltramini. Halte aber bitte die Augen auf und berichte mir, was du dort im Haus siehst.«

»Carlo, glaubst du, ich würde spionieren?«, empörte sie sich.

»Aber nein, cara mia, lass mich es dir erklären. Du weißt, Signor Beltramini kommt zweimal täglich zu mir in die Trattoria zum Essen. Einmal mittags und einmal abends. Und nun ist er seit zweieinhalb Tagen nicht mehr gekommen. Das ist ganz ungewöhnlich! Als er vor drei Jahren einmal krank war, gab er uns durch einen Nachbarsjungen Bescheid. Da haben wir ihm das Essen ins Haus gebracht. Ich bin überzeugt, wenn er verreist wäre, dann hätte er mir Nachricht gegeben, rücksichtsvoll, wie er ist. Ich mach mir Sorgen, Antonia, vielleicht ist er krank und braucht Hilfe.«

Noch während er sprach, hatte Antonia die Hemden zusammengepackt, sich aufs Fahrrad geschwungen und war davongeradelt, hin zu ihrem Zahlmeister.

Am Ziel angelangt, stellte sie erstaunt fest, dass die Haustüre verschlossen war. »Ungewöhnlich ...«, dachte sie. Auf ihr Schellen wurde geöffnet, und ein junger Mann von knapp dreißig Jahren stand in der Tür. Er schaute sie aus seiner Höhe – er war wohl über einsachtzig groß – aus kühlen Augen an und versperrte mit ausgestrecktem Arm den Teil der Tür, den sein Körper nicht deckte. Antonia, klein und flink, huschte unter dem ausgestreckten Arm hindurch, drehte sich dann spontan um und sagte: »Ich bin Antonia und bringe die Wäsche, wer aber sind Sie?«

»Ich bin Aldo Rovero, der Neffe des Commendatore.«

»Richtig ...«, dachte Antonia, der Zahlmeister hatte bei seiner Pensionierung den Ehrentitel eines Commendatore erhalten. Aber bescheiden, wie er war, wollte er nur mit Signor Beltramini angeredet werden.

»Geben Sie mir die Wäsche, Signora Antonia, und – was haben Sie an Geld zu bekommen?«

»Nein, danke«, wehrte Antonia ab, »ich regle das mit Signor Beltramini selbst. Übrigens wissen Sie ja auch nicht, wo die Wäsche hingehört. Außerdem ist das keine Männersache«, kam sie jedem Einwand zuvor.

Flink trippelte sie davon, war schon im Schlafzimmer und sah auf Beltraminis Nachttischschränkchen einen angebrochenen Streifen versiegelter Tabletten liegen, die sie schnell in ihrer Schürzentasche verschwinden ließ.

Beltramini öffnete die Augen. »Ach, du bist es, Antonia«, sagte er mit schwacher Stimme.

»Sind sie krank, Signore?«

»Nein, Antonia, nur müde, furchtbar müde. Du weißt, das Alter.«

»Soll ich einen Arzt rufen?«, fragte sie fast flehentlich.

»Aber nein, Antonia, es ist Müdigkeit, eine gewisse Erschöpfung. Aber mein Neffe ist da und pflegt mich, der gute Junge.«

Dann schloss Beltramini die Augen und schlummerte wieder ein. Inzwischen war auch Aldo Rovero ins Schlafzimmer gelangt und hatte das Gespräch zwischen Beltramini und Antonia mit angehört. Er schien von dem Gehörten tief befriedigt. Antonia räumte behende die Hemden ein und füllte ihren Karton mit schmutziger Wäsche. Dann verließ sie, gefolgt von dem Neffen, den Raum.

Im Flur sagte Antonia: »Die nächste Wäsche bringe ich in vier Tagen.«

Der Neffe schaute sie nachdenklich an. »Ja, dann werden Sie mir den alten Herrn nicht wieder stören! Sie haben gehört, dass er müde und erschöpft ist und meine Pflege wünscht. Das haben Sie doch gehört, Signora?«, insistierte Aldo Rovero.

Antonia bestätigte, jedes Wort betonend: »Ja, das habe ich gehört, Signor Rovero.« Dann verließ sie das Haus.

Im Innenhof wartete Carlo. Antonia war mit ihrem Rad scharf den Berg emporgefahren und überbrachte ihm, etwas außer Atem, ihre Nachrichten: »Ein Neffe ist im Haus, ein gewisser Aldo Rovero. Der Name stimmt, denn Signor Beltraminis Schwester hatte in Genua einen Adolfo Rovero geheiratet. Ich bin bis ins Schlafzimmer gelangt, da ist Signor Beltramini erwacht und hat mir gesagt, er sei nicht krank, nur sehr müde. Er wird von seinem Neffen betreut. Ja, das hat er ausdrücklich festgestellt. – Und dann hat mir der Neffe eingeschärft«, erinnerte sie sich, »dass ich das Schlafzimmer des Signor Beltramini nicht mehr zu betreten und ihm im Hausflur die Wäsche zu geben habe. Ja, das wäre alles, bis auf das ...«, sagte sie und holte den angebrochenen Streifen Tabletten aus ihrer Schürzentasche. »Vielleicht ist er davon so müde«, meinte sie und in ihrer Stimme war Nachdenklichkeit und Zweifel.

»Grazie, grazie, va bene, Antonia«, lobte Carlo und küsste sie herzlich auf beide Wangen. »Ich halte dich auf dem Laufenden, Antonia, ganz sicher«, rief er und eilte davon.

Am Abend war großes Ritual. Der Avvocato betrat die Trattoria, etwas abgekämpft und ausgelaugt von der Mühsal des Tages. Carlo begrüßte den Freund, führte ihn zu dem vorbereiteten Tisch und fragte: »Ein Gläschen trockenen Spumante, Avvocato, quasi zur Kreislaufpflege?« Carlo wusste seinen Verführungen immer einen medizinisch positiven Hintergrund zu geben.

»Gut, ein Gläschen Spumante, Carlo.«

Dann offerierte Carlo seine Ideen. »Vielleicht heute mal ganz unkonventionell … weg von Antipasta und prima piatti. Dafür eine frische Gänseleber, nur eine Minute auf jeder Seite in heißer Butter durch die Pfanne gezogen, dazu ein wenig Reis. Dann eine Schnitte gedünsteten Salm, garniert mit zarten Gambaretti. So, das wär's schon, Avvocato, dazu einen trockenen Wein aus dem Friaul und zum Abschluss etwas Käse. Nicht viel, nicht belastend, aber absolut köstlich.«

Der Avvocato lächelte dem Freund ein Ja zu, in dessen kulinarischer Fürsorge er sich aufgehoben wusste.

Nach dem Essen – der Avvocato trank seinen Espresso coretto – setzte sich Carlo an den Tisch und stellte eine Flasche Barolo als Abendtrunk auf den Tisch. Dann berichtete er die Geschehnisse des Tages, vor allem das Auftauchen des Neffen Aldo Rovero im Hause Beltramini und die rätselhafte Müdigkeit, die den alten Mann erfasst hatte, der seit nunmehr drei Tagen nicht mehr zum Essen in der Trattoria erschienen war.

»Aber Carlo«, so der Avvocato, »du siehst Gespenster. Beltramini hat doch gesagt, dass der Neffe ihn pflegt. Dann wird er ihm auch das Essen zubereiten und damit ist das dreitägige Nichterscheinen in der Trattoria erklärt.«

»Ja, das stimmt, Avvocato, besser gesagt: Es würde stimmen, wenn Antonia nicht das hier …«, und plötzlich hielt er den Streifen versiegelter Tabletten zwischen Daumen und Zeigefinger, »vom Nachttisch des alten Herrn mitgenommen hätte. Ich bin dann sofort mit diesen Tabletten zu unserem Farmacista gegangen, der das Zeug als Psychopharmaka deklarierte, das heißt ein Mittel, mit dem man in unseren Nervenheilanstalten die Patienten ruhig stellt und absolut gefügig macht.«

»Gute Arbeit, Carlo«, lobte der Avvocato. »In diesem Licht sieht die Angelegenheit schon ganz anders aus.«

Carlo strahlte, seine Nase glühte vor Begeisterung. Dann fuhr er fort: »Damit nicht genug, Avvocato, ich sagte mir: Wer mit solchen Mitteln arbeitet, ist kriminell, und wer kriminell ist, der muss mit unserer Giustizia schon einmal zusammengestoßen sein. Ich lief also zu unserem Maresciallo und habe ihm alles erzählt. Der hat sofort mit der Zentrale der Carabinieri in Genua telefoniert, und dort ist über unseren Aldo Rovero bekannt, dass er vor drei Wochen aus der Haftanstalt in Genua entlassen worden ist. Er war wegen eines schweren Verkehrsdelikts zu drei Monaten Gefängnis verurteilt worden. Während dieses Gefängnisaufenthalts wurde er nochmals zu weiteren neun Monaten verdonnert wegen tätlichen Angriffs auf einen Gefangenenwärter. – Das also ist unser Aldo Rovero, der Neffe unseres Freundes Beltramini. – Der Maresciallo wollte sofort eingreifen. ›Maresciallo, sei vernünftig‹, hab ich zu ihm gesagt, ›was haben wir denn an Tatsachen? Wir haben einen Mann, der seine Strafe verbüßt hat und der danach Zuflucht bei seinem Onkel sucht. Der Onkel bestätigt, dass sein Neffe ihn pflegt, und die Tabletten könnte der alte Beltramini ja auch selbst genommen haben, um innere Ruhe zu finden.‹ Nein, Avvocato, das Netz ist zu schwach, wir müssen es fester knüpfen.«

»Zunächst muss ich dir meinen Respekt bekunden, Carlo – complimenti, Signore –, aber was hast du weiter vor?«

»Wenn ich mich recht entsinne, haben Sie morgen früh einen Termin in Genua?«

»Ja«, bestätigte der Avvocato, »eine kurze Rücksprache auf der Questur. Es geht um die Belange eines deutschen Fabrikanten aus meiner Klientel. Eine Sache von fünfzehn Minuten, vielleicht einer halben Stunde.«

Carlo rieb sich die Hände. Seine Augen leuchteten vor Jagdeifer: »Va bene, Avvocato, dann nehmen Sie mich doch mit und setzen mich am Gefängnis ab. Sie erledigen dann Ihren Termin, erwirken vielleicht eine Empfehlung des Questors, dass wir den Gefängnisdirektor sprechen können. Dann fahren Sie zurück, und ich erwarte Sie am Haupteingang der Haftanstalt oder im nächsten Bistro. Wir werden uns schon nicht verpassen.«

Wie immer, wenn Carlo mit dem Avvocato zusammen war, vor allem wenn er mit ihm in dem eleganten Wagen fuhr, fiel die Enge von Porto von ihm ab. Die beiden so verschiedenen Männer waren durchdrungen von dem Gefühl der Freundschaft und der gegenseitigen Sympathie.

Am späten Morgen, nachdem man die bizarre Schönheit der Seealpen genossen hatte, war Genua, dieses brausende, vor Leben strotzende Genua erreicht. Bald setzte der Avvocato den Freund vor dem Hauptportal des Gefängnisses ab. Carlo stieg aus, hielt aber noch die Hand am geöffneten Wagenfenster, schaute um sich und sagte nach Sekunden: »Dort vorne, Avvocato, da in dem kleinen Bistro, werden Sie mich finden.«

Der Avvocato brauste los, seinen Termin wahrzunehmen. Carlo hingegen schlenderte zum Gefängniseingang und schaute achtungsvoll auf das eiserne, unangreifbare Tor. Plötzlich, wohl auf elektronisches Signal, öffnete sich das eiserne Portal, ein vergitterter Wagen schob sich langsam heraus, dann schlossen sich die mächtigen Tore sofort wieder.

Carlo ging gemächlich zu dem Bistro, das sich »l'ultimo tribunale« nannte.

Carlo trat ein, erfreute sich an dem frischen und herben Kaffeegeruch, schaute mit Wohlgefallen auf eine Glashaube, unter deren Schutz frische Panini, belegt mit Salami, Käse und Schinken, auf hungrige Mägen warteten. Carlo bestellte zwei Brötchen und einen Milchkaffee.

Der Wirt fragte wohlwollend: »Sie sind aber kein Genuese, Signor?«

»Nein«, erwiderte Carlo bereitwillig, »ich komme aus Porto am Lago Maggiore und ich bin Wirt, genau wie Sie. Es ist eine kleine Trattoria, guter Wein, ehrliche Speisen ›alla casalinga‹, Stammkundschaft, die meisten davon Freunde, die man ein Leben lang kennt.«

»Beneidenswert«, seufzte der Genuese. »Das ist besser als so ein Ganovenbistro. Doch man muss das Los nehmen, das einem zugeteilt wird. Aber was machen Sie hier, mein Freund, in Genua, in meinem Bistro ›Zum letzten Gericht‹?«

Carlo erzählte seine Geschichte – die Geschichte eines braven, pensionierten Seemanns, der vierzig Jahre um die Welt gefahren war, ein kleines Vermögen erworben hatte und nun in Ruhe sein Alter lebt. Der dann plötzlich mit seinen Gewohnheiten bricht, nicht mehr zweimal täglich in die Trattoria della Pace kommt, um seine Mahlzeiten zu verspeisen. Und wo plötzlich eine Neffe auftaucht – ein gewisser Aldo Rovero –, der den alten Onkel unter Drogen setzt, ihn gefügig macht und von seinen Freunden fern hält. Carlo berichtete von seinen Nachforschungen, die ergaben, dass ebendieser Aldo Rovero vor einigen Wochen aus dem Gefängnis in Genua entlassen worden war und dass er, Carlo, und sein großer Freund, der Avvocato, hier bei der Gefängnisleitung einmal hinter die Fassade des Herrn Aldo Rovero leuchten wollten. Der Avvocato habe einen Termin bei der Questur und wolle bei dieser Gelegenheit eine Empfehlung an die Gefängsdirektion erwirken.

»Aber weißt du, amico, das Reden hat mich durstig gemacht. Hast du einen guten Barbera?«

»Sogar einen Barbera vom Montferrato, mein lieber Kollege vom Lago Maggiore.«

Und während sie ihren Barbera schlürften, meinte Carlo, glücklich darüber, den guten Wein nicht entbehren zu müssen: »Ach, weißt du, wenn ich einen Barbera bekomme, weiß ich, dass ich mich innerhalb der Grenzen der menschlichen Zivilisation befinde.«

Nachdem sie beide über diesen Scherz ausgiebig

154

gelacht hatten, meinte der Genueser Wirt: »Wenn ich den Namen Aldo Rovero höre, klingt in mir noch ein anderer Namen auf: Adamo Catania. Etwas Genaues kann ich dir nicht sagen. Wenn die Freigänger morgens und abends kommen, dann fliegen mir Wortfetzen zu, Andeutungen und versteckte Anspielungen, Mutmaßungen über Verwechslungsspiele. Dann taucht dann auch die Krankenhausabteilung des Gefängnisses auf, in der die beiden in einem Zimmer gelegen haben sollen. Aber mehr kann ich dir wirklich nicht sagen, weil ich selbst nicht mehr weiß. Ein Wirt in meiner Position darf nicht hören wollen, vielmehr muss er sich in der Kunst des Weghörens üben, sonst wird man nicht alt und froh hier.«

Und da stand auch schon der Avvocato im Türrahmen. Er aß ein Brötchen, trank ein Glas Barbera. Dann traten die beiden Männer unter höflichen Grüßen ins Freie.

Der Avvocato konnte berichten, dass er eine Empfehlung des Questors für ein Gespräch mit dem Gefängnisdirektor hatte, und Carlo informierte den Freund über die Andeutungen des Genueser Wirts.

Minuten später saßen sie dem Leiter des Gefängnisses gegenüber, einem Dottore Amadeo Mazzucchelli, einem fein gebildeten Mann, in dem man eher einen Geisteswissenschaftler als den Herrn über zweitausend Strafgefangene vermuten konnte.

Der Avvocato trug das gemeinsame Anliegen vor. Er nannte die Namen des Aldo Rovero und den des Adamo Catania. Dann sprach er noch über die Krankenhausabteilung des Gefängnisses und fragte, ob der verehrte Dottore hier Zusammenhänge sähe. Der freundliche Gefängnisdirektor, der bereits vom Questor der Stadt Genua über die Bedeutung des Avvocato informiert worden war, zeigte größtes Entgegenkommen. Er ließ die Personalakten der beiden ehemaligen Sträflinge kommen, dazu die Krankenhausunterlagen des letzten Jahres. Um das Maß seiner Gentilezza voll zu machen, stellte er den beiden Herren ein ruhiges Büro zur Verfügung, in dem sie ungestört das Aktenstudium betreiben konnten.

Carlo und der Avvocato prüften konzentriert über eine Stunde lang die Personalakten der beiden Häftlinge, zu denen auch die Gesundheitsbefunde bei Einlieferung in die Strafanstalt gehörten.

Nach einer Weile resümierte der Avvocato: »Ich stelle fest: Beide, sowohl Rovero wie Catania, sind Anfang dreißig. Beide sind über einen Meter achtzig groß, schlank, leptosome Typen. Beide sind schwarzhaarig und beide haben scharf geschnittene Gesichter mit Hakennasen.«

Carlo fing den Ball auf: »Rovero trägt einen Mittelscheitel, Catania rechts gescheiteltes Haar. Wenn sie ihre Frisuren angleichen, müssen sie zum Verwechseln ähnlich sein. O Avvocato, was für ein Ding!«

»Es kommt noch besser!«, sinnierte der Avvocato. »Rovero litt laut Gesundheitsbefund an einer schweren Herzinsuffizienz, bedingt durch eine schwere Schädigung der Herzklappen. Beide wurden am gleichen Tage in das Gefängniskrankenhaus eingeliefert, beide waren die einzigen Kranken in einem Vierbettzimmer. Nach zwei Tagen starb der gesunde

Catania an Herzversagen, der herzkranke Rovero überlebte. Der verstorbene Catania hatte von einer achtjährigen Gefängnisstrafe noch sechs Jahre abzusitzen. Er war ein Schwerverbrecher mit einem bemerkenswerten Vorstrafenregister vom Raubüberfall bis zur gefährlichen Körperverletzung. – Der andere, Rovero, war wegen eines Verkehrsdelikts zu drei Monaten Gefängnis verurteilt worden, dann allerdings wegen tätlichen Angriffs auf einen Gefängnisbeamten zu weiteren sechs Monaten Einzelhaft. Er hätte noch einen Monat abzusitzen gehabt, dann wäre er wieder ein freier Mann gewesen. Catania war ein hochkarätiger Krimineller, Rovero ein Verkehrsrowdy, dem im Zorn einmal die Hand gegen einen Aufseher ausgerutscht ist.«

Carlo, ganz im Geschehen lebend, fuhr fort: »Und nun kommt das Beste, Avvocato, der gesunde Schwerverbrecher Catania stirbt in der zweiten Nacht nach der Einlieferung im Gefängniskrankenhaus, und der herzkranke Rovero überlebt. – Per bacco, Avvocato, ich sehe das alles vor mir: zwei Männer alleine in einem Vierbettzimmer. Der eine wird in einem Monat ein freier Mann sein, der Schwerverbrecher aber hat noch sechs Jahre abzusitzen. Rovero – so kurz vor der Entlassung – wird dem Gefährten erzählt haben, was er mit der neuen Freiheit alles anfangen will. Zu seinem Onkel und einzigen Verwandten wollte er fahren, zum Lago Maggiore, um einige glückliche Tage zu erleben, um die neun Monate Gefängnis zu bewältigen und eine neue Einstellung für die Zukunft zu finden. Dio mio, der Mann hatte sechs Monate

Einzelhaft hinter sich und sein aufgestautes Mitteilungsbedürfnis ergoss sich wie aus einem Fass ohne Boden. Er hat dem Catania alles erzählt, von sich, von seiner Familie, einfach alles. – Dann kommt die zweite Nacht. Catania drückt dem schlafenden Herzkranken ein Kissen aufs Gesicht, der zappelt ein, zwei Minuten, dann ist die Sache ausgestanden. Catania legt den Leichnam in sein Bett, verpasst ihm einen Rechtsscheitel, sich selbst einen Mittelscheitel, legt sich in Roveros Bett, und der Fall ist gelaufen. – Am anderen Morgen erwacht er dann als Aldo Rovero. So einfach ist das. Einen Monat später wird er aus der Haft entlassen und taucht dann bei seinem lieben Onkel Beltramini in Porto am See auf.«

Der Avvocato dachte laut: »Ja, so könnte es gewesen sein. Dabei muss es sich nicht notwendigerweise um Mord gehandelt haben. Aldo Rovero hatte fünf Monate Einzelhaft verbüßt. Ein Herzkranker hätte einer solchen Prozedur nie unterzogen werden dürfen. Da konnte sich leicht eine Klaustrophobie entwickeln, für einen Mann mit dem Herzen des Aldo Rovero eine tödliche Gefahr. – Aber etwas anderes, Carlo: Schau doch mal in die Entlassungspapiere des Aldo Rovero hinein. Wird in seiner Abschlussuntersuchung etwas von seiner Herzinsuffizienz gesagt?«

Mit höchster Konzentration schaute Carlo die Entlassungspapiere Roveros durch. »Das treibt den Nagel ins Holz, Avvocato. Nach dem Entlassungsbefund hat der herzkranke Rovero das Gefängnis als gesunder Mann entlassen. Da gibt es nur eine Schlussfolgerung: Entweder war der Aldo Rovero, der hier entlassen wurde, ein anderer Mann als der, der vor neun Monaten hier eingeliefert wurde, oder dieses Gefängnis ist die beste Heilanstalt Italiens für Herzkrankheiten.«

Bevor sich Carlo ganz in seine Triumphgefühle verlor, bat der Avvocato: »Carlo, reich mir bitte die Krankenhausunterlagen mit dem Personaleinsatzplan herüber.« Nach wenigen Minuten sagte der Avvocato: »Nun ist unsere Beweiskette komplett, Carlo. An einem Donnerstag wurden unsere beiden Delinquenten eingeliefert. In der Nacht von Freitag auf Samstag starb Aldo Rovero alias Adamo Catania. Am Samstagmorgen wechselt das Pflegepersonal auf reduzierte Feiertagsbesetzung. Die neuen Pfleger, die am Samstagmorgen ihren Dienst antreten, kennen weder Rovero noch Catania von Angesicht zu Angesicht.«

Carlo triumphierte: »Nun ist der Fall abgeschlossen – basta finito –. Wir werden unseren Freund Beltramini von seinem verbrecherischen Neffen befreien können. Allora, Avvocato, was ist jetzt zu tun?«

Minuten später standen sie vor dem freundlichen Gefängnisdirektor, Dottore Muzzucchelli, und trugen ihm ihre Recherchen vor. Der Dottore war erschüttert.

Der Avvocato diktierte einer Sekretärin den Bericht seiner Beweiskette, telefonierte dann mit dem Questor, der in seiner Eigenschaft als Polizeipräsident für diesen Fall zuständig war.

Der schriftliche Bericht des Avvocato wurde durch Boten dem Questor zugestellt. Dieser erwirkte einen Haftbefehl gegen Aldo Rovero alias Adamo Catania.

Der Questor bat die Questura in Varese um Amtshilfe. Diese beauftragte den Carabinieriposten in Porto mit der Durchführung, und nun trat unser Maresciallo in Aktion.

Carlo war verbittert. Anstatt im Mittelpunkt des Orkans zu sein und am Geschehen aus nächster Nähe teilzunehmen, fühlte er sich an den Rand gedrängt. »Das ist nicht gerecht, Avvocato!«, ereiferte er sich. »Wir machen die Arbeit und andere feiern die Triumphe. Nein, das ist nicht gerecht!«

Aber der Avvocato wusste den Freund zu trösten: »Du musst das anders sehen, Carlo. Wir sind bei dieser Unternehmung nicht die Infanterie, sondern der Generalstab! Wir leisten die Geistesarbeit, wir verhaften nicht, wir lassen verhaften. Du hast allen Grund, stolz zu sein. Du hast in dieser Sache nicht nur Intelligenz bewiesen, sondern auch den Spürsinn eines piemontesischen Trüffelschweins.«

Carlo war versöhnt und strahlte. »Wir verhaften nicht, wir lassen verhaften – va bene, una bella parola, Avvocato.«

Der Avvocato schaute auf die Uhr. Es war drei. »Wenn wir jetzt starten, Carlo, die Autobahn nach Mailand nehmen und in Varese abfahren, können wir gegen sieben Uhr in Porto sein, miteinander schmausen und mit den Freunden deinen Sieg feiern.«

»Es ist nicht mein Sieg, es ist unser Sieg, Avvocato«, sagte Carlo großmütig.

Unterwegs riefen sie von einer Autobahnraststätte zu Hause in Porto an, damit Laura Zeit hatte, das Siegesmahl vorzubereiten. Dabei erfuhren sie, dass der falsche Neffe bereits vom Maresciallo verhaftet und ins Gefängnis von Varese überstellt war zur Weiterleitung nach Genua.

Sie durchquerten die ligurischen Seealpen. Tortona, das vor achthundert Jahren trotzig dem Kaiser Barbarossa widerstanden hatte, flog an ihnen vorbei. Sie erreichten Mailand, gerieten dort in einen gewaltigen Stau, verließen bei Varese die Autobahn und waren dennoch abends um halb acht in Porto.

Alle Freunde waren in der Trattoria versammelt: Tino der Schmied mit dem Alfa, Cesare il capitano, der kleine Paolino und viele andere. Vor allem der gewaltige Maresciallo, der bislang im Mittelpunkt des allgemeinen Interesses gestanden hatte, musste nunmehr den beiden Helden des Tages weichen. Applaus brandete auf. »Bravo, Carlo! Complimenti, Avvocato! Molti auguri!«

Die beiden Freunde – nein, die ganze Trattoria mit all ihren Freunden – waren jetzt der Mittelpunkt der Welt.

Der rote Barbera funkelte in den Gläsern, die Tische bogen sich unter den Köstlichkeiten des Landes. Gebratene Lavarelli aus dem See, eine riesige Platte mit Froschschenkeln, weißrot geflammter Bauernspeck aus Südtirol, ein riesiges Steinpilzomelette, süßsaure Zwiebelchen und Gürkchen, marinierte Maiskolben und Berge von Spaghetti alla carbonara. Alle Herrlichkeiten der Welt waren aufgetischt, und der Avvocato erklärte: »Ihr seid alle meine Gäste.«

Die Großzügigkeit des Avvocato im Ohr, sprang Carlo auf, um der Freigiebigkeit des Freundes vernünftige Grenzen zu setzen. Er eilte nach vorne durch den glasüberdachten Flur, um den großen Holzbalken vor die Eichentür zu legen. Zum Glück schaute er noch einmal nach draußen. Da stand Antonia!

»Entra, entra, Antonia, tritt ein. Du gehörst doch zu uns.« Carlo nahm sie in seine gewaltigen Arme, er trug die kleine, zierliche Person in die Trattoria hinein, stellte sie auf einen Stuhl und rief: »Ja, schaut sie euch nur an, unsere Antonia. Hätte sie nicht den Streifen mit den versiegelten Seelentöterpillen an sich genommen, dann hätte uns dieser erste wichtige Hinweis gefehlt, der uns klarmachte, dass unser Freund von diesem falschen Neffen unter Drogen gesetzt worden war. Applaus für Antonia!«

Alle jubelten Antonia zu, die sich in einer Mischung von Schüchternheit und übergroßer Freude immer wieder verneigte. Dann teilte sie den Freunden mit: »Der Commendatore Beltramini ist jetzt in Varese im Krankenhaus. Er wird, so haben mir die Ärzte gesagt, entgiftet. Aber in vier oder in fünf Tagen wird er wieder in Porto sein.«

»Bravo, Antonia! Antonia meravigliosa!«

Dann wurde weiter gegessen, neu aufgetragen und getrunken, roten Barbera natürlich.

Es war ein Fest, bei dem die Menschen zu Göttern wurden. Das war kein Tag für Spumante, französischen Champagner oder andere Spielereien. Das war ein Tag, der nach einem großen Wein schrie, einem Wein, der die Zungen löst und die Herzen weit und verständnisvoll macht. »Barolo« auf den Tisch – die Perle Piemonts.

Mit dem Glas in der Hand erhob sich jetzt auch der Avvocato und erzählte den staunenden Freunden, wie Carlo und er das Gespinst von Lügen, vielleicht auch tödlicher Gewalt, durchschaut und zerrissen hatten. Ja, Antonia war die Heldin der ersten Stunde, die den Stein ins Rollen gebracht hatte, aber Carlo mit seinem sechsten Sinn hatte die richtige Spur gefunden, und so seien Antonia und Carlo die Helden des Tages.

Das konnte Carlo nicht unwidersprochen lassen: »Wenn wir von Helden sprechen, amici, dann müssen wir auch von dem Avvocato sprechen, sein scharfer juristischer Verstand hat den Wirrwarr von Lügen, Täuschung und Übeltat wie mit einem Skalpell seziert und auseinander gelegt. Vivat dem Avvocato! Bravo, Avvocato! – Der Avvocato und ich haben ja nur die Generalstabsarbeit geleistet«, griff Carlo das Wortspiel des Freundes auf, »wir haben nicht verhaftet, wir haben verhaften lassen. Und das, meine Freunde, hat der Maresciallo für uns alle getan, denn denkt daran, der Rovero alias Catania war ein Gewaltverbrecher, vielleicht sogar ein Mörder. Und darum: Vivat dem Maresciallo! Ein Bravo dem Maresciallo! – Aber meine Freunde, wir wollen ja alle gar keine Helden sein. Ich jedenfalls nicht. Was mich erbittert, ist: Wenn der Mob der großen Städte bei uns hier in Porto einbrechen will, wenn sie den Hass und die Habgier zu uns hineinschleppen, wenn sie unser Leben zerstören wollen, dann meine ich, muss man sich wehren – und das haben wir getan.«

Der Abend versank in Jubel, in Freuden und in Strömen von rotem Wein.

Vierzehn Tage später – die letzten Oktobertage verschwendeten noch einmal den Sonnenglanz des Herbstes – hatte der alte Beltramini die Freunde zu einem Liebesmahl eingeladen, um – so nannte er es – seine Rückkehr ins Leben zu feiern.

Sie waren alle gekommen: Cesare il capitano, Tino der Schmied mit dem Alfa, Paolino, der kunstfertige Tischler, die Baronessa, sogar die Gräfin Alani-Montenero in Begleitung des Avvocato, natürlich auch der Maresciallo, der quadratische Fels von Ordnung und Recht, sogar Signor Baretta mit seiner schönen Evalina und selbstverständlich Antonia.

Als Hauptgericht gab es einen glasierten Kalbsrücken, den Carlo und Laura unter Assistenz der kleinen Lina auf einem großen Servierwagen hereinrollten. Zwölf Kerzen warfen ihren zarten Strahlenglanz über das meisterlich zubereitete Kunstwerk, das mit einem Gemüseragout aus Tomaten, rotem und gelbem Paprika, Zucchinis und dazu weißen, halbierten und mit einem Sahnequark gefüllten Kartoffeln garniert war.

Carlo brillierte mit seinen Tranchierkünsten, schnitt die schönstes Steaks aus dem Kalbsrücken und bediente die Freundesrunde.

Als man diesen großen Gang bewältigt hatte, räumten Laura und Lina den Tisch ab. Dann verschwanden sie in der Küche, und bald hörte man den rhythmischen Schlag der Schneebesen. Neue Freude leuchtete in allen Gesichtern auf, denn die Frauen bereiteten in den Küche in kupfernen Kesseln handgeschlagene Zabaione.

Nach dieser kulinarischen Zaubercreme kamen noch Käse und Kaffee und Ramazzotti – und selbstverständlich wieder Wein, roter Barbera.

Und nun stand der alte Beltramini auf. Er hatte zur Feier des Tages seine Marineuniform angelegt und glänzte in Weiß und Silber.

»Verehrte Contessa, verehrte Baronessa, meine Damen und Herren, meine lieben Freunde«, so begann er feierlich, »ich danke euch, dass ihr meiner Einladung gefolgt seid. Es war, so meine ich, ein echtes Kapitänsdinner. Dank an Carlo und seine Damen, die diesen Festschmaus komponiert und zubereitet haben. Die Köstlichkeit dieses Mahls ist seines Anlasses würdig. Einmal, um euch allen zu danken, die ihr so treu zu mir gestanden habt: Antonia, die den Tablettenmissbrauch an mir aufdeckte, Carlo, der mit seinem sechsten Sinn, seinem fast unheimlichem Gespür, das Verbrechen erahnte, und schließlich der Avvocato, der mit seinem scharfen Juristenverstand und seinen hohen Beziehungen das Komplott des Adamo Catania aufdeckte, und dem Maresciallo, der den gefährlichen Verbrecher mannhaft stellte. – Natürlich habe ich mich gefragt: Wie konnte mir das widerfahren, wie konnte ich in die Fänge dieses Kriminellen geraten? – Die Antwort ist: Der Mensch ist das Opfer seiner Wünsche und Träume. Ich bin Italiener, und wir haben alle den Traum von der Familie, die tiefe Beziehung zum eigenen Fleisch und Blut. Diese Einstellung war es, die mich dem Manne glauben und vertrauen ließ. Doch gebietet es die Ehrlichkeit, zu sagen – das ist das Ergebnis des Nachdenkens und der inneren Einkehr der letzten Tage –, dass mein Leben nicht frei ist von eigener Schuld. Zwar wird man in seinem Beruf pensioniert. Aber man darf sich nicht selbst aus dem Leben pensionieren. Das Leben muss, solange es währt, gelebt werden. Man kann sich nicht in eine Nische zurückziehen.«

Er blickte traurig in die hinterste Ecke der Trattoria, wo er an dem kleinen runden Tisch täglich in seinen roten Barberaräuschen vor sich hin gedümpelt hatte.

»Leben, so habe ich sehr spät erkannt, kann man nur in der tätigen Liebe zu einem anderen Menschen, dem man vertrauen kann und wo das Herz eine Heimat findet. So habe ich einen Menschen gefunden – was heißt hier gefunden, eigentlich war er ja immer da –, von dem ich fest glaube, dass ich bei ihm Heimat finden werde. Ich kenne ihn von Jugend an, ich habe seinen tapferen Lebensweg verfolgt, das Bildungsbemühen an ihm bewundert – und dieser Mensch hat die schönsten braunen Augen der Welt. So habe ich, ein alter Narr von zweiundsiebzig Jahren, unsere Antonia gefragt, ob sie meine Frau werden will.«

Plötzlich war Antonia neben ihm. So standen sie da, zwei alte, liebe Kinder, die sich an den Händen hielten.

»Und denkt euch«, rief der alte Beltramini begeistert und voller Stolz, »sie hat Ja gesagt.«

Ein ungeheurer Jubel erfüllte die Trattoria. Alle sprangen von den Stühlen auf, küssten und umarmten die beiden alten Verlobten, ihre »promessi sposi«.

»Bravo, Beltramini! Vivat, Antonia! Gottes Segen für euch, für uns alle, die solches Glück miterleben dürfen.«

Große Reden wurden gehalten. Sie alle waren eingewoben in die großen Gefühle der Freundschaft, der Freude und Glückseligkeit

Das ist die Geschichte vom alten Beltramini und von Antonia. Und wenn sie nicht gestorben sind, dann leben sie noch heute.

Die Versuchung des
Don Domenico

Schatten lagen über Porto. Nein, es lag nicht am grauen Himmel der Novembertage, auch nicht am ununterbrochenen Regen, der zwischen den Ort und den See einen Wasserschleier legte. Es war, als habe ein kalter Lufthauch die Freude aus den Straßen und aus den Herzen der Menschen vertrieben, sodass über allem eine Glocke der Bedrückung schwebte.

In der Trattoria della Pace saßen die Freunde zusammen. Der Avvocato schaute Carlo an, der zuckte hilflos mit den Schultern und sagte: »Ich weiß es nicht.«

Gleich hilflos der alte Beltramini, Paolino, Tino der Schmied und Cesare il capitano. Auch der dicke Maresciallo, der es eigentlich hätte wissen müssen, hob müde die Schultern und wusste nichts.

Es gab nur einen, der Auskunft geben konnte, und der saß an diesem Freitagnachmittag in seinem Beichtstuhl und wartete darauf, seinen schuldbeladenen Schäflein das erlösende »Ego te absolvo« zu sagen. Es war erst drei Uhr und er wusste aus Erfahrung, dass die ersten Beichtkinder erst kurz vor fünf erscheinen würden. Er liebte aber diese Stunden der Einsamkeit und Einkehr im Beichtstuhl. Er dachte über sich, Gott und seine Beichtkinder nach. Es war ihm eine Hilfe, wenn er dabei durch das Holzgitter zu seiner Rechten zum Hochaltar schauen konnte, wo Gott in der Gestalt von Brot und Wein für ihn gegenwärtig war.

Aber seit Wochen waren Don Domenico diese Stunden vergällt. Er war an die Grenzen seiner seelsorgerischen Möglichkeiten gestoßen und wusste keinen Menschen, bei dem er sich Trost und Rat holen konnte. In seinen schlaflosen, von bösen Fantasien aufgewühlten Nächten hatte er Gott angerufen, aber als Antwort war ihm immer wieder das Bibelwort entgegengeschallt: »Einmal Priester, Priester in Ewigkeit, nach dem Gesetz des Melchisedech.«

Er zitterte auch jetzt wieder jenen Minuten entgegen, in denen ein Stöckelschuhschritt auf dem Marmor des Kirchenbodens klappern würde und im linken Holzgitter seines Beichtstuhls wogendes Blondhaar, verführerische blaue Augen und ein roter Mund sichtbar werden würden und ein schweres Parfüm, geschwängert vom Duft einer aufreizenden Weiblichkeit, seine Zelle erfüllte, in der er zum Gefangenen einer hinreißenden Frau wurde.

Und während er noch so dachte, hörte er den Schritt, atmete den schweren Duft, neigte sich das blonde Haupt an das Holzgitter, und eine Stimme aus »Tausendundeiner Nacht« flüsterte: »Vater, ich habe gesündigt in Gedanken, Worten und Werken.«

Dann folgte ein Katalog von Alltagssünden, die er allzu gut kannte. Dann aber kam der Höhepunkt: die Schilderung ihrer sexuellen Abenteuer, der Zwang, sich an jeden Mann wegzuwerfen.

»Ich liebe keinen einzelnen Mann, Monsignore. Ich

liebe Männer. Ich bin dem Prinzip Mann verfallen bis zum Verlust meiner Würde. Ja, wahrscheinlich besitze ich gar keine menschliche Würde mehr, bin nur noch ein vom sexuellen Wahnsinn getriebener weiblicher Organismus«, so ihre Klage.

Dann folgte in penibler Aufzählung die Fülle ihrer Eskapaden, und Don Domenico saß verwirrt und verzweifelt in seinem Beichtstuhl, ausgeliefert einer Flutwelle sexueller Begierden und Leidenschaften.

Immer wieder hatte er ihr erklärt, dass Gott dem Menschen den freien Willen gegeben habe, dass sie mithilfe dieses freien Willens, aufrichtiger Reue und hilfreichen Gebets der Anomalie ihres Triebes entgegentreten könne. »Sie müssen – genau wie der Alkoholiker seine Sucht bekämpft – versuchen, dem sexuellen Laster zunächst nur für einen Tag zu entsagen. Ihre Parole muss sein: Heute nicht! Und am nächsten Tag wieder: Heute nicht!«

Don Domenico sprach von der Gnade des Gebets. Nur Gott könne helfen, Gott und der freie Wille des Menschen, dieses große Geschenk des Schöpfers an seine Geschöpfe. Dieses Geschenk, das den Menschen über die Zwanghaftigkeit der Natur erhebe.

Er hatte ihr Bußen und Bußübungen auferlegt, die sie willig erfüllte. Sie berichtete bei jeder Freitagsbeichte darüber. Aber es gelang ihr nie, auch nur eine einzige Woche ihre Begierde zu besiegen.

Ja, Don Domenico schien es, als sei ihre exhibitionistische Beichte in ihrer schamlosen Entblößung ein weiteres Mittel ihrer Lust. Ein Mittel, um ihn, den Priester, hinüberzuziehen in den Garten ihrer Lüste.

Sie hatte ihm gestanden, die einzige Tochter eines millionenschweren Italoamerikaners zu sein und dass ihr unbegrenzte Mittel zur Verfügung stünden.

Und tatsächlich, jeden Freitagabend, wenn der Küster die Opferstöcke leerte, fand er in dem der »Heiligen Maria von der unbefleckten Empfängnis« eine Tausenddollarspende. Und sosehr die Kirchengemeinde diesen großen Betrag gebrauchen konnte, so sehr fühlte sich Don Domenico dadurch gekauft und erpresst zugleich.

Er hatte ihr empfohlen, sich einen anderen Beichtvater zu suchen, der sie vielleicht besser in ein normales, gottgefälligeres Leben führen könnte.

Die Amerikanerin hatte den Vorschlag abgelehnt: »Nein, Don Domenico, nur Sie mit Ihrer Güte, Ihrer Empfindsamkeit, sind der einzige Priester, von dem ich mir Hilfe und Heilung erhoffe.«

Die Nächte Don Domenicos waren erfüllt mit Gebeten. Die Bitte an Gott, diese verführerische Frau, dieses strahlende Gefäß weiblicher Lust, aus seinen Gedanken zu nehmen. Zugleich flehte der vornehme Mann zum Herrn, dieser Unglückseligen zu helfen, ein Wunder an ihr zu tun.

Er hatte sich an seinen Dekan gewandt, hatte gefragt, ob es erlaubt sei, das Beichtverlangen der Amerikanerin abzulehnen. Natürlich konnte er seinem kirchlichen Vorgesetzten nicht die ganze Tragödie dieser Beichte berichten, denn er war an das Beichtgeheimnis gebunden.

Auch den Avvocato, der im Laufe der Jahre ein Freund geworden war, konnte er nicht um Rat angehen. Denn seine Not und Bedrängnis, aber auch die Situation seines Beichtkindes, in dem er ja nicht nur die Sünderin, sondern auch ein verzweifeltes Menschenkind sah, waren kein rechtliches, sondern ein menschliches und kirchliches Problem.

Aber heute hatte die blonde Amerikanerin im Beichtstuhl das Sakrileg begangen, ihn, Don Domenico, zu bitten, sein Priestertum zu verraten und sie, die amerikanische Multimillionärin, zu heiraten.

»Wir könnten ein wundervolles Leben führen, Don Domenico. Wir könnten an den schönsten Orten der Welt leben, ganz unserer Liebe hingegeben. Bei Ihnen werde ich lernen, was Liebe ist, werde mein krankhaftes Begehren verlieren und im stillen Frieden der Liebe Ruhe finden.«

»Signora, Sie haben die Grenzen des Möglichen überschritten. Ich bin Priester und bleibe Priester. Nun gehen Sie und kommen nie mehr zu mir.«

Die Signora bekreuzigte sich und sagte, schon halb abgewandt: »Schade, Sie hätten mich erlösen können.«

An diesem Nachmittag kamen nur wenige Beichtkinder. Um sechs Uhr verließ Don Domenico die Kirche. Er ging hinunter zum Seeufer. Er wandelte unter den Platanen – eine zarte, schlanke Gestalt mit einem Lächeln im Gesicht, das jeden Augenblick in tausend kleine Scherben zersplittern konnte.

Die Leute aus Porto empfanden das Leiden des Don Domenico. Aber die Kluft zwischen ihnen und dem Geweihten des Herrn war zu groß, als dass sie über seinen Kummer mit ihm sprechen konnten. So blieb ihnen nur die letzte menschliche Solidarität, schweigend mit ihm zu leiden, die Schatten mit ihm zu tragen.

Wenige Tage später verreiste Don Domenico. Sein Bischof hatte ihm einen kurzen Urlaub gewährt. So fuhr er nach Deutschland zu einem Freund aus gemeinsamen Studientagen in Rom. Der Freund – er hatte sich einen Namen als kritischer Moraltheologe gemacht – war innerhalb seines Ordens zum Abt eines berühmten deutschen Klosters aufgestiegen mit dem Recht der Pontifikalien, das heißt eines Abtes mit Bischofswürden. Diesem gelehrten Mann, der so hoch in der Hierarchie der Kirche stand, offenbarte sich Don Domenico in seinen geistlichen Nöten.

»Durfte ich, Sebastiano« – man hatte zum freundschaftlichen Du der Jugendjahre zurückgefunden – »durfte ich dieser Frau die Beichte und die Absolution verweigern? Aber glaube mir, im Grunde war es keine Beichte, sondern ein ekstatisches Schwelgen in ihren Sünden, verkleidet in Form einer Beichte. Diese Frau hat mein Denken vergiftet. Ich habe den Zölibat gehalten, so, wie wir es beide einmal geschworen haben. Aber nun flammte all das, was man seit Jahren siegreich bekämpft hatte, wie eine Lohe auf und nahm Besitz von mir. – Jeden Freitagnachmittag erschien sie ihm Beichtstuhl. Unerschöpflich in ihren sexuellen Schuldbekenntnissen, denen gänzlich Demut und Reue fehlten. Als sie mich aufforderte, mein Priestertum zu verraten, um ihr Mann zu werden, ich, der Einzige, der sie von ihren Begierden heilen könnte, zählte sie mir ihre Millionen auf und alles

Glück auf Erden, das sie mir bieten wollte. Da, ja da habe ich sie des Beichtstuhls verwiesen.«

Der gelehrte Abt hörte dem Freund still zu. Auch jetzt, als Don Domenico geendet hatte, schwieg er und dachte nach. Dann sagte er nach einer Weile: »Nun, wir haben es hier bei deinem Beichtkind zweifellos mit einem Missbrauch des Beichtsakraments zu tun. Wenn wir in der Literatur nachschauen, so werden wir vergleichbare Fälle finden, wo Frauen unter dem Vorwand scheinbarer Bußfertigkeit versucht haben, ihren Beichtvater auf ihre sexuellen Qualitäten aufmerksam zu machen, um ihn an sich zu binden oder sagen wir einfacher, um ihn zu verführen. Hier mein Freund, war die Verführung noch mit einem riesigen Dollarvermögen garniert. Das alte Rezept des Teufels: Schönheit und Geld oder das Weib und die Macht. Sie wird schon einen finden, der ihr Angebot annimmt, vielleicht darauf wartet.«

»Du willst doch nicht sagen, dass es einen Priester gibt, der solch einen schmählichen Verrat vollzieht?«, stammelte Don Domenico empört.

»Ich will nur sagen, lieber Freund, dass der Teufel, unser uralter Feind, immer einen findet, der mit ihm den Pakt eingeht, sei es aus Schwäche, sei es, um ihn zu besiegen. Du aber hast dich als ein ›miles Christi‹ bewährt. Ich sehe in deinem Verhalten keinen Tadel. Der Abbruch der Beichte und die Versagung der Absolution erfolgte zu Recht. Es geht jetzt nur noch um den Frieden deines Herzens.«

»Ja«, seufzte Don Domenico, »den Frieden meines Herzens.«

»Du kannst in deine Pfarrei zurückkehren, aber bist du dort vor den Nachstellungen dieser Person auch sicher?«, überlegte der Abt. »Unser Orden, der ja in Italien noch stärker ist als hier, sucht für seine Afrikamission einen erfahrenen Priester. Wenn ich mit deinem Bischof spreche, stellt er dich vielleicht für die Mission frei.«

Und so geschah es. Der Abt telefonierte mit dem Bischof von Como, Don Domenicos kirchlichem Vorgesetzten, und der Pfarrer von Porto verschwand in der Weite der afrikanischen Mission.

Porto erhielt einen Pfarrverweser, einen älteren, bereits pensionierten Priester, der die Pfarrei verwaltete. Im Grunde war Porto verwaist.

Eine Leere blieb zurück. Man gewöhnte sich mit der Zeit an diese Leere, aber man wusste doch, dass es früher einmal ganz anders gewesen war.

Die blonde Italoamerikanerin erkundigte sich einige Male im Pfarrhaus nach Don Domenico, erhielt aber keine Antwort. Ja, sie versuchte sogar, am Bischofssitz den Verbleib des zarten, schlanken Priesters zu erforschen, aber auch hier blieb sie ohne Erfolg. Da sie ein Kind der Neuen Welt war, glaubte sie fest an die Macht des Geldes und engagierte einen berühmten Privatdetektiv. Zwar gelang es ihm, die Reise Domenicos nach Deutschland und seine Verbindung zu dem Benediktinerabt zu rekonstruieren, aber die Spuren Don Domenicos blieben verweht.

Doch in der afrikanischen Mission wurde der Priester aus Porto zu einer Figur neuer Größe. In einem Höllensturz aus den lieblichen Gefilden des Lago

Maggiore in die Wüsteneien afrikanischer Hungerregionen geschleudert, stand er nun unmittelbar vor Gott und den von Hunger und Krankheit geschändeten Menschen.

Wie die großen Heiligen des Mittelalters lernte er, im kranken, bresthaften und verkommenen Armen den Herrn selbst zu erblicken.

So wuchs er in ein verdichtetes Wertesystem hinein, in eine Verinnerlichung seines christlichen Glaubens und in eine unerschütterliche Menschenliebe. Hier galt es nicht zu predigen, sondern das Wort des Herrn zu leben. Dennoch blieb der praktische Helfer und Heiler ein inbrünstig Betender und ein Verkünder der Frohen Botschaft.

Nach vier Jahren Missionsdienst warf ihn eine gefährliche Malaria nieder. Von den schwersten Fieberschauern geheilt, wurde der kranke Mann in die Heimat entlassen.

Der Bischof von Como, der über die Mission vom beispielhaften Einsatz seines Pfarrers unterrichtet war, bot dem verdienten Priester die Stelle des Dompfarrers seiner Bischofskirche an. Don Domenico bat ehrfürchtig, wieder Pfarrer von Porto werden zu dürfen. Dem stand nichts im Wege. Denn der greise Pfarrverweser trug schwer an seinen Jahren und der Bürde seines Amtes.

So wurde denn, an einem Sonntag im Mai, Don Domenico vom Bischof selbst wieder in sein Amt als Pfarrherr von Porto eingeführt. Der Bischof zelebrierte das Hochamt. Wann hatte Porto je solches erlebt! Don Domenico assistierte dem hohen Herrn und strahlte vor innerem Glück. Er hielt nur eine kurze Predigt. Er dankte dem Bischof, dass er ihm seine Gemeinde wiedergegeben habe. Seine Gemeinde sei schließlich seine Familie und Christus ihr gemeinsamer Vater.

Die Kirche Santa Maria strahlte im Lichterglanz. Die Leute von Porto hatten ihre Gärten geplündert und den ganzen Altarbereich in einen Blütentraum verwandelt. Selbst die altersschwache Orgel hatte ihren großen Tag und schwang sich auf zu jauchzendem Jubel.

Die Gemeinde sank in die Knie, um den apostolischen Segen des Bischofs zu empfangen, und selbst altgediente Kommunisten mussten die Beine stramm durchdrücken, um nicht im Gefühlsüberschwang in klassenverräterische Devotion zu versinken.

Der Bischof fuhr in seine Residenz zurück. Don Domenico verblieb in Porto und das Gleichmaß der Tage wurde wieder zur lieben Gewohnheit. Da Don Domenicos Schwester, die ihm in der Vergangenheit den Hausstand geführt hatte, verstorben war, übernahmen die Frauen von Porto diesen Liebesdienst. Das Städtchen war wieder mit sich im Einklang. Die vier Jahre ohne Don Domenico waren vergessen und die Welt wieder so, wie sie sein sollte.

Eines Tages trafen sich Don Domenico und der Avvocato auf der Uferpromenade. Die beiden Männer begrüßten sich herzlich.

»Ich habe Ihre kleinen Häresien fast vermisst, Avvocato«, teilte Don Domenico aus.

»Und ich Ihre christliche Nächstenliebe, Hochwürden«, gab der Avvocato zurück. Dann lachten sie herzhaft und der Pfarrherr lud den Avvocato zu einem Frizzante ins Pfarrhaus ein.

In der Stille des Atriums und aus der Vertrautheit, die jahrelangem gegenseitigem Respekt entspringt, fragte Don Domenico: »Sie wissen, warum ich von hier fortgegangen war, Avvocato?«

»Ja«, antwortete der.

»Nach Ihrem Weggang erschien hier ein Privatdetektiv, der sich nach Ihnen erkundigte. Da es wiederum eine meiner Aufgaben ist, Fragen zu stellen, hatte ich bald heraus, dass die millionenschwere Italoamerikanerin dahinter steckte. Die Frau war ja ganz verrückt nach Ihnen, Padre. Man musste sie ja förmlich aus Ihrem Beichtstuhl kehren.«

»Dio mio«, seufzte Don Domenico. »Und die Menschen in Porto haben davon gewusst?«, fragte der Pfarrherr sichtlich verstört.

»Aber sicher, Don Domenico. Wir haben doch unsere Trattoria della Pace. Ein Umschlagplatz von Meinungen, Geschehnissen und Ahnungen. Dort reagiert man empfindlicher als in den großen Börsen von New York und Tokio. Man weiß nicht nur, was geschehen ist, sondern auch, was geschehen wird. Ganz Porto hat Ihren Kampf gegen die Sünde und das Geld miterlebt, miterlitten und Sie bewundert. Für die Leute von Porto sind Sie ein Held, ein strahlender Michael, der Retter des Zölibats. Ja, man hat den ganzen Vorgang ›Die Versuchung des Don Domenico‹ genannt.«

»Sie wissen, was weiter geschah, Avvocato?«

»Ja, der Detektiv hat Ihre Spur verfolgt bis zu jenem Benediktinerabt in Deutschland, bei dem Sie Zuflucht und Rat gesucht haben. Dort tauchte dann unsere verführerische Dollarprinzessin auf, und unser Abt war nicht so stark wie Sie, Hochwürden. Er nahm die schöne Frau, das viele Geld und verschwand mit ihr nach Amerika. Dort schrieb er einen Bestseller: ›In den Ketten des Zölibats‹, ein genau kalkuliertes Pamphlet, an dem er einige Millionen verdiente. Ein tüchtiger Herr, Ihr Abt!«, stellte der Avvocato fest.

Dann fragte er pointiert: »Aber halten Sie den Zölibat nicht für eine überholte Form, Don Domenico, eine Form, die nicht mehr in unsere Zeit passt und sicherlich Schuld am Priestermangel trägt?«

»Auf falsche Fragen bekommt man falsche Antworten, Avvocato. Viele sehen im Zölibat eine Art von Frauenverachtung. Das ist er aber nicht. Der Priester bringt das höchste Opfer, indem er auf die Liebe der Frau verzichtet, damit sein ganzes Herz für Jesus frei ist. Es ist ein Opfer, Avvocato, und keine Verachtung der Frau. Die Frau hat schon von der Schöpfung her ihre unangefochtene Stellung in der christlichen Gesellschaft. Es heißt doch in der Genesis: ›Und Gott sah, dass es nicht gut war, dass der Mensch alleine sei. Darum beschloss er, ihm einen Gefährten zu schaffen.‹ Auf diesen von Gott gewollten Gefährten verzichtet der Priester. Er gibt sein Herz ganz der Gottesliebe hin. Das war es, was mich der Schönheit und den sexuellen Fantasien dieser Frau widerstehen ließ: die größere Liebe zu Gott. Das

Geld, die Dollars, waren für mich nie eine Versuchung, da ich Geld nie erstrebt habe. – Und wenn Sie glauben, Avvocato, der Priestermangel sei ein Ergebnis des Zölibats, so schauen Sie doch einmal in die anderen Kirchen hinein, die den zölibatären Priester nicht kennen. Ihre Sorgen sind weitaus größer als die der römischen Kirche.«

»Aber Ihr Freund, der hochgelehrte Abt und Moraltheologe, ist der Versuchung durch das Weib und das Geld erlegen. Spricht das nicht gegen Ihre Theorie, Don Domenico, wenn ein so hoch stehender Priester sich gegen den Zölibat und für die Frau entscheidet und die Kirche verlässt?«

»Je intelligenter der Mensch, umso verführbarer, Avvocato. Darum hält es unser Herr ja auch mit den Einfältigen, wie ich einer bin. Und ob Sebastianos Entscheidung für die Frau und gegen den Zölibat war, weiß ich nicht. Vielleicht war es eine Entscheidung für seine Schwachheit, vielleicht auch für seine Eitelkeit.«

Und nach einer Weile sagte er nachdenklich: »Vielleicht gehörte er mit seinen großen Gaben zu jenen Geistern, die den Pakt mit dem Teufel versuchen wollen, um ihn zu überlisten oder gar zu überwinden. Der große Goethe hat ja diesen Menschen in seinem ›Faust‹ sichtbar und zu einer Gestalt der Weltliteratur gemacht. – Wie immer auch, Avvocato, ich finde es eigenartig, wie viele Atheisten sich Gedanken um den Zölibat machen, obwohl sie davon doch nicht betroffen sind. Das ist doch nicht ihr Problem, sondern das der Kirche und der Priester, die den Zölibat als

Opfer für Christus tragen. Unser Liebe an die Weiblichkeit verkörpert sich in der Hingabe an die Gottesmutter, die Heilige Jungfrau Maria. – Wir wissen auch um den Ruhm der Frau in der Verbreitung des Christentums. Es war die burgundische Königstochter Chlothilde, die – als Ehefrau des grausamen Merowingers Chlodwig – diesen dazu bewegte, das Christentum für sich und seine Franken anzunehmen. Die Liste dieser Frauen ließe sich leicht erweitern. Aber sprechen wir doch nicht von Fürstinnen und Hochgeborenen, sondern von den einfachen Frauen und Müttern, die unsere Familien tragen. Die Frauen tragen nicht nur das Leben, sie tragen auch den Glauben und geben ihn weiter an Kinder und Kindeskinder. Ohne christliche Mütter keine christlichen Familien, und ohne christliche Familien kein Christenvolk.«

»Ich freue mich, Hochwürden, wenn ich Sie die Frauen so rühmen höre«, sagte der Avvocato, und man merkte seinem Tonfall an, dass er noch etwas in der Hinterhand hatte. »Der heilige Augustinus sagt doch, dass nach dem Jüngsten Gericht die Trennung der Geschlechter wegfalle und ein neuer Mensch, jenseits der Schranken von Männlichkeit und Weiblichkeit, erstehen werde. Ein schöner Gedanke. – Nun sagt aber einige Jahrhunderte später der irische Mystiker Johannes Scotus«, fuhr der Avvocato mit Hinterhalt in der Stimme fort, »einer der Brüche, die jetzt noch innerhalb der Natur bestehen, ist die Scheidung der Menschen in Männer und Frauen. Im Angesicht des Jüngsten Tages wird jener Makel der Schöpfung getilgt, der das Weib ist. Es wird nur den Mann geben, wie er gewesen wäre, wenn er nicht gesündigt hätte.«

Der Avvocato schwieg und kostete seine Sentenz aus. Dann schob er nach und formulierte: »Das Weib als Makel der Schöpfung, das hört sich gar nicht frauenfreundlich an, Hochwürden.«

Zu seinem Erstaunen lachte Don Domenico herzlich: »Ja, die bibelfesten Heiden, Avvocato.« Dann fuhr er fort: »Es ist ein Reichtum, einer Kirche anzugehören, die die Visionen ihrer großen Denker seit zweitausend Jahren dokumentiert hat. Das gibt fixen Denkern ein weites Feld. Geht man aber das Problem freundlich und vom Kern her an, so sind die Aussagen – sowohl von Augustinus wie von Johannes Scotus – gleich. Im Himmelreich wird der Gegensatz der Geschlechter aufgehoben sein. Das, Avvocato, ist die Aussage.«

»Und Sie nannten sich vorhin einen Einfältigen, Don Domenico?«

»Ja, einfältig wohl, aber nicht dumm, Avvocato.«

Der aber gab sich nicht geschlagen und bohrte weiter: »Und was wird nun aus Ihrem deutschen Freund, dem Abt Sebastiano? Verachten Sie ihn, Don Domenico?«, forschte der Avvocato.

»Nein«, lächelte Hochwürden und schüttelte den Kopf. »Ich bete für ihn. Bedenken Sie, wie nahe mir die Versuchung war. Sie war schließlich eine Frau von hinreißendem Charme. Vielleicht hatte sie auch eine fixe Idee, die sie mit der Zielstrebigkeit des Neurotikers verfolgte. Eine Haltung, wie man sie oftmals bei Menschen findet, die das Leben zu sehr verwöhnt hat; das Unerreichbare, das Unmögliche zu erlangen, in diesem Falle einen katholischen Priester zu heiraten. – Nein, eine Verurteilung steht mir nicht zu. Ich finde vielmehr, wir sollten unseren Brüdern die Hand reichen und ihnen helfen, sich in der Welt, für die sie sich entschieden haben, zurechtzufinden. Nur, Avvocato – und da wird Ihr juristischer Verstand mir zustimmen –, wir können es nicht den Kirchenfernen überlassen, die moralischen Normen unseres Priestertums zu bestimmen.«

Die beiden Männer gaben sich die Hand. Don Domenico begleitete den Avvocato höflich zum Ausgang des Hauses. Dort umarmten sie sich und der Avvocato ging seines Weges.

Laura, die den Vorgang von ihrem Balkon aus beobachtet hatte, sagte zu Carlo: »Die beiden haben sich umarmt wie Brüder.«

Und Carlo meinte nachdenklich: »Vielleicht sind sie es auch und wissen es nur nicht.«

Wer wirft denn da den ersten Stein?

Sie war, von Laveno kommend, in ihrem knallroten Alfa-Cabriolet die Uferstraße entlanggefahren, die in die Promenade von Porto mündet. Ihr blondes Haar flatterte im Wind. Die Männer spitzten die Lippen und pfiffen. Sie hörte das gerne. Es war wie ein Leitmotiv ihres Lebens, ein Refrain, der ihre Weiblichkeit bestätigte. Ihr Lächeln war für jeden ein Gruß, unauffällig, diskret.

Die Platanen der Uferpromenade warfen ihre Schatten auf die Fahrbahn. Der kleine Alfa brummte langsam dahin. »Ein schönes Städtchen«, dachte sie, »ein Städtchen, in dem man leben könnte.«

Ohne dass es ihr bewusst wurde, hatte sie am Ortsende den Wagen gewendet und fuhr langsam zurück in die Stadt.

Sie fand an der Uferpromenade einen Parkplatz, stieg aus und nahm auf einer sonnengeschützten Terrasse einen Espresso, vor sich den See. Seine kleinen Wellen waren mit Schaumkronen geschmückt. Die Berge des Piemont boten dazu eine hoheitsvolle Kulisse.

»Es ist schön hier«, dachte sie, »wunderschön.« Eine große Zufriedenheit erfüllte sie. Vor lauter Behagen und innerer Übereinstimmung bestellte sie sich einen Cognac. Sie trank vorsichtig, mit winzigen Schlückchen. Ein friedlicher Ort: der kleine Hafen, die Boote, die sanft im schwachen Wellenschlag dümpelten.

Sie rief den Ober und zahlte, überquerte die Fahrbahn, dann ging sie langsam die Promenade entlang. Schon nach hundert Metern fand sie eine Bank. Sie ließ sich darauf nieder und betrachtete das Städtchen von der Seeseite her. Vor ihr die Häuserzeile der Uferstraße, drei Hotels mit Terrassen, alles im Stil der Jahrhundertwende. Ein kleiner Platz mit dem obligatorischen Kriegerdenkmal. Ein Rasenrondell mit Rosen und im Mittelpunkt ein Affenschwanzbaum, dazu ein kleiner Springbrunnen.

Sie ließ ihre Augen wandern. Sie nannte das »mit den Augen spazieren gehen«. Der Ort vor ihr stieg Häuserzeile um Häuserzeile an. Auf halber Höhe die Kirche mit ragendem Campanile. »Schön«, sagte sie laut, »alles ist schön hier.«

Ihr Blick fiel auf ein Haus in der ersten Häuserreihe: ein Eckhaus im lombardischen Stil. An der Seite führte eine schmale Straße, besser: eine Gasse, nach oben. Wohl aus einer Laune heraus hatte der Architekt oder Bauherr durch die rechte Hausecke einen Bogengang gelegt, sodass man die Haustüre von zwei Seiten erreichen konnte. Dabei war der Bogengang so abgeknickt, dass die Haustür vollkommen der Sicht entzogen war.

In ihr stilles Betrachten versunken, stellte sie fest, dass Kinder, aber auch Erwachsene den Bogengang als Abkürzung benutzten. Sie betraten den Gang und waren wie verschluckt, denn das andere Ende des Bogengangs war nicht einzusehen.

Sie stand auf, überquerte die Fahrbahn, um das Haus mit dem seltsamen Gang näher zu betrachten.

Das Haus schien unbewohnt. Die Türe war verschlossen, die Fenster mit schweren Läden gesichert. Das Haus gefiel ihr. Auf ockerfarbenem Grund umrankte ein brauner, gemalter Blumenfries jede der drei Etagen. Ein kleines Türmchen gab dem Anwesen etwas Herrschaftliches.

»Ich finde eine hübsche kleine Stadt, in der ich leben möchte, und ich finde ein schönes, ockerfarbenes Haus, in dem ich wohnen könnte«, dachte sie.

Ein kleiner, kugelrunder Mann mit schwarzen Locken, rosaroten Apfelbäckchen und leuchtend roter Barberanase trat auf sie zu: »Verzeihung, Signora, Sie sind fremd hier, kann ich Ihnen behilflich sein?«

»Vielleicht«, lächelte die schöne blonde Signora, »vielleicht. Diese kleine Stadt gefällt mir. Ich suche ein kleines Hotel, in dem ich ein Bett, ein gutes Essen und ein ehrliches Glas Wein bekomme.«

»Nun, mit einem Hotel kann ich nicht dienen. Die großen Häuser sind schon geschlossen. Aber ich bin der Wirt der Trattoria della Pace, hier, hundert Meter die Gasse rauf. Ein ordentliches Zimmer kann ich Ihnen bieten, allerdings nur mit Dusche und Toilette auf der Etage. Für ein gutes Abendessen steht meine Frau Laura ein und für den ehrlichen Wein garantiere ich.«

Er stellte sich mit einem Lächeln vor. Die Zähne blitzten, die Apfelbäckchen leuchteten und die rote

Barberanase glühte. »Ich bin Carlo, alle nennen mich so.«

Die Signora gab das Lächeln zurück. »Ich bin Evalina. Bitte steigen Sie in meinen Wagen und dirigieren mich zu ihrer Trattoria.«

Evalina tolerierte das einfache, aber saubere Zimmer und saß bald an einem köstlich bereiteten Tisch. Ein süßsaures Ragout aus Pilzen – von Lina in den Bergen gesammelt –, eine Seeforelle blau, zwei kleine Hammelkoteletts, ein wenig frisches Spinatgemüse und Schafskäse aus den heimischen Bergen, mit frischen Weintrauben garniert. Dazu wurde eine halbe Flasche Barbera kredenzt – der wirklich ehrliche Wein mit schöner, kräftiger Säure und einem dennoch vollen Traubenbouquet rundete das ländliche Mahl ab.

Da Evalina der einzige Gast war, genoss sie die uneingeschränkte Aufmerksamkeit von Laura und Carlo. Auch die kleine Lina war dienstbereit zur Stelle. Fast schien es so, als blühe die kleine, verschrumpelte Person im Bannkreis der schönen Evalina auf.

Auch Laura empfand Evalina als »molto simpatica«. Als sie erfuhr, dass Evalina gar eine Psychologin sei, wurde die blonde Schönheit für sie auch noch »molto interessante«.

Beim Espresso fragte Evalina Carlo, ob das ockerfarbene Haus zum Verkauf stünde, denn es mache einen unbewohnten Eindruck.

»Genaues, Signora, weiß ich nicht. Aber Genaueres weiß sicher der Geometer Cassini hier im Ort. Wenn Sie wünschen, Signora, kann ich bei ihm anrufen, es ist ja noch nicht spät«, erbot sich Carlo hilfsbereit.

Und so geschah es denn auch. Der Geometer ließ wissen, dass das ockerfarbene Haus verkäuflich sei. Der Besitzer müsse zwar nicht, könne aber bei einem angemessenen Preis verkaufen, hieß die sibyllinische Antwort. Man verabredete einen Termin für den letzten Sonntag im Oktober.

Am anderen Morgen fuhr die blonde Evalina nach Mailand zurück. Sie hatte das Gefühl, einen kostbaren Rahmen für ihre Persönlichkeit gefunden zu haben. Einen Rahmen, den sie seit langem gesucht hatte. Als kluge Frau verbot sie sich aber, sich innerlich zu sehr auf das ockerfarbene Haus festzulegen, denn sie wusste, dass man Ziele nur mit innerer Gelassenheit erreicht und nicht mit dem sich selbst fesselnden »um jeden Preis«.

Die Tage in Mailand bis zum letzten Sonntag im Oktober wurden ihr lang. Doch dann fuhr sie wieder, von der Uferstraße her in die Promenade einmündend, nach Porto. Und wiederum war sie entzückt, genau wie beim ersten Mal. Der große, sich ausbreitende See schaumüberflockt, die mächtigen Berge von Piemont, der kleine Hafen und der Ort, der sich im Halbkreis, Häuserzeile um Häuserzeile, den Hang hinaufschraubte und seine Mitte im ragenden Campanile der Kirche fand. Vor ihr das ockerfarbene Haus, geschmückt mit lombardischen Malereien, der kleine Turm, ein Gruß in den Himmel.

Evalina parkte den Wagen, stieg aus und überquerte die Uferpromenade, begrüßte den Geometer Cassini und Carlo, der es sich nicht nehmen ließ, seine Dienste anzubieten.

Die schweren Holzläden waren nun aufgeschlagen, das Haus mit seinen blinkenden Fenstern hatte Augen bekommen und wirkte noch hübscher und freundlicher.

Das Innere war in gutem Zustand. Gepflegte Böden aus rot geflammtem Carrara-Marmor, stabile, trockene Wände, schöne, stuckverzierte Decken. Der Blick von der kleinen Veranda zum See und den Piemonteser Bergen war überwältigend, das kleine Turmzimmer eine Kostbarkeit.

Evalina tadelte weder noch lobte, sondern ging scheinbar unbeteiligt durch das Haus.

Der Geometer Cassini schaute Evalina am Ende der Besichtigung forschend an und fragte: »Nun, Signora, gefällt Ihnen das Haus?«

»Doch, schon, Geometra, aber der Preis muss mir auch gefallen.«

»Naturalmente, Signora, aber über Preise sollten wir uns bei einem Glas Wein in der Trattoria aussprechen«, schlug Cassini vor.

Und so saß man nun bei einem Glas Wein zusammen; lediglich Evalina hatte einen Espresso bestellt. Als der Geometer ihr Wein einschenken wollte, sagte sie sehr bestimmt: »Nein, danke, Geometra, anschließend nach der Besprechung trinken wir in jedem Fall Champagner.«

»Wieso in jedem Fall?«, staunte der Geometer.

»Nun, meine Herren, entweder lade ich Sie ein, weil ich ein hübsches Haus günstig gekauft habe, oder ich lade Sie ein, weil ich mein gutes Geld behalten darf.«

»Eine philosophische Betrachtungsweise, Signora«, stellte der Geometer fest.

»Nicht wahr?«, unterstrich Evalina diese Feststellung, schüttelte ihre goldene Lockenpracht und schenkte ihm ein hinreißendes Lächeln.

»Zur Sache«, mahnte der Geometer. »Signora, der Hausbesitzer macht Ihnen durch mich ein einmaliges Angebot. Ich betone, dass es mir gelungen ist, seine Preisvorstellungen um einige Millionen zu reduzieren, sodass kein Verhandlungsspielraum bleibt. Unser Angebot für dieses schöne Haus an der Seepromenade von Porto: zweiundzwanzig Millionen Lire.«

Die Signora schwieg und rechnete. Immerhin standen in den Sechzigerjahren eintausend Lire bei sechs Mark fünfzig – also ein Angebot von über hundertvierzigtausend Mark.

»Ich will diesen Preis nicht rundweg ablehnen«, gab nach einer Weile Evalina die mit Spannung erwartete Antwort. »Jedoch sollten wir Folgendes bedenken: Es ist zwar ein schönes Haus, sonst wollte ich es wohl nicht kaufen, aber es ist kein modernes Haus. Der bauliche Zustand ist gut, aber es müssen neue Bäder und Toiletten rein. Dazu eine Zentralheizung, zur Seeseite hin Schallschutzfenster, um den Straßenlärm zu absorbieren, dann im Haus selbst neue Anstriche und Tapeten. – Sie, lieber Geometra, würde ich mit der Bauaufsicht all dieser Arbeiten betrauen. Nun lassen Sie sich einmal eine halbe Stunde Zeit und machen mir einen ungefähren, aber nicht unrealistischen Kostenvoranschlag.«

Der Geometer war fasziniert. Neben seiner Verkaufsprovision kam hier noch ein guter Auftrag auf ihn zu. Während er fieberhaft rechnete, ging Evalina in die Küche, begrüßte Laura und unterhielt sich mit ihr.

Als Evalina nach einer Weile den Gastraum wieder betrat, war der Geometer mit seinen Berechnungen fertig. Er schaute sie etwas zögerlich an und sagte, den Kopf bedenklich hin und her wiegend: »Nun ja, Signora, also zehn Millionen wird das schon kosten.«

»Sehen Sie, Geometra, diese zehn Millionen ziehen Sie von der genannten Kaufsumme von zweiundzwanzig Millionen ab, und Sie haben genau den Preis, den ich zu zahlen bereit bin.«

»Impossibile, Signora! Impossibile!«, stammelte der Geometer.

»Diesen Preis akzeptiert mein Verkäufer nie.«

»Nun denn, dann behält Ihr Verkäufer sein schönes Haus und ich behalte mein gutes Geld. So werden alle zufrieden sein«, konstatierte Evalina.

»Signora, ich flehe Sie an, machen Sie ein Zugeständnis, ein äußerstes Zugeständnis«, drängte der Geometer.

»Ein äußerstes Zugeständnis? Nun gut«, überlegte Evalina laut. »Wenn Sie mir zusichern, dass die Renovierungsarbeiten nicht über zehn Millionen steigen, mein letztes Wort: fünfzehn Millionen. Alles andere ist jetzt Ihre Sache. Ich fahre ein wenig den See entlang und bin gegen acht Uhr zum Abendessen wieder zurück. Sie können mir dann das Ergebnis Ihrer Bemühungen mitteilen. Ciao, Signora Laura, Signor Carlo e Geometra.« – Sprach's und ging mit forschen Schritten den glasüberdachten Flur entlang.

»Dio mio«, flüsterte Carlo, »ich habe Stahl noch nie so hübsch verpackt gesehen, aber es ist Stahl, Geometra.«

»Ja, Carlo, Schwedenstahl«, pflichtete der Geometer zu.

»Wollen Sie telefonieren, Geometra?«, fragte Carlo.

»Nein, Carlo, ich fahre nach Stresa zu den Besitzern. Das muss persönlich besprochen werden. Ciao, amico, wünsch mir Glück.«

Pünktlich um acht Uhr abends war der Geometer zurück und wartete nervös auf Evalina. Die traf gegen halb neun ein, fröhlich, die Haare vom Fahrtwind zerzaust, ohne jede Spur von Aufregung und Nervosität.

Sie lud den Geometer an ihren Tisch, bestellte für sich ein leichtes Abendessen und eine Flasche Barbera mit zwei Gläsern. Carlo, der die Ruhe der Signora bewunderte, füllte die Gläser und zog sich auf seinen Beobachtungsposten hinter der Bar zurück.

Der Geometer verschluckte sich fast an seinem Barbera und platzte dann mit seiner Neuigkeit heraus: Jawohl, es war ihm gelungen, den von der Signora vorgeschlagenen Preis von fünfzehn Millionen bei den Besitzern durchzusetzen.

»Natürlich«, lächelte Evalina, »ich habe keinen Augenblick daran gezweifelt, denn ich habe schließlich ein außerordentlich gutes Angebot gemacht.«

Dann bat sie den erstaunten Geometer, der Lob und Anerkennung für sein Verhandlungsergebnis erwartet hatte, um genaue Ausarbeitung des Kostenvoranschlags, der in keinem Falle überschritten werden dürfe, besser noch, bei schärfster Kalkulation um eine oder zwei Millionen günstiger ausfallen solle. »Natürlich«, so beschied die Signora den Geometer, »nicht auf Kosten der Qualität.«

Wie auf ein Stichwort erschien der Avvocato in der Trattoria, um wie üblich sein abendliches Mahl einzunehmen. Evalina hatte von dem Vertrauen erweckenden Anwalt schon bei ihrem ersten Besuch in der Trattoria della Pace so viel gehört, dass sie ihn bat, die Verkaufsmodalitäten zu parafieren, einschließlich eines Vertrags über die auszuführende Renovierung durch den Geometer Cassini.

Die Angelegenheiten Evalinas waren in den besten Händen, Ankauf und Renovierung des Hauses wurden zügig durchgeführt und im Frühling des kommenden Jahres konnte sie mit ihrer Wirtschafterin das Haus an der Uferstraße beziehen.

An ihrer Haustür, in dem nicht einsehbaren Bogengang, ließ sie ein Messingschild anbringen, auf dem in feiner, gestochener Schrift zu lesen war: »Evalina Cortesi, Psicologa. Konsultationen nach Vereinbarung.«

Porto staunte, Porto rätselte, mutmaßte, kombinierte, verwarf – und wusste nichts.

Das war die Stunde der Gerüchtemacher. Eine Psychologin, das kennt man doch. Nichts als ein Vorhang, hinter dem sich – gut getarnt – die Sünde der käuflichen Liebe verbirgt. Eine Hure, eine »prostituta«, zwar eine der ersten Klasse – aber *das* war die vornehme Evelina, nichts anderes.

Man sah doch die schweren Automobile mit Schweizer Kennzeichen, die soignierten Herren zwischen vierzig und sechzig Jahren, die reichen Milanesen, die ihre Autos auf dem Parkplatz der Uferpromenade abstellten und dann unauffällig in der uneinsehbaren Türe im Bogengang verschwanden. Das war's. Die nicht einsehbare Türe: die verdeckte Pforte zum Paradies der Sünde.

Nur darum hatte sie das Haus gekauft. Das Haus, von dem man nie sagen konnte, wer es betreten hatte. Für alle alten Betschwestern, für alle bösartigen Klatschmäuler war das der Beweis. Die Schlammwelle der üblen Gerüchte schwappte über, sogar über die Schwelle des Pfarrhauses.

Und die Ungunst der Stunde wollte es, dass Don Domenico, der feinsinnige Pfarrherr, nach überstandener Krankheit in Genesungsurlaub war. Statt seiner residierte dort ein junger Priester, Professor für Homiletik am erzbischöflichen Priesterseminar in Mailand. Er hatte keine Kenntnis der inneren Struktur der Gemeinde. Kannte nicht die, wie Don Domenico sie nannte, selbst ernannten Heiligen, die noch frommer sein wollten als der Heilige Vater in Rom.

Zunächst wiegelte der stellvertretende Pfarrherr ab: »Nicht doch, liebe Pfarrkinder, wer wird denn so etwas denken! Das ist eine ehrbare Frau, die ihrem akademischen Beruf nachgeht. Sie lebt in Begleitung einer sechzigjährigen Wirtschafterin. Eine solch brave Frau würde doch ein so verwerfliches Tun nicht decken.«

»Hochwürden, Sie sind zu arglos«, attackierte man den Don Enrico, den jungen Priester. »Ein guter

Mensch wie Sie kann das Böse gar nicht erkennen, ein Heiliger wie Sie, Monsignore!«

Die bösen Stimmen verstummten nicht. Das Haus mit der verdeckten Türe wurde überwacht, misstrauisch, hinterhältig, unentwegt. Die Sittenspione brachten heraus, dass Signora Evalina täglich fünf bis sechs Besucher empfing. Ausschließlich Herren im gesetzten Alter.

»Da sehen Sie es, Don Enrico, welcher Psychologe behandelt nur Männer? Keine Frauen, keine Kinder. Das ist eindeutig ein klarer Indizienbeweis. Sie müssen handeln, Monsignore, damit wir nicht in Sünde versinken, wir flehen Sie an!«

So trieb das Drängen eines kleinen, aber lautstarken Teils der Gemeindemitglieder den jungen Priester Don Enrico in Aktion. Er fühlte sich als »miles Christi«, der gegen Unzucht und Unkeuschheit zu Felde zog. Sein erster Weg war zum Bürgermeister. Der wusste keine Hilfe. Die Signora Evalina Cortesi sei examinierte Psychologin, übe ihre Praxis rechtens aus, zahle Steuern, errege kein öffentliches Ärgernis, und was Hochwürden vortrage, seien im besten Falle Vermutungen, wenn nicht gar, bei aller Hochachtung vor dem geistlichen Amt, Verleumdungen.

Hochwürden wisse, so argumentierte der Bürgermeister, dass er, der Sindaco, Mitglied der kommunistischen Partei sei. Genauso, wie es ihm als Kommunisten verwehrt sei, die Prinzipien seiner Partei im Amte durchzusetzen, er vielmehr den Gesetzen des italienischen Staates Geltung zu verschaffen habe, genauso sei es ihm nicht möglich, die Gesetze der christlichen Sittenlehre mit den Machtmitteln des Staates durchzusetzen.

Don Enrico lächelte schmerzlich ob dieser Belehrung, ging mit sich zurate und fuhr am anderen Tag zum Justiziar des katholischen Dekanats nach Varese.

Auch dort wurde ihm keine rechte Hilfe zuteil. Der juristisch geschulte Mitbruder meinte, die Rechtsgrundlagen seien zu schmal, aber vielleicht könne eine Nachfrage bei der staatlichen Gewerbeaufsicht, bei der Questura hier in Varese, gleich um die Ecke, hilfreich sein. Möglicherweise gäbe es Mängel und Verfahrensfehler bei der Erteilung der Praxisgenehmigung?

Don Enrico ging seinen dornenreichen Weg für das Seelenheil seiner Pfarrkinder unverdrossen weiter.

Auf der Questura wurde er wegen des Ansehens seines geistlichen Amtes vom stellvertretenden Questor empfangen. Als geschulter Jurist und Mitglied der Democrazia Christiana war er voll demonstrativer Hilfsbereitschaft. »Aber leider, Monsignore, die Zulassungsgenehmigung ist korrekt erteilt, Mängel sind nicht festzustellen und die Rechtsgrundlagen für die Schließung der Praxis aufgrund von Vermutungen besorgter Pfarrmitglieder nicht ausreichend.«

Der stellvertretende Questor hob bedauernd die Schultern und begleitete seinen entmutigten Besucher zur Tür.

Am nächsten Sonntag – der junge Priester und Professor für Homiletik hatte Trost und Hilfe im Gebet erfleht – hielt er eine große Predigt. Er sprach zu seiner Gemeinde über Sünde und Schuld in Vergangenheit und Gegenwart.

»Gesündigt hat der Mensch zu allen Zeiten«, begann er und führte seine Gläubigen auf den Weg seiner Vorstellungen. »Das hat Christus, und das hat die Kirche immer gewusst. Der Mensch der Vergangenheit aber hat sich zu seinen Sünden bekannt, an seiner Sünde und Schuld gelitten und schließlich zu den Gnadenmitteln der Kirche gefunden, um sich zu reinigen. Der Mensch von heute aber bekennt sich nicht zu seiner Schuld, weil er seine Sünde nicht mehr als Schuld empfindet. Ja, in seiner Ignoranz hält er diejenigen, die ihm nicht auf dem bequemen Pfad der Sünde folgten, für dumm.«

Dann holte er zum großen Schlag aus: »Auch in Porto ist die Sünde eingezogen. Nicht im Elend ihrer Schande, sondern in Seide, Glanz und Schönheit. Hoffärtig, hinter der Schutzmauer akademischer Titel verborgen, feiert die käufliche Fleischeslust ihre schlimmen Triumphe. Hier, meine liebe Gemeinde, hilft nur die Kraft des Gebets und die Solidarität aller Gläubigen!«

Nach der Messe bildeten sich Menschentrauben auf dem Kirchplatz. Die Radikalen meinten, Don Enrico habe wie ein wahrhaft christlicher Held der babylonischen Hure die Maske vom Gesicht gerissen, sodass jetzt das hässliche Antlitz der Sünde offenbar sei.

Die Toleranten – und das war die Mehrheit – meinten, Don Enrico habe mit Kanonen auf Spatzen geschossen. Im Übrigen sei es nicht ungefährlich, solch massive Behauptungen aufzustellen, wenn einem anstatt Fakten und Beweisen Verleumdungen, bestenfalls Vermutungen zur Verfügung stehen.

Porto hatte sein Gesprächsthema.

Carlo setzte einen Schlussstrich unter die Debatte und sagte: »Unabhängig vom vorliegenden Fall, der ja in keiner Weise bewiesen ist, ist es unklug, Dinge zu verbieten, die seit Menschengedenken nicht zu verbieten waren und immer ihren Platz in der Gesellschaft gehabt haben.«

Als der Avvocato am folgenden Montagabend die Trattoria betrat, bereit, wie immer sein Abendessen einzunehmen, saß am hintersten Tisch, an dem früher der alte Beltramini im sanften Rotweinrausch dahindämmerte, Don Domenico, aus Krankenhaus und Genesungsurlaub zurückgekehrt, und trank in kleinen, vorsichtigen Schlückchen seinen Rotwein.

Der Avvocato grüßte höflich den geistlichen Herrn und nahm an dem für ihn gedeckten Tisch Platz.

Carlo eilte herbei, um wie immer ernst und gewissenhaft die Abendmahlzeit des Avvocatos zu beraten.

»Wenn's gefällig ist: als ersten Gang ein Vitello tonnato, die Soße mit feinem Krebsfleisch angereichert.«

Laura schaute aus der Küche heraus, sandte dem Avvocato ihr strahlendstes Lächeln und rief: »Tutto fresco – alles ganz frisch!«

Als Hauptgang wurde ein Rumpsteak vom toskanischen Ochsen akzeptiert und zum Abschluss ein wenig Käse. Dazu trank der Avvocato einen herzhaften Barbera aus dem Montferrato, und so waren alle Vorbedingungen geschaffen, die Last des Tages abzuschütteln und sich dem Leib und Seele erhaltenden Genuss eines guten Essens hinzugeben.

Carlo überwachte den ganzen Vorgang, Zeremonienmeister, engagierter Wirt und Freund zugleich.

Als das letzte Stückchen Gorgonzola mit einem kräftigen Schluck Rotwein genossen war und der nachtschwarze Espresso mit einem Glas Cognac vor dem Avvocato stand, meinte Carlo: »Wenn's genehm ist, möchte Don Domenico ein Wort mit dem Avvocato wechseln.«

Höflich ging der Avvocato hinüber zu Don Domenico und begrüßte ihn herzlich. »Ein Segen, dass Sie wieder zurück sind, Hochwürden. Hier in Porto ist ein wenig Kreuzzugsstimmung während Ihrer Abwesenheit ausgebrochen.«

»Ich weiß, ich weiß, Avvocato«, bestätigte Don Domenico. »Mein junger geistlicher Amtsbruder wollte sicher das Beste. Auch ich sehe Probleme heraufziehen, darum bin ich bei Ihnen, verehrter Avvocato. Ich möchte Sie bitten, die Rechtspositionen der Pfarrgemeinde bei möglichen Auseinandersetzungen zu übernehmen.«

»Leider ist mir das nicht möglich, Hochwürden. Heute Morgen hat mich Signora Evalina Cortesi gebeten, ihre Interessen wahrzunehmen. Sie wollte gegen Ihren Stellvertreter eine Klage wegen Verleumdung und übler Nachrede anstrengen.«

»Um Gottes willen, Sie, Avvocato, auf der Seite der Feinde der Kirche?«

»Nicht auf der Seite der Feinde der Kirche, sondern auf der Seite des Rechts, so wie es mein Beruf verlangt«, lächelte der Avvocato. »Ich glaube, dass ich Ihnen in dieser Position von Nutzen sein kann. So habe ich der Signora Evelina Cortesi empfohlen, mit einer Klage zu warten, bis der wirkliche Pfarrherr zurück ist und ich mit ihm ein klärendes Gespräch führen konnte. Die Signora hat meinen Vorschlag angenommen.«

»Und was wäre jetzt Ihrer Meinung nach zu tun?«, fragte Don Domenico, sichtlich entlastet.

»Nun«, referierte der Avvocato, »meine Mandantin fordert, dass alle offenen oder versteckten Kanzelangriffe unterbleiben. Ebenso bittet sie herzlich, dass der Pfarrherr seinen Einfluss dahin geltend macht, dass innerhalb der Gemeinde die Verleumdungskampagne beendet wird.«

»Natürlich, natürlich«, sicherte Don Domenico zu. »Nur«, fragte er zaghaft, »will sie solch ein Abkommen in schriftlicher Form?«

»Nein, nein, Don Domenico.« Und der Avvocato lächelte ein klein wenig diabolisch. »Der Anwalt der Signora Evalina hat seiner Mandantin geraten, von einer schriftlichen Vereinbarung abzusehen. Da Don Domenico ein Ehrenmann ist, müsste dessen Wort vollkommen genügen.«

»Gott segne Sie, Avvocato«, dankte der geistliche Herr.

»Ich danken Ihnen, Ehrwürden. Dennoch werden Sie verstehen, dass ich der Signora Evalina nach Abschluss dieser Angelegenheit eine Rechnung zusenden werde.«

»Naturalmente, Avvocato«, gab Don Domenico

zurück. »Wir sind schließlich alle Kinder dieser Welt«, und nach eine Weile des Nachsinnens fügte er hinzu: »… und müssen es wohl auch sein. Aber eine letzte Frage, Avvocato, eine rein akademische Frage, die mit unserem Problem in keinerlei Zusammenhang steht. Es wurde doch im Jahre 1946 ein Gesetz durch die römische Kammer verabschiedet – es nannte sich ›Legge Merlin‹ und hatte die Schließung der Bordelle in Italien zur Folge. Wann wäre ein solches Gesetz anzuwenden, Avvocato?«

»Sie sind ein wirklich weiser Mann, Don Domenico. Unter Berücksichtigung, dass dieses Gesetz unser Problem in keiner Weise berührt, will ich Ihnen eine Antwort geben.«

Der Avvocato lehnte sich genüsslich zurück, wie Juristen es gerne tun, wenn sie juristischen Laien eine Rechtsbelehrung zukommen lassen. Er legte die Fingerspitzen ganz zart zusammen, sein Gesicht nahm einen etwas entrückten Ausdruck an, als konzentriere er sich auf eine Meditationsübung, und begann: »Es war im Jahre 1946, als die kommunistische Abgeordnete, eine gewisse Signora Merlin, ad hoc ein Gesetz in die römische Kammer einbrachte und auch durchbrachte, Hochwürden«, sagte der Avvocato mit besonderem Nachdruck, »das mit einem Schlag die Bordelle in Italien verbot. Die Moralisten im linken wie im rechten Lager jubelten – ein Sieg der Sittlichkeit, so die einen, eine Befreiung der Frau von Entwürdigung, so die anderen. Aber gute Absichten werden nicht immer gute Gesetze. Man hatte die Prostitution aus den Bordellen hinaus auf die Straße getrieben, das heißt: Bis zum heutigen Tage ist sie außer Kontrolle. Eine Mehrheit nämlich, die Prostitution gänzlich zu verbieten, fand sich nach dem Überraschungcoup der Abgeordneten Merlin nie mehr im römischen Parlament. Was ist nun ein Bordell?«, dozierte der Avvocato. »Ein Bordell ist ein Haus, in dem mehrere Frauen zum Zwecke der Prostitution, der käuflichen Liebe, zusammenleben und ihre käuflichen Liebesdienste anbieten oder anbieten lassen. – Sie ersehen daraus, Don Domenico, in welche Hirngespinste sich unser junger Streiter Christi verrannt hatte, als er seine Anklagen von der Kanzel gegen meine Mandantin schleuderte. – Es herrscht Einigkeit zwischen uns, Don Domenico, dass Signora Evalina über jeden Zweifel erhaben ist. Aber steigen wir einmal, rein akademisch versteht sich, in die Niederungen gemeinen Denkens hinab, so werden wir sehen, dass keine der vorgenannten Kriterien auf meine Mandantin zutrifft. Die Signora Evalina Cortesi wohnt allein in ihrem Hause, betreut von einer sechzigjährigen Matrone, die schon allein aus Gründen des Alters jenseits von Gut und Böse steht. Ohne das Thema weiter zu vertiefen, Hochwürden, eine allein stehende Frau kann in Italien in ihrer Wohnung jederzeit Besuche empfangen, selbstverständlich auch Herrenbesuche.«

»Vor allem, wenn sie eine Psicologa ist«, ergänzte Don Domenico mit schmerzlichem Lächeln.

»Außerdem hat sie eine ganz besondere Praxis«, klärte der Avvocato Hochwürden, den interessiert zuhörenden Carlo und die fasziniert an der Küchentür lauschenden Frauen, Laura und Lina, auf. »Sie therapiert nämlich nicht selbst, vielmehr rät sie ihren Klienten, welchen der vielen hundert Psychotherapeuten in Mailand, Lugano, Zürich, Genf oder Wien sie für ihre spezielle seelische Erkrankung in Anspruch nehmen sollen. Namentlich hat sie mit ihren Beratungen große Erfolge bei vorzeitiger Impotenz von Männern, was ja heute in den meisten Fällen als eine seelische Erkrankung, zumindest als eine seelische Störung angesehen wird. Es sind da ganz neue Behandlungsmethoden aus Amerika zu uns herübergekommen, die auch in Deutschland, Frankreich, der Schweiz und Italien Anwendung finden. – Ich möchte nicht deutlicher werden, Don Domenico, aber Sie sehen, Ihr junger Mitbruder ist, besten Willen vorausgesetzt, in recht empfindliche Gebiete eingebrochen. Eingebrochen, ja eingebrochen im wahrsten Sinne des Wortes«, beendete der Avvocato seinen Exkurs.

»Sie stellen das alles so munter dar, Avvocato. Sie könnten einem die eigene Beerdigung noch als Amüsement verkaufen. Aber wie dem auch sei, ich werde mit meinem Kirchenvorstand sprechen. Angriffe oder Ahndungen finden von keiner Seite her statt. Sie waren, Avvocato, dennoch ein hilfreicher Gegner.« Dann seufzte Don Domenico tief und meinte zum Avvocato gewandt: »Wissen Sie, mein gelehrter Freund, mit seinen Sündern kommt man ja ganz gut zurecht. Das wirkliche Übel sind die selbst ernannten Heiligen.«

»Wie wahr, wie wahr«, stimmte der Avvocato zu, »aber Hochwürden verfügen ja über ein verlässliches

Rüstzeug. Ich verweise auf die Zehn Gebote: Du sollst kein falsches Zeugnis legen wider deinen Nächsten, und auf das Gleichnis des Evangelisten, wie der Herr im Fall der Sünderin Maria Magdalena die Frage stellte: Wer ohne Sünde ist, der werfe den ersten Stein.«

Don Domenico stand auf, segnete die Frauen, die aus der Küche herausgetreten waren – vielleicht galt sein Segen auch den beiden Männern –, und schon im Gehen sagte er still: »Ach, wissen Sie, Avvocato, noch mühseliger als der Umgang mit den selbst ernannten Heiligen ist der mit den bibelfesten Atheisten.«

Mit diesem Aperçu hatte er trotz seiner misslichen Mission das gemacht, was Italiener »fare una bella figura« nennen.

Doch der Avvocato gab noch keine Ruhe: »Bitte, noch eine allerletzte Frage, Hochwürden.« Der nickte zustimmend.

»Da lebte vor langer Zeit, ich war noch ein junger Anwalt, eine wirkliche Hure in Porto, armselig, trunksüchtig und lungenkrank. Schließlich starb sie an dieser Krankheit. Sie lebte, wenn ich mich recht erinnere, in einer Hütte direkt hinter dem Camposanto. Ihre Kirchengemeinde, Ihre selbst ernannten Heiligen und auch Sie, Don Domenico, haben die Existenz dieser Frau hingenommen. Keine Anklagen, keine Angriffe, nichts war zu hören. Und jetzt, bei einer Frau, bei der es keine Beweise gibt, sondern nur unvernünftige Verleumdungen, dieser Aufstand, diese moralische Entrüstung?«

»Denken Sie nach, Avvocato«, forderte Don Domenico. »Das Problem ist ebenso einfach wie nahe liegend. Die arme Dorfhure von Porto, die ja an der Summe ihrer Sünden starb, war für jede Frau, für jedes Mädchen eine Abschreckung. Sie war Warnung und Hinweis zugleich, was geschieht, wenn der Mensch die Gebote der Kirche und die Hinweise der Eltern missachtet. Moralischer, seelischer und schließlich körperlicher Tod sind das Ergebnis. Sie war eine lebende Abschreckung. Ein Menetekel, wie die Bilder unserer großen Maler vom Grauen der Sünde, vom Schrecken des Lasters, von der unsagbaren Qual der verworfenen Seelen beim Jüngsten Gericht es uns erzählen. – Aber hier, Avvocato, nur unterstellt, Ihre Klientin sei eine Frau käuflicher Liebe, wäre dies eine glatte Provokation. Eine reiche, schöne und durch akademische Titel ausgezeichnete Frau als Verkörperung einer glückseligen Hure? Ihr ganzes Leben wäre doch wie ein Fanal: Folgt mir, denn Hurerei macht reich und glücklich! Seht nur mein Leben! Es führt die Gesetze der Moral, der Kirche ad absurdum. – Eine solche Frau aber gibt es in Porto nicht, so haben Sie mir glaubwürdig versichert, Avvocato. Gäbe es aber eine solche Frau, sie müsste bekämpft werden, denn sie wäre eine schlimme Gefahr für Kirche und Gesellschaft.«

»Verzeihung, Don Domenico.« Der Avvocato war grau im Gesicht geworden. »Eine arme, verkommene Hure hat im Selbstverständnis der Kirche ihren Platz, eine reiche, glückselige Hure aber wird verdammt?«

»Nein, Avvocato, nochmals nein! Verdammt sind

sie beide, nur die arme braucht nicht bekämpft zu werden«, sagte Hochwürden milde.

»Zu dieser Logik muss ich schweigen, Don Domenico, denn wenn ich etwas sagen würde, müsste ich schreien.« Zornig stürmte der Avvocato in die Nacht.

»Was hat er denn nur?«, staunte Carlo und sah dem empörten Freund entgeistert nach.

»Nun, mein Freund«, erhellte Don Domenico die Verwirrung von Carlos Gefühlen, »wenn der Avvocato auch schon ein Menschenalter in Italien lebt, wenn er auch ein hervorragender Jurist ist, letztendlich ist er doch ein Deutscher, das heißt, er ist sentimental.«

Nach dieser Belehrung begleitete Carlo Don Domenico durch den glasüberdachten Flur hin bis zur Haustüre.

Während Carlo die Türe öffnete, verschoss Don Domenico seinen letzten Pfeil: »Eigentlich haben wir es ja dir zu verdanken, mein Sohn, dass wir diese Frau in Porto haben.«

»Mir?«, wunderte sich Carlo, nicht ohne Empörung. »Ehrwürden, ich sah ein schöne junge Frau an der Uferpromenade, die sich ratsuchend an mich wandte. Ich fragte sie, ob ich ihr helfen könne. Da wollte sie wissen, ob das ockerfarbene Haus an der Uferpromenade zum Verkauf stünde. Ich habe ihr die Antwort gegeben, die ihr jeder hier im Ort gegeben haben würde. Dann hat sie mich nach einem Hotelzimmer gefragt und ich habe ihr eines der Gästezimmer meiner Trattoria angeboten. Das ist alles, was ich getan habe, Don Domenico.«

»Es sollte ja auch kein Vorwurf sein, mein Sohn, lediglich eine Feststellung«, besänftigte der geistliche Herr den aufgebrachten Carlo. »Aber Sie sind in unserer Stadt ja einer, der kleine Wunder zustande gebracht hat. Vielleicht versuchen Sie es noch einmal. Ich jedenfalls werde für Sie beten«, versicherte Don Domenico und wandelte auf den Pfaden des Gerechten davon.

Am anderen Morgen schien Carlo seltsam verwandelt. Laura kannte diesen Zustand weltvergessener Konzentration. Ein Verhalten, das sich immer dann einstellte, wenn Carlo glaubte, ein besonderes Problem lösen zu müssen.

Mal saß er schweigend, apathisch scheinend, im hintersten Winkel der Trattoria, bekritzelte die Ränder des *Corriere della Sera* mit scheinbar sinnlosen Hieroglyphen, bald wieder schaute er konzentriert auf irgendeinen Fixpunkt in unendlichen Fernen. Dann sprang er unvermittelt auf, lief mit seinen kleinen, hüpfenden Schritten durch die Trattoria, den glasüberdachten Gang entlang, eilte auf die Straße, trollte sich die Gassen entlang hinunter zum See, starrte mit leerem Blick auf die sich kräuselnden Wasser, auf die Berge von Piemont, als suche er dort die Lösung eines geheimnisvollen Rätsels. Er aß und trank wenig, ja, er verlor sogar an Gewicht, so sehr war er mit seinen irrationalen Fragen beschäftigt.

Doch am Morgen des dritten Tages war alles vorbei. Carlo lächelte wieder, mehr noch, er strahlte und küsste Laura, streichelte ihre vollen Hüften, und indem er sagte: »Tutti in ordine, cara mia«, gab er der

Welt und den Frauen zu verstehen, dass er wieder einmal die Rätsel des Lebens gelöst hatte.

Auch auf seine Schwester, die kleine Lina, fiel ein Sonnenstrahl seines Wohlwollens und er schenkte ihr einen Ramazzotti ein.

Am Abend, als der Avvocato zum Essen erschien, wurde er von einem freundlichen, strahlenden Carlo empfangen. Der geleitete den Freund zum Tisch. Das allabendliche Ritual der Speisenauswahl wurde mit peinlicher Akribie betrieben, und als der Avvocato endlich den letzten Käsehappen gegessen hatte, setzte sich Carlo zu einem gemeinsamen Glas Wein an den Tisch des Freundes. Es war dies ihre gemeinsame Viertelstunde, auf die sie sich, jeder auf seine Weise, freuten.

»Avvocato«, begann Carlo, »teilen Sie meine Meinung oder habe ich sie gar im Laufe der vielen Jahre von Ihnen übernommen, dass jedes Problem, das von Menschen verursacht wurde, auch von Menschen bewältigt werden kann?«

»Ja, Carlo, es scheint mir fast die Gültigkeit eines Lehrsatzes zu haben«, stimmte der Avvocato nach kurzem Bedenken zu.

»Ècco, Avvocato«, fuhr Carlo erfreut fort, »als Don Domenico vor wenigen Tagen hier war und Ihnen seine Sorgen vortrug, begleitete ich ihn nach beendetem Gespräch zur Türe. Sie waren, etwas erzürnt, schon davongegangen. Erinnern Sie sich?«

Der Avvocato nickte.

»Bei dieser Gelegenheit hat mir der ehrwürdige Herr auf seine sanfte Art noch einen Dolch in die

Seite gebohrt, indem er sagte, eigentlich sei ich der Stein des Anstoßes, denn ich hätte ja die Signora Evalina Cortesi nach Porto gebracht. Hochwürden meinte, ich hätte in der Stadt schon wahre Wunder vollbracht, und spielte auf meine kleinen Verdienste an, mit denen ich den Menschen von Porto in der Vergangenheit nützlich sein konnte. Er versprach, für mich zu beten. Die Arbeit wollte der fromme Herr allerdings mir überlassen.«

»Wenn ich recht verstehe, bedeutet dies ein kleine Verschwörung zwischen dir und Don Domenico, wonach du es übernommen hast, mit irgendwelchen deiner tausend Tricks die Sigora Evalina aus dieser Stadt herauszukeln.«

»Dio mio, Avvocato, da sei Gott vor!«, wehrte sich Carlo mit Emphase. »Erstens weiß ich, dass die Signora Evalina Ihre Klientin ist, die Klientin eines Freundes«, beteuerte er. »Nie würde ich etwas tun, was gegen unsere Freundschaft und gegen die Interessen Ihrer Klienten wäre. Das müssen Sie mir glauben«, beschwor er den Freund.

»Nein, ich habe das anstehende Problem gelöst, indem ich die Umstände und die Verhältnisse verändert und für alle verbessert habe.«

Und mit der Sicherheit eines Mannes, der den Stein der Weisen gefunden hat, verkündete er: »Die Signora Evalina Cortesi muss heiraten. Signora Evalina wäre glücklich, denn welche Frau wäre nicht glücklich an der Seite eines guten Mannes! Don Domenico wäre glücklich, denn Signora Evalina hätte als Ehefrau eines geachteten Mannes einen unangreifbaren

Status und Sie, Avvocato, müssten glücklich sein, denn Sie hätten die Interessen Ihrer Klientin in nicht zu überbietender Art und Weise wahrgenommen.«

Carlo lehnte sich in seinem Stuhl zurück und trank voller Zufriedenheit einen gewaltigen Schluck Barbera, sicher in dem Gefühl, wichtige Arbeit zum Wohle aller geleistet zu haben.

Der Avvocato teilte Carlos Wohlbehagen nicht. »Erstens, Carlo«, begann er, »woher willst du wissen, dass die Signora Evalina überhaupt heiraten will?«

»Jede gesunde italienische Frau will heiraten«, erklärte er, fern jedes Zweifels.

»Nun, unterstellen wir deine Behauptung als Tatsache«, räumte der Avvocato ein. »Woher bekommst du für Signora Evalina einen Mann? Zuerst habt ihr in diesem verdammten Nest den guten Ruf einer Frau zerstört, zumindest beschädigt, und jetzt ziehst du, wie der Zauberer das Kaninchen, ein Ehebündnis für Evalina aus dem Hut deiner fantastischen Vorstellungen«, erboste sich der Avvocato.

»Für jede Frau gibt es einen Mann«, erklärte Carlo ungebrochen. »Manchmal frage ich mich, warum mein seliger Vater mich die Matura hat machen lassen. Zur Führung der Trattoria wäre das nicht nötig gewesen. Heute weiß ich: Der Mensch, gleich in welcher Position, kann nicht genug wissen. Greifen wir hinein in die Geschichte. Wir, Avvocato, denen die Vergangenheit nicht fremd ist!«, sagte er wohlgefällig. »Die Kaiserin Theodora war Hafenhure in Alexandria, und dennoch hat Kaiser Justinian sie geheiratet. Ècco! Aber wir brauchen keinen so krassen Fall aufzugreifen. Die schöne Josephine Beauharnais war zur Zeit der Französischen Revolution die Geliebte des Direktor Barras, damals mächtigster Mann im Staate. Josephine gab ihren schönen Leib hin für Informationen und Kenntnis geheimer Affären. Doch als der große Napoleon sie sah, verliebte er sich in sie und heiratete sie auch. Es handelt sich hier um Männer in Machtpositionen, die sich nicht nach dem Ruf und den Anschauungen der Masse richten müssen.«

Der Avvocato ging auf das Spiel ein und fragte: »Und wo bekommst du famoser Heiratsvermittler nun einen Kaiser Justinian oder einen Napoleon für Signora Evalina her?«

»Zugegeben, das ist ein Teil des Problems, Avvocato. Ein Kennzeichen der Demokratie ist es, dass ihre Mächtigen auf die öffentliche Meinung, auf das, was die vielen kleinen Leute fühlen und denken, Rücksicht nehmen müssen. Also kommt kein Staatsmann infrage«, entschied Carlo.

»Aber es wäre ein Mann möglich, der in seiner Weise über Macht und Geld verfügt. Einer, der am Rande der Gesellschaft lebt, ihre Gesetze und ihre Moral verachtet und sich in eine schöne Frau verlieben kann, wie es die Signora Evalina ist.«

»Das hört sich fast an wie ein Steckbrief«, resümierte der Avvocato. »Und wo kriegst du diesen Wunderknaben her, Carlo?«

»Lassen Sie meinem Kopf und den Gebeten unseres Don Domenico die gehörige Zeit, Avvocato, und Sie werden es erleben«, versicherte Carlo mit ungebrochenem Selbstvertrauen.

An einem frühen Mittwochabend stand der Commendatore Ottilio Beratta in der Trattoria. Seit Carlo vor einigen Jahren die Mordaffäre im Hafen von Porto mit stiller Hand geregelt hatte, sodass der Gerechtigkeit Genüge getan, aber nicht mehr Unheil als nötig den Commendatore und seine geheime Gesellschaft getroffen hatte, war dieser ein- oder zweimal im Monat gern gesehener Gast in der Trattoria. Der Commendatore – übrigens kein billiger, aber dennoch erreichbarer Titel in Italien, wichtig für einen Mann, der sich in Wirklichkeit als Schmugglerkönig im italienisch-schweizerischen Grenzgebiet betätigte – war noch immer eine imponierende Erscheinung. »Korsar im blauschwarzen Seidenanzug« nannte man ihn. Doch hätte er auch ein Urenkel jener italienischen Condottieri sein können, die mit dem Schwert und fuchsschlauer List sich ein Fürstentum zusammengeraubt hatten. Unverkennbar war, dass hinter der Politur von Zivilisation ein Kern von Härte und Wildheit lebte.

Der Commendatore bestellte eine Flasche edlen Barolo, begrüßte mit erlesener Höflichkeit Signora Laura und die kleine Lina in der Küche und lud dann Carlo zu einem Glas Wein ein. Man atmete den Duft des Barolo, trank mit geschlossenen Augen und gespitzten Lippen die ersten Tropfen, rollte den Wein rund um die Zunge, öffnete die Augen und schaute sich verzückt an, als habe man soeben eines der sieben Weltwunder erblickt.

Nach dem üblichen Wortritual wie »Comè sta? Va bene? Tutto in ordine?« kam der Commendatore rasch zur Sache.

»Sie haben eine bemerkenswerte Neubürgerin in Porto, Signor Carlo!«, eröffnete der Commendatore die Partie.

»Wie meinen, Commendatore?«, hielt sich Carlo bedeckt.

»Nun, Sie haben doch jetzt eine Psicologa hier in Porto, die eine interessante Praxis betreibt?«

»Si, si, Commendatore, und sie hat dem Avvocato das Mandat erteilt, jeden, der das Wort ›interessante Praxis‹ in einem abwertenden oder zweideutigen Sinne verwendet, im Rahmen der Gesetze zu belangen.«

»Den Avvocato, Ihren Freund?«, versicherte sich der Commendatore. Als Carlo zustimmend nickte, fügte er hinzu: »Sie nimmt von allem nur das Beste, ist es so, Carlo?«

»Ja, warum sollte sie nicht? Sie ist reich, mit bemerkenswerter Energie ausgestattet und, Commendatore, sie ist schön.«

»Wie ich gehört habe, sehr schön«, steigerte der Commendatore.

»Wunderschön, blond, mit goldenen Locken und der Haltung einer Königin«, pries Carlo Evalinas Bild. Dann versenkte er sich in den Duft des alten Barolos.

Der Commendatore holte seine krokodillederne Zigarrentasche hervor und offerierte Carlo eine jener kostbaren Zigarren, die den Tageslohn eines Arbeiters ausmachen. Mit spitzen Lippen befeuchteten die Herren die Zigarrenenden, so zart, wie man eine Kinderstirne küsst, und beschnitten sie. Dann brannten sie die Zigarren an den Rändern an, bis diese rot glühten, und jetzt erst zogen sie mit vorsichtigen Zügen an den schweren Brasileros. Als nach einer Viertelstunde ein Zentimeter schneeweißer Asche die Zigarren krönte, räusperte sich der Commendatore. Carlo hatte die ganze Zeit geschwiegen. Er, dem die Rede so leicht über die Lippen kam, wusste, dass ein falsches Wort alles zerstören konnte. Der Commendatore musste in dem sicheren Gefühl leben, dass alles, was von nun an geschah, Frucht und Wille seiner eigenen Entscheidung war.

Schließlich brach der Commendatore das Schweigen. »Ich möchte sie kennen lernen, diese bemerkenswerte Dame«, sagte er und versuchte, seinen Worten etwas Beiläufiges zu geben.

Carlo griff diesen Ton auf. »Sie steht im Telefonbuch unter Cortesi. Aber ich habe ihre Nummer irgendwo vorne an der Bar, noch aus der Zeit, in der sie das Haus kaufte und renovierte.«

Etwas schwerfällig ging er hinter die Bar, kramte herum und sagte nach einer Weile: »Die Telefonnummer ist 68 9 68.«

»68 9 68. Bemerkenswert«, entzückte sich der Commendatore. Wirklich bemerkenswert, diese Frau geht nie einen Schritt zu weit, immer genau bis zur Grenze. 68 9 68, wirklich eine tolle Nummer.

Der Commendatore führte sein Telefongespräch, und am anderen Tage schritt er den Bogengang entlang durch die nicht einsehbare Türe des Hauses. Was dort geschah, weiß keiner. Aber das Ergebnis dieser Begegnung ist den Menschen von Porto wohl bekannt.

Es wurde eine große Liebe und eine glückliche Ehe. Nach einer unvergleichlichen Liebesstunde hatte der Commandatore Evalina gefragt, wie eine solch kluge, gebildete, schöne und energische Frau wie sie einen solchen Lebensweg einschlagen konnte.

»Einen solchen Lebensweg ...«, wiederholte Evalina mit taubenhafter Unschuld. »Einen solchen Lebensweg geht man, wenn man vierzehn Semster Psychologie in Zürich, Wien und Mailand studiert hat, anschließend eine Diplomarbeit ›Das Behandlungsspektrum bei männlicher Frühimpotenz‹ schreibt, die in der Fachwelt große Beachtung findet. – Dann folgte eine Reise zu allen führenden Therapeuten in Europa und in Amerika, wiederum ein Zeitaufwand von fast zwei Jahren. Seitdem gelte ich als fundierteste Kennerin psychotherapeutischer Behandlungsmethoden in dem genannten Krankheitsbereich. Ich therapiere nicht, vielmehr berate ich Männer, an welchen Therapeuten sie sich wenden sollen. Den richtigen Therapeuten zu finden ist oftmals für den Erkrankten ein dornenvoller Weg. Oft ist es erst der sechste oder siebte Therapeut, der in dem speziellen Fall helfen kann. Die Suche nach dem richtigen Arzt kann für den Patienten ein frustierendes und manchmal beschämendes Erlebnis sein. Ich erspare ihm diese Erfahrung, weil ich ihn aufgrund meiner Kenntnis der therapeutischen Landschaft sofort zu dem für ihn richtigen Arzt senden kann. Trotz meines Honorars spart der Patient Zeit, Geld und Würde. Du siehst, mein Freund, ich verdiene zwar an Männern, aber nicht an ihrer Stärke, sondern an ihrer Schwäche.«

Evalina lächelte hintersinnig. »Aber du, mein geliebter Korsar, großer Contrabandiere, scheinst die kleinbürgerlichen Vorurteile der Leute aus Porto geteilt zu haben und hast meine Praxis nur als eine Camouflage für käufliche Fleischeslust gehalten. Nein, schweig!«, schnappte sie. »Zur Strafe musst du dir nun die Frage gefallen lassen: Wie kommt ein Mann wie du, ein Götterbild von einem Mann, klug, energisch, ideenreich, ein Mann von enormer Durchsetzungskraft, ein Mann, der Konzernherr, Wissenschaftler oder Staatsmann hätte werden können, dazu, Chef der ›Contrabandieri‹ in Luino, einer drittklassigen Position innerhalb deiner Organisation, zu werden? – Deine Antwort, lieber Ottilio, müsste lauten: Man wird in ein Milieu hineingeboren oder ihm zugeführt.«

»Ja«, stimmte der Commendatore zu, »so ist es wohl.«

»Dazu, lieber Ottilio, kommt ein Schuss Abenteurerblut und sehr viel Hochmut. Der Hochmut, der bürgerlichen Gesellschaft ein Schnippchen zu schlagen oder ihre Doppelmoral bloßzustellen.«

Nachdenklich der Commendatore: »Ja, so könnte es schon sein.«

Evalina war mit der Positionsbeschreibung noch nicht am Ende oder sie bezog sich selbst mit ein, als sie sagte: »Wir dürfen die Eitelkeit nicht vergessen. Es ist schon ein besonderes Vergnügen, der ganzen ehrpusseligen Gesellschaft auf die Zehen zu treten, so dass es zwar schmerzt, aber rechtlich nicht fassbar ist, ja, ihre Rechtsmittel zu benutzen, um juristisch unangreifbar zu sein.«

»Du hast Recht, Evalina, es gibt kaum subtilere Vergnügungen wie die, die du so anschaulich beschrieben hast. Dank deiner Klugheit haben wir die Fragen meines, vielleicht aber auch deines Lebens beantwortet. Jetzt will ich dir eine hypothetische Frage stellen. Was würdest du sagen, wenn ich dich bäte, meine Frau zu werden?«

Evalina lachte schallend. »Nichts würde ich sagen, nichts. Ein braves italienisches Mädchen beantwortet keine hypothetischen Fragen. Ein braves italienisches Mädchen will offen und ehrlich gefragt werden und nicht hypothetisch und im Konjunktiv. Also, Ottilio, frag oder lass es sein!«

Der Commendatore Ottilio Beratta fragte, und ganz Porto staunte.

Ein glückseliger Don Domenico zelebrierte die Trauung. Die Welt von Porto hatte wieder in ihre Ordnung zurückgefunden. Man bewunderte Signora Evalina, die vor den Altar in grauer Seide trat, mit weißen venezianischen Spitzen reich garniert.

Als der Commendatore sie zum ersten Mal in diesem Brautkleid bewundern durfte, sagte er: »Bemerkenswert, diese Frau, wirklich bemerkenswert. Sie geht nie einen Schritt zu weit, immer bis zur äußersten Grenze, und trifft dennoch immer ins Schwarze.«

Als das Brautpaar nach vollzogener Trauung sich dem Fotografen zum obligatorischen Gruppenbild stellte, schenkte Evalina, jetzt wirklich zur »Signora« geworden, die schönste Rose aus ihrem Brautstrauß dem kleinen, kugelrunden Wirt aus der Trattoria della Pace und küsste ihn zart auf die Stirn.

Der auf einer Wolke von Glückseligkeit schwebende Don Domenico meinte im Vollgefühl seiner pastoralen Würde: »Es ist augenscheinlich, dass es Menschen gibt, ohne Amt und Würden, ohne Titel und Macht, und dennoch sind sie für die Gemeinschaft so wichtig wie …«

Er suchte nach den passenden Worten, aber da sprang der Avvocato hilfreich ein und rief: »Ehrwürden, so notwendig wie die Gebete eines frommen Hirten.«

Don Domenico strahlte. Nichts konnte ihm die Freuden des Tages trüben, nicht einmal die Sottisen des Avvocato. Aber da er Italiener war und das letzte Wort bei dem Gesalbten des Herrn bleiben sollte, fügte er versöhnlich hinzu: »So notwendig wie die bibelfesten Heiden, Avvocato!«

Der Avvocato lachte froh, nahm Carlo unter den Arm und sagte: »Komm, wir beide gehen jetzt in deine Trattoria. Ich spendiere die beste Flasche aus dem ›bucco segreto‹, und die trinken wir gemeinsam auf den Kaiser Justinian und den Kaiser Napoleon.«

Das Lombardgeschäft

> Das Lombardgeschäft ist ein
> Aktivgeschäft durch Gewährung
> kurzfristiger Darlehen gegen leicht
> veräußerliche, in ihrem Wert jederzeit
> feststellbare Faustpfänder.
>
> (Brockhaus)

Im Kopf eines jeden Lombarden schlummert der
Traum vom großen Geld. Schlummert die Geschichte der großen lombardischen Kompanien. Der Pitti
und Grassi, der großen Bankiers aus Siena und Mailand, durch deren Hände einmal der Geldverkehr
des Abendlandes lief. Die Herren der lombardischen
Kompanien borgten Königen, Päpsten und Kaisern,
finanzierten Kriege und Gegenkriege und streckten
der abendländischen Ritterschaft die goldenen Soldi
vor, um das Heilige Land zu erringen, die Ungläubigen zu züchtigen und die Schätze des Morgenlandes
zu erbeuten. Das Letztere war besonders wichtig,
damit die Rechnungen der lombardischen Gesell-
schaften aufgingen. Jeder Lombarde träumt diesen
Traum vom großen Geld. Auch unser Freund Carlo
aus der Trattoria della Pace in Porto am See. Einen
solchen Traum träumen heißt nicht, vernünftigere

Berechnungen anzustellen, wie man in seinem Geschäft, in seinem Beruf, durch Ausnutzung aller Chancen, durch Rationalisierung, durch günstigen Einkauf ein Mehr an Gewinn erzielt.

Nein, gemeint ist das schnelle Geld. Das leichte Geld. Geld, das man so nebenbei verdient. Das Geld, von dem die anderen sagen: »Schau diesen Teufelskerl an, diesen Carlo aus der Trattoria della Pace, schau, wie dieser Bursche das wieder gefingert hat!«

So ein Geld ist schönes Geld, ist lombardisches Geld, Geld, geboren aus Witz und Verstand. Ècco, es ist klar, wovon wir sprechen!

Seit Tagen saß Carlo schweigsam, ins Dunkel der Trattoria zurückgezogen, durch genau dosierte Mengen roten Barbera in jenen hellsichtigen Zustand versetzt, der dem Geiste Flügel verleiht. Ein Zustand, in dem wir leichter, schneller und richtiger dividieren, multiplizieren und subtrahieren können als im Zustand stumpfer Nüchternheit.

Die Ränder des *Corriere della Sera* waren mit schnell hingeworfenen Berechnungen bedeckt. Carlos Stirn war gekraust und er bot ein Bild äußerster Konzentration. Die Frauen, die leuchtende Laura und die stille Lina, kannten und achteten diesen Zustand und hielten alle Sorgen dieser Welt von dem sinnenden Manne fern.

Zwischendurch sprang Carlo auf, hüpfte wie ein Gummiball die Reihe der Tische entlang, sprang die paar Gassen hinunter zum See, atmete tief die klare Luft ein und starrte hinüber zu den Piemonteser Bergen, als sei dort ein geheimer Schatz vergraben. Dann stürzte er, genauso eilig, wie er gekommen war, zurück in die Trattoria, labte sich nach der körperlichen Anstrengung mit einem großen Schluck Barbera, blätterte emsig in der Landwirtschaftszeitung und kontrollierte Preise und Marktberichte. Am Nachmittag des dritten Tages ließ die Anspannung dieser den Frauen so wohl bekannten und dennoch nie verstandenen Tätigkeit nach. Der angespannte Mann löste sich jetzt und lächelte. Aber nicht nur sein Mund lächelte, der ganze kugelrunde Mann wurde zu einem Lächeln. Dem Lächeln des Weisen, dem Lächeln des Wissenden in einem Meer von Unwissenheit.

Die Frauen wagten einen scheuen Blick. Aber sie wussten, Carlo würde schweigen. Niemals würde er das Ergebnis seines Rechnens und Planens zwei Frauen mitteilen. Das war Männersache! Gewiss, die Frauen durften zuhören, am Rande stehen und schweigend lauschen, wenn er den Freunden seine Strategie entwickelte. Heute aber würde er warten, bis am Abend der Avvocato käme. Das war kein Fall für krause Bauernhirne, das war ein Fall für akademisch geschulte Köpfe, für feine Denker, die blitzschnell den Vorteil einer guten Sache erkannten. Dann schoss es ihm durch den Kopf: »Ich muss den Wein prüfen, denn eine solche Sache braucht einen guten Wein, einen Wein, der klar macht und die Herzen erhebt.«

»Laura! Lina!«, schallte Carlos rostrote Barberastimme durch die Gewölbe der Trattoria. »Darmi una bottiglia del bucco segreto.«

Das war ein Wort! Wein aus dem geheimen Keller. Aus der goldenen Reserve. Die Frauen wussten Bescheid. Carlo musste eine große Sache gefunden haben, und er hatte vor, sie mit einem großen Herrn zu besprechen. All dies bedeutete »Wein aus dem besonderen, geheimen Keller«.

Am Abend erschien der Avvocato. Er bekam sofort sein Essen serviert, alles war gut und richtig wie immer. Aber er bemerkte, dass eine entscheidende Veränderung in der Trattoria vor sich gegangen war. Auch an den vergangenen Tagen hatte Carlo darüber gewacht, dass alles nach den Wünschen des Avvocato ging. Hatte sich erkundigt, ob die Spaghetti gut, das Fleisch zart und der Wein zur Zufriedenheit waren. Aber heute Abend wurde die Trattoria von einem Carlo geleitet, der von einer geistigen Schwangerschaft entbunden schien. Alles war voller Freude, der Wein war lieblicher und voller. Aller Augen ruhten auf dem Avvocato. Seine Gesten, seine Mienen wurden beobachtet, um seine Wünsche im Voraus zu erfüllen.

Nachdem der Avvocato das letzte Stückchen Gorgonzola mit rotem Barbera hinuntergespült und zum Entzücken aller einen kleinen akademischen Rülpser der Zufriedenheit von sich gegeben hatte, bat Carlo – und er brachte all seine angeborene Würde ins Treffen –, der Avvocato möge doch die Freundlichkeit besitzen, mit ihm dort in der hinteren Ecke der Trattoria den Kaffee zu nehmen und eine Flasche Wein zu trinken.

Ein schwerer, voller Rotweinduft lockte vom weiß gedeckten Tisch, auf dem außer der »Bottiglia del bucco segreto« kleine, frittierte Fischlein standen, dazu eine Schale mit Pilzen und kleinen, sauren Maiskolben. An diesem Arrangement erkannte der Avvocato, dass es sich hier um eine ernsthafte und wichtige Angelegenheit handeln musste. Die Herren prosteten sich zu und probierten den Wein. Sanft lief der Rote in die Kehle, schmeichelte vorher Zunge und Gaumen und erleuchtete ihre Gesichter mit dem Glanz des Genusses. Die Sanftheit des Weines erwärmte sie, erhöhte ihre Sympathie für sich selbst, für den anderen, für die Welt und führte sie ins gelobte Land der Freundschaft und der weitsichtigen Erkenntnisse.

Schmeichelnd tremolierte Carlos Stimme: »Allora, Avvocato, darf ich Sie bitten, Ihre Gedanken ein wenig auf die Ideen zu richten, die mich in den letzten Tagen so tief bewegt haben. Ich weiß, es sind kleine Ideen. Sie sind ein Mann der großen Ideen. Aber heute Abend, bitte, nur ein Viertelstündchen, hören Sie mir zu.«

Der Avvocato hob zustimmend sein Glas und trank einen Schluck. Carlo wartete noch einen Augenblick, bis der verehrte Freund den samtenen Nachgeschmack des Weines ausgekostet hatte, und flötete weiter: »Nun, Avvocato, drüben, am anderen Ufer des Sees, sind die Piemontesi. Wir wissen beide, was wir von ihnen zu halten haben: anmaßend und überheblich – come i prussiani in Germania. Dennoch, trotz dieser Nachteile, züchten diese Menschen dort die besten Truthähne Italiens. Ein Jungtier, zwei bis drei Wochen alt, kostet zurzeit rund fünfhundert Lire. In der Weihnachtszeit aber erzielt man hier auf der lombardischen Seite des Sees für einen fünf bis sechs Kilogramm schweren Truthahn achttausend Lire. Wenn man von diesen achttausend Lire fünfhundert Lire Kaufpreis abzieht, dazu zweitausend Lire Fütterungskosten (obwohl dieser Satz viel zu hoch angesetzt ist, aber in Kalkulationen gilt mein Grundsatz: Sicher ist sicher!), und wenn man zur weiteren Sicherheit für unvorhergesehene Kosten weitere fünfhundert Lire einsetzt, dann ergibt sich pro Truthahn ein Reingewinn von fünftausend Lire. Madonna, das ist doch ein Geschäft, Avvocato! Das heißt, das eingesetzte Kapital in sieben bis acht Monaten verzehnfachen. Und nun, Avvocato, rechnen wir doch einmal: Ich kaufe dreihundert Jungtiere, Kapitaleinsatz einhundertfünfzigtausend Lire.« Dann sprudelte es weiter aus ihm: »Aus diesen einhundertfünfzigtausend Lire lässt sich innerhalb von sechs bis acht Monaten ein Reingewinn von anderthalb Millionen Lire erzielen. Anderthalb Millionen Lire, Avvocato«, flüsterte er ehrfürchtig, ergriffen von der Präzision seiner Berechnungen. »Und dann, Avvocato, die Kalkulationen! Daran scheiterten die meisten Geschäfte – schlampig und ungenau kalkuliert, aber hier …« Carlo verkündete wie ein Feldherr die Zahl seiner Reserven und Sicherheitsfaktoren. Sechshunderttausend Lire allein für Fütterungs- und Aufzuchtkosten! Diese Zahl sei natürlich zu hoch gegriffen, und darum stecke im ganzen Geschäft noch ein schönes Stückchen Zusatzgewinn. Und dann – Carlos Stimme verkündete den Sieg, vernichtete die Ungläubigen, triumphierte über die Zweifler: »Und dazu eine Sicherheitsreserve von hundertfünfzigtausend Lire! Eine Sicherheitsreserve in der Höhe des Gesamtkaufpreises. Bitte«, so bettelte er, »bitte, Avvocato, zeigen Sie mir ein Loch in meiner Kalkulation.« Und mit der Sicherheit des Gläubigen, der weiß, dass er unwiderlegbar ist: »Bitte, Avvocato, wo ist ein Fehler in meinen Überlegungen?«

Der Avvocato griff zum Weinglas, trank und genoss, schloss die Augen und dachte nach. Er war sich darüber im Klaren, dass er eher eine abgeschossene Pistolenkugel zur Umkehr bewegen konnte, als Carlo von seinen Truthähnen abzubringen. Außerdem schienen ihm die Überlegungen des Freundes logisch. Die Schwierigkeiten des Projekts lagen nicht in der Kalkulation, sondern in anderen Bereichen.

Nach einer Weile fragte Carlo mit leiser Stimme: »Nun, Avvocato, wie sehen Sie die Dinge?«

Der Avvocato öffnete die Augen und war sich seiner Rolle als delphisches Orakel bewusst: »Nun, Carlo, deine Überlegungen scheinen mir treffend und deine Berechnungen zuverlässig.«

Carlo atmete auf. Die Sonne der Freude, der Dankbarkeit erleuchtete ihn. Das Wichtigste war doch, dass ein Mann denken kann, logisch, konsequent und klar. Wichtig war, dass die Gedanken stimmten. Und das hatte ihm der Avvocato, der akademisch geschulte Freund, gerade bestätigt.

Der Avvocato fuhr nachdenklich fort: »Dennoch sehe ich einige Schwierigkeiten. Zum Beispiel in der Tatsache, dass du kein Geflügelzüchter bist.«

»Aber Avvocato« – Mitleid lag in Carlos Stimme –

»Avvocato, bei aller Hochachtung, gestatten Sie den Einwand, Sie sind ein Stadtmensch. Wir Leute von Porto wissen genug von der Geflügelzucht, um dreihundert Truthähne aufzuziehen.«

Der Avvocato nahm den Einwand hin. »Nun weiter, Carlo, für dreihundert Truthähne ist ein gewisser Arbeitsaufwand notwendig.«

Carlos Stimme troff vor Selbstzufriedenheit: »Avvocato, in meinem Hause sind genug Menschen, die arbeiten können und arbeiten wollen.« Carlos Auge ruhte wohlgefällig auf der müden Laura, die jetzt, nach einem fünfzehnstündigen Arbeitstag, die Weingläser polierte und von der kleinen Lina darin assistiert wurde. »Nein«, sagte Carlo fest, »an Arbeitskräften ist kein Mangel.«

»Dann wäre die Frage der Lokalität. Dreihundert Truthähne brauchen Auslauf und Bewegung«, gab der Avvocato zu bedenken.

»Aber Avvocato, das ist wirklich kein Problem, wo ich doch oben auf Ticinallo das schöne Grundstück habe. Sechstausend Quadratmeter bestes Weideland.«

Der Avvocato zuckte schmerzlich zusammen. Auf diesem schönen Grundstück stand nämlich ein Haus. Dieses Haus, ein schöner, moderner Bau, gehörte Carlo. Und Carlo hatte dieses Haus an den Avvocato vermietet und es ihm damals angepriesen als einen Hort der Ruhe, Erholung und Entspannung. Nun sah der Avvocato ein Leben vor sich, umgeben von dreihundert Truthähnen.

Aber nun kam Carlos rhetorische Meisterleistung: Der Avvocato möge doch kein so bedenkliches Gesicht machen. Die dreihundert Truthähne würden ihn doch gar nicht stören. Des Avvocatos Blick war voller Zweifel. »Denn«, so fuhr Carlo unbekümmert fort, »Hühner gackern, Enten und Gänse schnattern … aber Truthühner, nun …?«

Der Avvocato suchte nach einem passenden Wort und fand es nicht. Das sei es eben, triumphierte Carlo. Truthähne und Truthühner seien stille Tiere, die höchstens mal ein kleines Krächzen von sich gäben, quasi Tiere, die man kaum bemerke. Darum eben sei sein Plan so perfekt. Niemals käme er auf die Idee, Hühner, Enten oder Gänse, solch laute, lärmende Tiere, anzuschaffen. Die Ruhe seines Freundes, des verehrten Avvocato, sei ihm heilig. Ein bedeutender Mann wie der Avvocato brauche Ruhe, um seine Gedanken fassen und formen zu können, und diese Ruhe würde durch die Truttiere nicht gestört. Vielmehr seien sie ein heiterer Anblick, der das Herz erfreue. Die großen Herren in Mailand hielten sich solche Tiere in ihren Parks nur wegen der Schönheit. Und der Avvocato, sein verehrter Freund, bekäme gleich dreihundert.

Der späte Abend, die vielen Flaschen Rotwein aus dem »Bucco segreto«, Carlos unerschütterliche Rhetorik hatten den Avvocato weder überzeugt noch zermürbt. Doch jetzt war in ihm eine Neugier wach geworden, wie sie ein Abenteurer empfindet, wenn er die Reise ins Ungewisse antritt. Ja, der Avvocato erklärte sich sogar bereit, mit nach Piemont zu fahren, um auf dem berühmten Viehmarkt in Oleggio den Ankauf der Glück bringenden Truthähne zu erleben.

Inzwischen traf Carlo seine Vorbereitungen. Tino der Schmied, der im vorigen Jahr Porto in Aufregung versetzt hatte, als er sich einen schneeweißen Alfa Romeo gekauft, aber dann nach wenigen Monaten in einen Fiat Kombiwagen umgetauscht hatte, weil sich kunstvolle Gitter und geschmiedete Portale in solch einem Fahrzeug doch besser transportieren ließen als auf den roten Luxuspolstern eines schneeweißen Alfa Romeo, dieser Tino – er hieß immer noch »Tino mit dem Alfa« – erklärte sich bereit, mit seinem Fiat Kombi den Transport der dreihundert Tiere zu übernehmen.

An einem Morgen im Mai zog man los. Eine zarte Sonne streichelte den See, und die Luft war leicht, prickelnd und herzerhebend wie guter Champagner.

Tino war mit seinem Kombi schon vorausgefahren. Der Avvocato hielt mit seinem großen Americano vor der Trattoria. Laura, in ihrem schönsten Kleid, das blauschwarze Haar zur Krone aufgesteckt, mit dem schönsten und hellsten Lächeln im Gesicht, stieg in den Wagen ein, und der Avvocato öffnete ihr galant den Wagenschlag. Die junge Frau aus Porto am See, deren Leben sich zwischen einer ölgeschwängerten Küche und dem Weinausschank der Trattoria abspielte, nahm die ungewohnte Höflichkeit mit so schöner fraulicher Würde entgegen, wie Giotto, Raffael, Michelangelo und all die großen Meister vom Bildnis des Menschen sie dem Lande zum Zeichen gesetzt hatten. Carlo hüpfte in den Wagen, neben den Avvocato, triumphzierend, als gehöre das schöne Fahrzeug ihm. Der See glitt an ihnen vorbei, und das

Gefühl, etwas Neues, Ungewohntes zu unternehmen, bewegte sie.

Nach zwei Stunden war Oleggio erreicht, und selbst Blinde und Taube hätten gemerkt, dass hier der große Viehmarkt war. Es roch nach Ziegen und Böcken, nach Eseln und Schweinen, nach Pferden und Kühen. Das schnatterte, gackerte, blökte, wieherte, muhte, bellte, kikerikite und jaulte und umfasste die ganze Tonleiter der Kreatur. Carlo sprang in dieses Getümmel hinein, als sei dieser Markt seine große Bestimmung. Er handelte, feilschte, lächelte mitleidig, winkte ab, wägte, verwarf und entschied. Nach einer guten Stunde kaufte er schließlich dreihundert Truthähne (»tacchini«, wie die Tiere hierzulande genannt werden). Kurz vor dem Handschlag, der den Kauf perfekt machte, trat er vom Kauf zurück und rang dem piemontesischen Züchter noch sechs Tauben als Zugabe ab.

Die Truthähnchen waren in Spankisten zu fünfundzwanzig Stück verpackt, und Tino lud die zitternde, quiekende Last in seinen Kombiwagen. Aber trotz allen Sortierens und Stapelns wollte ein Spankästchen nicht mehr in Tinos Kombi passen, ebenso die sechs Tauben, die keinen Behälter hatten und nur an den Füßen mit einem starken Gummiband zusammengebunden waren. Der Avvocato erklärte sich großzügig bereit, die Spankiste mit fünfundzwanzig Tacchini und die sechs Tauben im Kofferraum seines großen Americano unterzubringen.

Froh, wie man gekommen war, fuhr man zurück. Carlo schwelgte in dem Hochgefühl, außer dem günstigen Einkaufspreis dem Piemontesen die sechs Tauben abgerungen zu haben. Unterwegs fand der Avvocato, einen solchen Tag müsse man feiern, und lud in Varallo Pombia zu einem Sektfrühstück ein. Der Wirt des Ristorante del Castello, eines berühmten Feinschmeckerlokals, richtete trotz der frühen Stunde ein delikates Mahl an. Tino der Schmied, der am Straßenrand den parkenden Wagen des Avvocato sah, hielt seinen Fiat Kombi mit zweihundertfünfundsiebzig quiekenden Truthähnchen an und fragte besorgt, ob es etwas Besonderes gäbe. Natürlich gab es nichts Besonderes, aber Tino saß wenige Minuten später mit am Tisch.

Bei Asti Spumante und feinem geräucherten Schinken, der in Olivenöl mit Salbei und Rosmarin eingelegt war, erklärte Tino dem Avvocato, welche Reparatur er vor wenigen Tagen an dessen Wagen vorgenommen hatte. Das Kofferraumschloss sei in Ordnung und der Kofferraum selbst schließe jetzt wieder, wie es sich gehöre, luftdicht ab. Alle nickten befriedigt ob dieser Kunde, auch Carlo, der seiner Befriedigung mit einem Schluck Spumante Nachdruck verlieh. Dann aber fuhr der Blitzstrahl der Erkenntnis über das Gesicht des Mannes. Der Spumante kam in die falsche Kehle, und der hustende, röchelnde Carlo stammelte: »Madonna, Madonna, luftdicht ... luftdicht ... die Tacchini ... die Tauben ... luftdicht ...« Und dann rannte er, immer noch hustend und röchelnd, zum Ausgang, gefolgt von einem verwirrten Tino und einem die Katastrophe ahnenden Avvocato. Am Wagen angelangt, riss Carlo den Kofferraumdeckel hoch. Ein bestialischer

Gestank schlug ihm entgegen. Die fünfundzwanzig Truthähnchen hatten in der letzten Sekunde ihres jungen Lebens, bevor sie erstickten, wie alle Kreatur noch einmal den Darm entleert. Die Männer schauten entsetzt in den Kofferraum, sie schauten in ein Massengrab. Nur in den Tauben schien noch eine Spur Leben zu sein. Der Avvocato, tierlieb wie immer, streifte ihnen die Gummifesseln ab.

Dann schrie Carlo wie ein Feldherr, der seine wankenden Truppen noch einmal zum Angriff treiben will: »Es ist noch nicht alles verloren, Tischtücher her aus dem Ristorante, wir fächeln Luft in den Kofferraum!«

Mochte diese Anordnung auch unsinnig erscheinen, die drei Männer stürzten ins Ristorante zurück, rissen gemeinsam, ohne den verstörten Wirt zu beachten, die Tischtücher von den Tischen. Dann stürmten sie zurück zum Wagen, rechtzeitig genug, um zu sehen, wie sich die Tauben, die wesentlich älter als die Tacchini waren und sich darum schneller von der Sauerstoffnot erholt hatten, in die frische Morgenluft erhoben und davonflogen. Carlo ächzte unter diesem Schlag. Dann aber fächelten alle wie besessen mit ihren Tischtüchern frische Luft in den Kofferraum, sahen aber bald die Vergeblichkeit ihres Tuns ein und schauten auf Carlo. Seine Niedergeschlagenheit, seine Verstörtheit verschwanden. Dann erhellte ein kleines Lächeln sein Gesicht. Das Lächeln erblühte und wurde zum strahlenden Lächeln des Siegers. »Ècco, signori«, lachte er, »ein Exempel, nichts weiter als ein Exempel für die Richtigkeit meiner Berechnungen. Dieser Verlust der fünfundzwanzig Tacchini trifft uns nicht. Er spielt bei meinen Kalkulationen keine Rolle. Der Reingewinn wird nicht geschmälert. Fünfundzwanzig Tacchini kosten zwölfeinhalbtausend Lire. Die sind reichlich gedeckt aus dem Sicherheitsfonds von hundertfünfzigtausend Lire. Ihr seht, Freunde, wie unangreifbar meine Kalkulationen sind. Und jetzt, Laura, wirf die toten Tiere aus dem Auto und mach den Kofferraum sauber und wisch die ganze Scheiße raus. Hol dir, was du brauchst, aus dem Ristorante.« Und zum Avvocato gewandt, sagte er: »Sehen Sie, Avvocato, zwei Dinge sind wichtig: richtig zu kalkulieren und immer eine Frau zur Hand zu haben.«

»Und die Tauben?«, bohrte der Avvocato.

»Aber Signore, entrüstete sich Carlo nicht ohne Schärfe in der Stimme, »wollte ich Truthähne züchten oder Tauben?«

»Truthähne«, sagte der Avvocato wahrheitsgemäß.

»Sehen Sie«, lächelte Carlo und entließ die Tauben in den Himmel und in die Weite seines Herzens.

In den folgenden Tagen hatte der Avvocato reichlich Gelegenheit, Carlos Vorausschau bestätigt zu finden. In der Tat, Truthähnchen gackern nicht und schnattern auch nicht wie Gänse. Aber die Luft war erfüllt vom Piepen der Jungtiere, als gäben die Zikaden ganz Italiens sich ein Stelldichein am Ticinallo. Ansonsten verliefen die ersten Tage ohne jeden Zwischenfall. Die Frauen, Laura und Lina, erschienen zweimal am Tage und fütterten die Tiere.

Der dritte Tag brachte die Wende. Eines jener tropischen Tessin-Gewitter ballte sich über Ticinallo zusammen und entlud sich mit elementarer Wucht. Unter Donnergrollen und jähem Blitzen peitschten walnussgroße Hagelkörner und gewaltige Wassermassen so schnell vom sturmzerfetzten Himmel hernieder, dass die trockene Erde sie gar nicht aufnehmen konnte. Rasch bildeten sich kleine Seen und Tümpel. Jedoch so schnell, wie das Gewitter gekommen war, so schnell war es auch wieder vorbei. Zufrieden schaute der Avvocato durch das Fenster zum aufklarenden Himmel.

Aber als er seinen Blick zu Boden senkte, sah er ein Bild des Jammers! Wie kleine weiße Blumen über die Wiese verstreut lagen vierzig bis fünfzig junge Truthähnchen vom Hagel erschlagen oder von den Gewitterseen ertränkt. Sekunden später saß der Avvocato im Wagen und brauste die schmale Straße von Ticinallo hinab, hinunter nach Porto in die Trattoria.

Dort saß ein frohgemuter Carlo, der gewissenhaft seiner Berufspflicht nachging, eine neue Sendung Wein zu probieren. »Sera, sera, Avvocato, entra, entra …«, tremolierte er und schleppte den besten Stuhl für den Avvocato herbei.

Der aber blieb stehen, schaute von seiner imposanten Höhe auf den kleinen, runden Carlo hinunter und trieb seine Worte wie einen blanken Dolch in den feisten Wanst des Dicken: »Fünfzig Truthähnchen sind vom Hagel erschlagen oder im Unwetter ertrunken. Und warum? Weil du großartiger Geflügelzüchter und Kalkulator an alles gedacht hast, nur nicht an einen Stall. Asino«, sagte der Avvocato, und noch einmal: »Asino«, ging hinaus und fuhr zum Ticinallo zurück.

Der Avvocato war bitterböse, denn er war ein Freund aller Tiere, aller Schwachen und Hilflosen, und darum war er wohl auch Carlos Freund.

Eine halbe Stunde später sah der Avvocato eine seltsame Prozession von Porto her den schmalen Weg zum Ticinallo hinaufwandeln. Vier Tische wankten den Berg hinan, und erst beim genauen Hinschauen sah man, dass unter den Tischen Menschenbeine daherstolperten. Als diese abstruse Karawane den Ticinallo erreicht hatte, just in dieser Minute brausten Carlo und Tino der Schmied mit dem Fiat Kombi heran und luden eine große Rolle Maschendraht aus dem Wagen. Zufrieden schaute Carlo auf Laura und Lina und zwei weitere Frauen aus Porto, die mit den Tischen den Ticinallo hinaufgewankt waren.

»Brave, donne«, sagte er anerkennend, und dann weiter im gewohnten Befehlston: »Und nun schnell, tragt die Tische in den hinteren Teil des Gartens und stellt sie sauber im Karree zusammen.« Und zu dem staunenden Avvocato gewandt: »Sie werden sehen, wie schnell so ein Asino einen Stall hinzaubert.«

Und tatsächlich, Tino der Schmied wand rasch den mitgebrachten Maschendraht um die Tischbeine, und im Nu war aus dem Geviert der Tische ein provisorischer Stall entstanden. Und da es sowieso Abend werden wollte, begann nun ein großes Treiben und Jagen, um die Truthähnchen in den Stall oder besser »unter den Schutz der Tische« zu treiben.

Der Avvocato sah dem allen mit verschränkten Armen zu und zählte indes schweigend die Zahl der ertränkten und erschlagenen Tierchen. Und als der stolze Stallerbauer Carlo ihn fragte: »Nun, Avvocato, was sagen Sie nun? Sie sehen, dass wir Leute von Porto schnell reagieren können«, antwortete er: »Carlo, hier liegen sechzig tote Tierchen, mit den erstickten fünfundzwanzig sind das fünfundachtzig. Fast ein Drittel deines Bestandes. Ein Kompliment muss man dir machen. Du variierst wenigstens die Todesarten.«

»Aber Avvocato«, konterte Carlo, »seien wir gerecht, bin ich der Herr der Welt? Wollen Sie mich für ein Unwetter verantwortlich machen? Entscheidend ist doch, dass meine Kalkulation stimmt, wir haben einen Sicherheitsfonds von hundertfünfzigtausend Lire. Und diese fünfundachtzig Tierchen kosten nur zweiundvierzigtausendfünfhundert Lire. Der Gewinn ist nicht geschmälert. Meine Berechnungen stimmen.« Und dann, mit der Nachsicht und Milde eines fürstlichen Beichtvaters: »Mit Unglück und Schicksalsschlägen muss man eben fertig werden. Wir haben getan, was wir konnten, haben in kürzester Zeit einen Stall gebaut und sind nun gesichert.«

»Carlo«, erwiderte der Avvocato, und auch seine Stimme war freundlich, aber es war eher die Freundlichkeit eines Nervenarztes bei besonders schweren Fällen, »Carlo, erstens ist der Tod von fünfundachtzig Tierchen eine Schweinerei, die einem richtigen Züchter nie passiert wäre. Zweitens bedeutet der Tod dieser Tacchini laut deinen eigenen Berechnungen eine Gewinnschmälerung von zweiundvierzigtausendfünfhundert Lire. Und, lieber Freund, dein Sicherheitsfonds basiert doch auf der Annahme, dass du zu Weihnachten dreihundert Truthähne verkaufen kannst. Und letztlich stehen in deinem berühmten provisorischen Stall die überlebenden Tierchen so eng beisammen, dass ich das Schlimmste befürchte.« Sprach's und ging verärgert ins Haus.

Er hörte nicht mehr den lamentierenden Carlo, der immer wieder beteuerte, sie, die Leute vom Land, wüssten doch, wie gerne die Tiere eng beieinander stehen. Wie wichtig diese Nähe geradezu sei, auch wenn die Nächte langsam wärmer würden. Aber wie sollte ein gelehrter Stadtmensch wie der Avvocato solch einfache, ländliche Dinge verstehen.

Am anderen Morgen – der Avvocato hatte gefrühstückt und wollte in sein Büro fahren – packte ihn das Mitleid mit den zusammengepferchten Tieren. Darum ging er zu dem provisorischen Stall, schob ein Stück Maschendraht zur Seite, damit die Truthähne ins Freie konnten. Wie eine weiße Schaumwolke stürzten die Tierchen ins Freie, aber einige blieben nur eine Sekunde stehen und fielen dann still zur Seite. Der Avvocato überflog die Opfer der qualvollen, fürchterlichen Enge. Fünfundzwanzig an der Zahl.

Obwohl ein Gerichtstermin drängte, fuhr der Avvocato an der Trattoria vorbei, öffnete die Tür und rief mit Donnerstimme: »Weitere fünfundzwanzig Tote!« Dann machte er sich auf, um seine Termine wahrzunehmen.

In der nächsten Nacht starben in dem überfüllten

Stall weitere zwanzig Truthähnchen. Dann hörte das Sterben auf. Die Frage der Überfüllung hatte sich durch den Tod der Überzähligen geregelt. Ein schönes Beispiel, wie die Natur sich zu helfen weiß. Außerdem, sei es dank eigener Erkenntnis, sei es, dass der Grimm des Avvocato schwer auf Carlo lastete, hatte er durch die Frauen vier Tische auf den Ticinallo tragen lassen und den Stall – oder sagen wir das Gefängnis – so erweitert, dass auch bei einem Größerwerden der Tiere nicht mehr mit einem Massensterben zu rechnen war.

Die Aktion der Stallerweiterung hatte auch auf den Avvocato besänftigend gewirkt, und Carlo war bald wieder obenauf. Er spielte meisterhaft seine Rolle als kluger und überlegener Padrone der Trattoria. Überall verkündete er, welch gutes Geschäft die ganze Angelegenheit sei und dass man trotz schwerer Schicksalsschläge die Sache mit einer knappen Million Gewinn beenden werde.

Es folgte eine Periode reinsten Züchterglücks. Die Truthähnchen gediehen prächtig, wurden groß und stark, mit roten Kämmen und schweren Gehängen. Der Gewinn war greifbar nahe. Carlo verhandelte schon allerorten wegen preisgünstiger Maronen. Denn mit Maronen gefütterte Truthähne haben ein besonders zartes und wohlschmeckendes Fleisch. Interessenten hatten sich reichlich gemeldet, und der Verkauf schien gesichert.

Es war an einem Morgen im späten Oktober. Der Avvocato wollte sich gerade zum Frühstück setzen, aber wie gewohnt warf er zuerst einen Blick auf den provisorischen Geflügelstall, und es verschlug ihm den Atem: Er erblickte ein Schlachtfeld. Ein Fuchs, ein Iltis, ein Marder oder ein Wolf, gleich welches Untier, war in den Stall eingebrochen. Die Truthähne in ihrer Todesangst hatten den Maschendraht aufgerissen und waren ins Freie geflüchtet. Hier hatte der Mörder gewütet, gebissen, geschlagen. Der Boden war mit zerfetzten Tierleichen bedeckt.

Wieder jagte der Avvocato die enge Straße nach Porto hinunter, die schlimme Nachricht zu überbringen. Der Jammer war groß. Die Frauen weinten, und Carlo jammerte: »Das war nicht zu berechnen, das war nicht kalkulierbar.«

Abends, nach einem harten Arbeitstag, kam der Avvocato in die Trattoria. Alle Freunde Carlos waren versammelt: Tino der Schmied, der dicke Maresciallo, der hagere Capitano und der alte Beltramini, das große Unglück zu besprechen. Mancherlei Mutmaßungen wurden angestellt, welches Untier dieses Blutbad angerichtet haben könnte. Diesbezügliche Geschichten wurden erzählt, eigene Erfahrungen, aber auch die der Eltern und Großeltern ausgetauscht. Dabei wurde viel Wein getrunken, sehr viel Wein, roter Barbera. Dem Avvocato blieb die unangenehme Frage vorbehalten, was Carlo zu tun gedenke, um weiteres Unglück zu verhindern. In dieser Stunde erwies sich Carlo als standhafter Lombarde. Er jammerte und klagte nicht, suchte keine Ausflüchte. Mit fester Stimme erklärte er: »Avvocato, es ist allgemein bekannt, dass sich ein solches Unglück nicht zweimal an gleicher Stelle vollzieht. Diese Art Bestien sind wandernde Räuber, die nie mehr an den Tatort zurückkehren.« Nun, nachdem das Unglück geschehen sei, könne man unbesorgt sein. Noch niemals, niemals habe man am Lago Maggiore vernommen, dass sich so ein Gemetzel am gleichen Ort wiederholt hätte.

Darauf erwiderte der Avvocato: »Carlo, vielleicht liegt das daran, dass jeder Vernünftige, dem solches Unglück widerfährt, seinen Stall so gut absichert, dass kein Raubzeug mehr einbrechen kann. Aber … das ist vielleicht zu simpel.«

»Nein, Avvocato, nein, nein«, rief Carlo. »Wir sind zwar einfache Leute hier, aber wir haben Erfahrungen, eigene und die der Eltern und Voreltern. Man kann nicht alles mit nüchterner Logik messen. Erfahrungen haben auch ihr Gewicht.«

Es wurde noch lange diskutiert. Es wurde noch manche Flasche Wein getrunken. Es war spät in der Nacht, als sich der Avvocato, voll gestopft mit Carlos Argumenten und voll des guten Weins, ins Bett legte.

Der Rest ist schnell erzählt: Am anderen Morgen wurde der Avvocato durch Schreien und Wehklagen geweckt. Carlo und seine Frauen rangen im Garten die Hände und sahen das gleiche schreckliche Bild, das den Avvocato am Morgen zuvor so verstört hatte. Wieder war der Garten eine Walstatt, mit zerfetzten Tieren bedeckt. Das Mordtier war wiedergekommen – allen geheiligten Erfahrungen Carlos, seiner Eltern und Voreltern zum Trotz. Die Bestie schien mehr den rationalistischen Gedankengängen des Avvocato anzuhängen, der am Abend zuvor geäußert hatte, dass jedes Lebewesen gern dorthin zurückkomme, wo es leicht, ungehindert und ausreichend Nahrung findet. Das sei übrigens auch der Grund, warum er allabendlich in die Trattoria della Pace einkehre.

Die nächsten Tage schien Carlo ein geschlagener Mann zu sein. Der Geflügelstall am Ticinallo wurde aufgelöst, zwanzig Truthähne für die kurze Zeit bis Weihnachten im Innenhof der Trattoria untergebracht. Zwar stank jetzt die ganze Trattoria nach Truthahnmist, aber feine Nasen rochen doch, dass der Rotweinduft dominierte. Die restlichen Truttiere wurden sicher im Stalle des Bauern Fellini untergebracht, für wenige Tage nur, so hatte Carlo versprochen. Dann wolle er eine neue, endgültige Lösung finden. Die Truthähne hatten bei ihm verspielt. Tiere, die jeden Augenblick ersticken, ertrinken, sich vom Hagel erschlagen oder sich begierig von mörderischem Raubzeug umbringen lassen, nein, es war wie bei einer gestorbenen Liebe, aus und vorbei …

In den nächsten Tagen war er viel unterwegs. Abends blieb er ein schweigsamer Mann, der sein Unglück zu tragen wusste, der aber – und auch das muss gesagt sein – mit Umsicht und Energie bemüht war, aus seiner Niederlage die letzten Bataillone zu retten. Denn es stand mehr auf dem Spiel als Geld. Es ging um Carlos Ruf, ein heller Kopf zu sein.

Und bald schien Carlo erfüllt von neuer Zuversicht. Er trug so ein gewisses Lächeln, das sagte: »Na, ihr werdet euch alle noch wundern. Ich werde euch schon zeigen, was für ein Mann Carlo aus der Trattoria della Pace ist.

Und eines Tages sah der erstaunte Avvocato einen Carlo auf den Ticinallo wandern, der an einem langen Strick einen dicken, fetten Esel führte. Einen Esel mit einem Bauch, so rund wie eine Tonne. Der erstaunte Avvocato eilte in den Garten.

»Was ist denn das nun wieder, Carlo?«

»Ein Esel«, verkündete Carlo stolz.

»Was sollen wir mit einem Esel hier im Garten, Carlo?«, insistierte der Avvocato.

»Per la bellezza, Avvocato, wegen der Schönheit, Avvocato!«

»Wegen der Schönheit?«, staunte der Avvocato und schaute das zottelige, stinkende Grautier an.

»Ja, Esel sind sehr schöne Tiere«, verkündete Carlo. »Sie verleihen jeder Landschaft etwas Bukolisches, friedvoll Gestimmtes. Denken Sie doch, auch unser Herr ist ja in Jerusalem eingeritten auf einem Esel. Es ist ein Tier der Demut und des Friedens.« Carlo schwelgte in Poesie.

Der Avvocato stoppte den Redefluss und sagte: »Komm auf die Terrasse, Carlo, trink einen Wein mit mir und erzähle von deinem Esel. Aber bitte keine Geschichten von Jerusalem und von der Schönheit der Esel …«

Der Esel musste den Avvocato wohl verstanden haben, denn er iahte gewaltig. Sein Schreien erinnerte an eine Luftschutzsirene, der die tieferen Schwelltöne abhanden gekommen waren. Dann wollte das schöne Tier beweisen, dass seine anderen Körperöffnungen auch intakt waren, und entleerte sich in einem gewaltigen Strahl auf den Rasen des Avvocato.

Carlo verdrehte stolz die Augen. »Sie sehen, ein schönes und gesundes Tier.«

Wenig später saßen die beiden auf der Terrasse des Avvocato und labten sich an einem Tropfen Barbera. Und dann erklärte Carlo, der Avvocato müsse doch verstehen, dass er die Angelegenheit mit den Truthühnern zu einem guten Ende hätte bringen müssen, und so habe er eben zwanzig Truthähne gegen diesen Esel getauscht.

Ob zwanzig Truthähne nicht etwas zu viel seien für einen dicken, stinkenden Esel, wollte der Avvocato wissen.

Carlo kicherte in sich hinein. Dann verriet er mit schlauem Lachen: »Ja, normalerweise schon, aber dieser Esel ist ein ganz besonderer Esel, und darum ist der Preis schon richtig. Ja, im Grunde ist dieser Preis ein Spottpreis. Das Geschäft mit dem Esel wird das Debakel mit den Truttieren zwar nicht aufheben, aber doch verkleinern. Denn im Grunde ist dies nicht ein Esel, sondern zwei, vielleicht sogar drei Esel …« Carlo machte eine Miene, als habe er dem Avvocato ein Staatsgeheimnis verraten. Als er auf dessen Gesicht noch kein Verständnis entdeckte, sagte er fast ein wenig ärgerlich, der Avvocato möge doch einmal hinschauen, das müsse doch auch ein Stadtmensch sehen, die Eselin sei trächtig und in wenigen Tagen könne man mit Eselnachwuchs rechnen. Und so dick, wie der Bauch dieses Tieres sei, könne man annehmen, dass auch ein Eselpärchen nicht unmöglich wäre.

Der Avvocato schloss die Augen und hielt sich an der Weinflasche fest. Vor seinem inneren Auge sah er sich umzingelt von Eselherden, die ununterbrochen Wasser ließen und iahten. Und als er sich der Tragweite der Carlo'schen Eselei bewusst wurde, erklärte er kategorisch: »Nein, Carlo, der Esel kommt mir nicht ins Haus.«

»Aber nein doch«, wehrte Carlo ab, er habe ja schon mit dem Bauern Fellini verhandelt, der wolle den Esel in seinen Stall einstellen. Das schöne Grautier solle vielleicht einmal ein Stündchen am Tage hier weiden, und auch nur dann, wenn der Avvocato in seinem Ufficio weile.

Der Avvocato wollte dem nicht länger widersprechen. Und so warteten nun die Leute von Porto darauf, dass Carlos Esel Junge bekäme.

Aber die Tage vergingen. Nichts rührte sich. Langsam kam Spott auf. Es wurde erzählt, die Sache käme nicht zum Klappen, weil der Esel so viele Junge habe, die im Bauch des Esels den Kampf um die Erstgeburt führten. Carlo tat, als kümmere ihn das nicht. Tatsächlich aber schaute er die Eselin von Tag zu Tag mit kritischeren Augen an. Dann war seine Geduld zu Ende. Der Tierarzt musste her. Der sachverständige Mann ging einige Male um die Eselin mit dem Tonnenbauch herum, schüttelte den Kopf, fühlte das Tier ab, setzte mehrere Male das Stethoskop an, horchte angestrengt. Dann klopfte er den Bauch der Eselin ab, und der Avvocato, der der Schau beiwohnte, dachte, es klinge reichlich hohl. Schließlich gab der Tierdoktor seine Diagnose und verkündete: »Mit Eselnachwuchs ist nicht zu rechnen. Das Tier hat einen chronischen Gasbauch.«

Der Avvocato lachte, der Bauer Fellini, der dabeistand, lachte, der Tierarzt lachte, ganz Porto lachte, und nun hieß es am See: »Carlos Esel ist ein Windei.«

Und da packte Carlo die Wut. Eine schlimme, berserkerhafte Wut. Eine Wut, die einen Mann zerreißen kann, wenn er sich nicht davon befreit. Er trat mit einem gewaltigen Tritt dieses mistige, dicke, aufgeblasene Eseltier vor den Bauch. Es klang wie ein dumpfer Paukenschlag. Und da gab der Esel Luft ab, und ein donnernder, minutenlanger Wind brauste über die Wiesen und Felder am Ticinallo. Und so, wie der Esel furzte, so schrumpfte auch sein Bauch ein. Am Ende des Windabgangs hatte der Esel sich auf ein normales Maß reduziert. Nun hatte Carlo genug. Er nahm einen Strick, band den Esel – dieses Grab seiner Hoffnungen – an und zerrte ihn zum Metzger. Der beförderte ihn rasch vom Leben zum Tode und verwandelte ihn in Wurst. Carlo erhielt als Gegenleistung zwanzig Salamiwürste à zwei Kilo.

Und dann tat Carlo von der Trattoria della Pace etwas ganz Unerwartetes, Unerhörtes. Anstatt sich verbittert in seinen Schmerz zu vergraben, lud dieser »Carlo vom Frieden« seine Freunde zu einem Festmahl ein, die neue Salami zu kosten. Da saßen sie alle zusammen: Tino der Schmied mit dem Alfa, der bärtige Capitano, Beltramini, der Mann, der die ganze Welt gesehen hatte, Fellini der Bauer, der dicke Maresciallo und – an einem Ehrenplatz versteht sich – der Avvocato.

Die Frauen, Laura und Lina, bedienten die Männer, schleppten Spaghettiberge heran und holten viele Flaschen Barbera aus dem Keller. Und dann wurde die frische Salami gereicht, aufgeschnitten in schönen Portionen. Die Männer schnupperten den guten Duft, die Augen erfreuten sich am vollen Rot des Fleisches, an der satten Weiße des Specks. Als Carlo sah, dass alle Gläser gefüllt waren, stand er auf, das Weinglas in der Hand, den Frauen am Ausschank mit herrschaftlicher Geste Ruhe gebietend, bereit, seinen Freunden eine Rede zu halten, die heute noch am See unvergessen ist:

»Meine Freunde! Ihr wisst, ich habe mich in eine Unternehmung eingelassen, die mir viel Leid und Kummer, darüber hinaus aber auch noch Spott und Hohn eingebracht hat. Ja, es gibt sogar einige unter euch, meine Freunde, die mich für einen Dummkopf halten. Und doch gehe ich, wenn man es recht betrachtet, aus diesen Unternehmungen ungebrochen hervor. Was galt es zu beweisen? Was war der Sinn meiner Überlegungen? Nun … sagt es doch! Tino, Capitano, Fellini, Maresciallo, Beltramini, sagt es doch, was ist der Sinn eines Geschäfts? Denkt nach, Freunde, sagt es!« Zwar hatte sich Carlo mit seiner Frage an alle gewandt, in Wirklichkeit sprach er aber zu einem Einzigen, dem Avvocato, dem großen Freund. »Was ist das Wichtigste bei allen Geschäften, Freunde?«, fragte er nochmals.

Da riefen sie: »Die Soldi«, und Beltramini sagte es klar: »Der Gewinn!«

»Nein, nein, nein«, rief Carlo. »Nein, Freunde. Seht, schon in der Stunde, in der wir geboren werden, verlieren wir, erleiden Verlust. Wir verlieren die Wärme des Mutterleibes, die große Geborgenheit vor der Welt. Wenn wir etwas älter werden, verlieren wir die Zähne, kaum dass wir sie bekommen haben, dann unsere Träume und dann unsere Hoffnungen. Wir verlieren die Haare, später die Sehkraft und die Kraft der Liebe. Wir verlieren Vater und Mutter, wir verlieren die Freunde und viele den Glauben. Seht doch, es geht nicht um den Gewinn, es geht um den Verlust. Keinen Verlust erleiden, das ist alles. Die Direktoren der großen Firmen in Mailand, Turin und aller Welt, worum kämpfen sie? Keinen Verlust zu erleiden. Denn keinen Verlust erleiden ist die Voraussetzung für allen Gewinn. Was ist denn geschehen? Ich habe dreihundert Tacchini für hundertfünfzigtausend Lire gekauft. Der Hagel hat sie mir erschlagen, der Regen ersäuft, und ein Raubtier hat sie mir gebissen. Zum Schluss besaß ich noch fünfzig Tiere. Zwanzig habe ich für einen aufgeblasenen Esel gegeben, und die Hoffnungen, die ich hegte, sind wahrlich in alle Winde verweht. Aber immerhin! Die dreißig Truthähne, die ich habe, man mag rechnen, wie man will, erbringen hundertfünfzigtausend Lire. Und die zwanzig Salamiwürste, von denen wir hier einige kosten, sind ja auch etwas wert. Ihr seht, dank meiner Kalkulationen und Überlegungen ist es mir gelungen, mich und die Meinen in aussichtsloser Lage vor Verlust zu bewahren. Und das, so hoffe ich, habe ich euch bewiesen, ist wohl das Wichtigste auf der Welt. Nun könnte ein Schlaukopf kommen und sagen: Aber wenn du deine Arbeitskraft berechnest, dann ist es doch ein Verlust. Ach, meine Freunde«, und Carlo betrachtete wohlgefällig die helle Laura und die kleine Lina, »mit meiner Arbeitskraft habe ich nie gegeizt. Wir sind ja schließlich alle einmal umsonst in die Welt gekommen, dann können wir, so meine ich, ab und zu einmal umsonst arbeiten, damit die großen Rechnungen stimmen. Ich habe keinen Verlust erlitten«, und er schaute sie alle der Reihe nach an, und seine Augen, groß und weit, waren vom Barberaleuchten erfüllt, »ich habe keinen Verlust erlitten, ich habe mir meine Freunde bewahrt, und auf euch, meine Freunde, will ich trinken.«

Er trank, er trank den roten Barbera wie den Saft des Lebens, den Saft der Hoffnung und der Zuversicht, und alle, auch der Avvocato, hatten eine kleine Träne der Rührung und der Freundschaft im Auge. Und als sie sich so stumm die Gläser entgegenhielten, sagte die leuchtende Laura das, was sie alle empfanden: »Madonna, Madonna, was für ein Mann!«